世界文学名著名译典藏
插图精华本

杰克·伦敦短篇小说集

〔美〕杰克·伦敦 ◎ 著　戴欢　代诗圆 ◎ 译

THE SHORT STORIES OF JACK LONDON

长江出版传媒　长江文艺出版社

图书在版编目（CIP）数据

杰克·伦敦短篇小说集 /（美）杰克·伦敦著；戴欢，代诗圆译. -- 武汉：长江文艺出版社，2018.5
（世界文学名著名译典藏）
ISBN 978-7-5702-0309-3

Ⅰ.①杰… Ⅱ.①杰… ②戴… ③代… Ⅲ.①短篇小说－小说集－美国－近代 Ⅳ.①I712.44

中国版本图书馆 CIP 数据核字(2018)第 062072 号

责任编辑：钱梦洁	责任校对：陈　琪
封面设计：格林图书	责任印制：邱　莉　王光兴

出版：长江出版传媒　长江文艺出版社
地址：武汉市雄楚大街 268 号　　邮编：430070
发行：长江文艺出版社
电话：027—87679360
http://www.cjlap.com
印刷：长沙鸿发印务实业有限公司

开本：880 毫米×1230 毫米　1/32	印张：7.75	插页：4 页
版次：2018 年 5 月第 1 版	2018 年 5 月第 1 次印刷	
字数：195 千字		

定价：28.00 元

版权所有，盗版必究（举报电话：027—87679308　87679310）
（图书出现印装问题，本社负责调换）

导　读

　　杰克·伦敦（1875—1916），生于旧金山，是个私生子，生父为神汉，母为巫婆，养父是一个贫民。小学毕业后，伦敦当起童工，15岁即在海中驾驶小船做起劫蚝贼，不久，他又反过来充当巡警，与盗贼展开枪战。17岁时他上了一艘大船，远赴西伯利亚沿海猎捕海豹。他干过许多工作，也曾沿着铁路大道四处流浪冒险，有时甚至依靠乞讨度日。19岁时伦敦又进了中学学习，20岁进入大学，一学期后，他辍学而去。不久他奔向发现了金矿的阿拉斯加，希望一圆发财梦想，他虽没淘到一粒金子，但却掘到了小说的金矿。从此伦敦开始文学创作，并在短暂的一生中留下了大量作品。这些作品包括19部长篇小说，197篇短篇小说，还有大量的特写、政论、随笔。

　　杰克·伦敦小说创作的题材异常广阔，主人公也有各式各样的类型，既有北方极地的人和狗（《荒野的呼唤》《尖牙，亮闪闪》），又有动荡大海上的水手（《海狼》《埃尔西诺号上的叛变》）；他的笔触既延伸到都市生活，写出了《毒日头》《马丁·伊登》，又倘佯于宁静的乡村，写出了《月亮谷》《豪宅幽情》；他的笔时而跃入远古，写出《亚当之前》，时而又推进到未来世界，写出了《铁蹄》《红死病》；他还进入人的意识深处，写出了《约翰·巴雷肯》《星游人》。

　　伦敦的作品充满剧烈冲突。评论者在予以称颂的同时，也对此进行抨击。他同时信仰马克思的社会主义和尼采的超人哲学，虽然两者是势不两立的死敌。他一方面宣扬白人优越论，瞧不起印第安人,但在一些作品中却又热情赞扬这些"野蛮人",对白人予以最猛烈的抨击。他写出了大量为贫民和工人而呼的杰作,投身社会主义运动,被称为美国无产阶级之父,是社会主义党派的总统候选人。但他同时又是一个典型的个人主义奋斗者,一个富豪作家。他声称他这个社会主义者,要用资本家的方式,去战胜资本主义。

列宁对伦敦的看法可谓意味深长。列宁夫人回忆:"伊里奇逝世前两天,我在晚上给他读杰克·伦敦的短篇小说《热爱生命》——那本书现在还放在他房里的桌子上。这是一篇非常有力的小说。一个饿得快要死的病人通过没有人迹的荒野的雪地到一条大河的码头去。他非常衰弱,他不是走,而是爬,旁边有一只也饿得快死的狼跟着他,他们之间进行了搏斗,结果人胜利了,他到了目的地,虽然近乎半死,知觉也失掉了。伊里奇很喜欢这篇小说。第二天他要我继续读伦敦的小说。但是杰克·伦敦的强有力的东西里却掺杂了一些非常软弱的东西。第二次读的那篇小说完全变了样——浸透着资产阶级的道德观念:一个船长答应老板把船上所装的粮食以最高的价格出售,他为了履行诺言,竟然把自己的生命都送掉了。伊里奇笑了笑,挥了挥手。"

在世界文坛上,作家的信仰、性格、作品充满矛盾的人并不少见,比如叔本华,在作品中大肆宣扬生命毫无价值,在生活中,却把自己的命看得很宝贵,随身携带皮制的杯子,生怕得传染病。这些作家的矛盾,不是削弱了其个人魅力,就是损害了作品的感染力,给读者一种缺陷感,甚至让人觉得虚伪、厌恶。但当你去看杰克·伦敦的作品时,这种对立冲突反而增加了其人其作的魅力,它没有丝毫精神分裂感,反而显得活力充沛、精神畅旺。这一切源于他本人异乎寻常的真诚,要想准确把握他这个人、他的作品,就得牢记他的朋友的一句评语:"他是一个长得太大的孩子。"虽然几乎所有的论者都认为他在思想上矛盾百出,自相冲突,但他自己却觉得这一切和谐自然,合乎他的"逻辑"。

欧文·斯通在关于伦敦的传记《马背上的水手》中写道："在辩论中，当他的对手用他自己的逻辑难住他时，杰克就仰起头来，发出带传染性的大笑。"

他心灵赤诚、口无遮拦，看到什么说什么，心里怎么想就怎么写。这样社会现实矛盾就全息地、真实地呈现于他的作品中。再者，他活泼好动，喜欢在创作中做多方面的尝试。因此其作品自然呈现激烈冲突。结果他抱怨《马丁·伊登》是批判个人主义，批评家却读成了宣扬个人主义。《海狼》是批判超人哲学，批评家却认为他是在宣扬超人哲学。这里有他自己的一句话可以作为注解："我可以站在任何一方。"

那么，这是不是说他的作品只是一锅大杂烩？当然不是，他有自己的主色调，有自己的根本观点，有他独到的人生哲学。

杰克·伦敦认为艺术家的使命在于改造世界。他在《论作家的人生哲学》一文中说："人生哲学……这是他个人的，而不是被重新安排好的，老早就被咀嚼过的、全世界都已知晓的真理……许多人把自己的哲学当作秘密的工具。他们借助哲学形成了思想、情节、性格，在完美的作品里，它渗透在各个方面，却不显露出来……"

那么，他的人生哲学是什么呢？我们可以表述为："在坚毅中保持宽容，在宽容中保持坚毅。"硬汉有柔情，铁血有丹心。

本书所收录的他的短篇小说的代表作，正体现着这种人生哲学观念。

伦敦在作品中向读者描绘了一个残酷无情的外在世界，人们生活其间，无比艰辛危险。《快，生一堆火》中，一位淘金者在北极-50℃的气候里，冒险出行，仅因一个细节的失误，结果任凭他怎样挣扎，最终还是免不了冻死在冰天雪地之中。《银白的寂静》也是如此，两个情同手足的淘金者，在雪原上赶路，一个无法防范的意外，使其中一个受了重伤，另一个想等铁哥们断气后再走，但冷酷的自然迫使他提前上路，否则他的性命也将毫无价值地搭进去。面对严酷的生存环境，杰克·伦敦首先提出了"狼的教育"，雪原上的狼是他的信仰图腾。只有像狼那样坚忍、顽强，才能在世界上生存下去。这是《热爱生命》《墨西哥人》《一块牛排》《万里追寻》等作品都在强调的主题。这是生存发展的基础，没有这种精神，在严酷的生存环境中就什么也谈不上了。但仅有这是不够的，《一千打》中的那位大卫，可谓历经千难万苦，但由于太过痴迷，只因对一个细节考虑不周，最终上吊自杀。《赤金峡》中的那位淘金者过于坦诚、开放，为另一个眼红的淘金者暗算，侥幸逃得性命。要想生存发展，还需要智慧、谋略，甚至是狡诈。《基斯的传说》中的那位小男孩，由于超凡的智慧，发明了一种杀死北极熊的新方法，不仅使自己的日子好起来，还使整个部落兴旺发达。《在路上，要聪明》中那个印第安人崇拜白人的文明，一旦情况不对，他也能随机应变，不使自己成为牺牲品。《万里追寻》中那位印第安酋长巧施伎俩，才战胜了过于强大的白人对手。《没脸见人》中那位白人运用勇气和谋略，耍了印第安酋长一把，使自己逃脱了凌迟的折磨，痛痛快快地死去。作为"人的成长"，显然不止于此，否则那只是丛林法则，培养的只是低等的野兽而已。"人"，还需要"爱的教育"。《致敬，雪夜赶路人》中，那些淘金者有点像《水浒传》中的英雄好汉。他们对因济危扶困而成为抢劫犯的陌生人，敢于帮助。对于前来追捕的骑警，则不畏强权，敢于对抗。在《热爱生命》中，主人公被他的同伴抛弃，当那位同伴遭到不幸时，他并不幸灾乐祸，仍保持仁慈之心，表现出同情、宽容，并不趁机掠夺他的金子。在《生命的法则》中老酋长面对死亡，保持镇静，保持尊严，体现出对生命法则的领悟和遵循。《万里追寻》中印第安酋长对所爱的人不远万里，苦苦追寻。《印第安女子》中那位印第安女人为了所爱的人不仅奉献自己的生命，而且奉献了最亲爱的哥哥的生命。真是惊天地，泣鬼神！无情未必真豪杰，铁汉有时也会流泪。《墨西哥人》的主人公里维拉为了阶级仇，民族恨，甘愿奉献自己的一切，他赢得了胜利，他哭了，那是爱的欣慰。《一块牛排》中那位老拳师失败了，他哭了，顿悟多年前他打败的一位老拳师为何痛哭，他成熟了，那是对责任的担负。《面对意外》中那位女主人公，则表明即使处于最蛮荒的境地，也要坚持正义，遵循法律，这位女主人真是一位了不起的"文明"的"人"，一个大写的人！

  在广大读者的心目中，杰克·伦敦是青春、勇敢的化身，他的作品散发着永恒的青春之气。

戴　欢

目录

Contents

001	银白的寂静
010	致敬！雪夜赶路人
019	在路上，要聪明
027	万里追寻
056	生命的法则
063	热爱生命
081	一千打
097	印第安女子
109	面对意外
128	快！生一堆火
142	没脸见人
155	一块牛排
172	基斯的传说
180	赤金峡
198	墨西哥人

银白的寂静

"卡门没几天活了。"梅森吐出一块冰碴，哀怜地瞧着这只冻坏了的狗，之后又拿起它的爪子，塞进自己的嘴里，继续咬出深嵌在它爪趾间的冰块。干完这事后，他一边把狗推开，一边说道："名字动听的狗从来不堪重用。它们跑着跑着就垮掉了，事儿没做完就呜呼哀哉了。可那些名字土气的狗，像卡斯亚，西瓦施，或者哈斯基，你见过它们这样不行吗？没有，老哥，像舒肯吧，它……"

嗖！那条瘦狗一下蹿上来，尖牙差点咬到梅森的喉咙。

"想撕我，嗯？"鞭柄猛击在那狗头上，它倒在雪地上，浑身颤抖着，一股黄涎从牙边流出来。

"一点不错，瞧见了？舒肯就有一股蛮劲。我打赌，不出这周卡门就成了它的口中食。"

"我也打个赌吧，"基德一边回答，一边翻烤着火堆前的冻面包，等着它化开，"我赌在到达目的地前我们就会吃掉舒肯。你说呢，露丝？"

那印第安女子往咖啡里放了块冰，目光从基德转到丈夫身上，然后又转到那群狗身上，一言不发。事情很明朗，不用回答。离目的地还有两百英里，一路荒无人烟，只有不足六天的干粮，狗则一无所有。还能有什么别的答案吗？

两男一女，围火而坐，吃起中餐，食物之少，只能说比没有强一点。由于是午间小憩，狗都带着挽具趴在一边，望着主人吃的每一口，个个口水直滴。

"从今天起，再没午餐了，"基德说，"对这些狗得盯着点——它们开始敌视我们了，一有机会，就会扑倒我们中的一个。"

"我当过卫理青年会的会长，还在一所主日学校教过书。"梅森陷入往事中，目光注视着自己腾起热气的鹿皮靴，冒出一句没头没脑的话。当露丝往他的杯子中倒水时，他才醒过神来，"托上帝的福，茶，我们还多得很！我在田纳西见过茶叶是怎么长的。眼下为一块热玉米饼，我什么都豁得出去！别急，露丝，不久，你就不会饿肚子了，不用再穿这鹿皮靴了。"

听到这话，那印第安女人的脸阳光灿烂了，两眼中放射出对白人丈夫的深爱——这是她有生以来见到的第一个白种男人——也是她见过的第一个对女人比对牲口要好的男人。

"真的，露丝，"她的丈夫用两种语言的土话混着说，总算双方都能听懂，"走完这段路，我们去奥德赛。坐白人的独木舟去盐水河。那条河可不好玩，浪大——从来都是白浪滔天。河又宽又长，一望无涯——要走十天、二十天、四十天……"他屈指算着："白天黑夜都在水里走，风高浪急。之后，你就到了一个大镇子，人多极了，就像夏天的蚊子那么多。那里的屋子，噢，高高的印第安的棚屋——真高呀，有十棵、二十棵松树那么高。哈，棒极了！"

他说不清楚了，停下来，求助般地瞧瞧基德，然后卖力地比画起来，一棵接一棵，二十棵松树高的棚屋。基德嘴角挂着微笑，露出一丝嘲讽；而露丝则惊讶地睁大双眼，露出极度的快乐；对丈夫的说笑，她半信半疑，但他这样讨她的欢心，让这可怜的女人高兴极了。

"然后你走进一个箱子，'噗'的一声你就飞上天了。"为了具体点，他向空中抛出空杯子，又一下接住，叫道："猛击一掌，你就下来了。啊，万能的巫师！你去育空堡，我去北极城——二十五天的路程——我们一直用巫师的绳子联系——我对着绳子的一头儿说：

'嘿，露丝！你好吗？'——你问：'你是我的好丈夫吗？'——于是，我回答：'是呀。'——你又说：'没有苏打粉了，烤不出好吃的面包来。'——我又说：'到仓房去找找，在面粉下面。再见。'你去找了，找到许多苏打粉。你一直在育空堡，而我在北极城。嘿，这巫师可真神啦！"

露丝那么天真地笑了，而两个男人开心地大笑了。狗群一阵骚乱，打断了关于奥德赛的奇思妙想，当狂吠的斗士们被扯开时，露丝已捆好雪橇，一切就绪，准备上路。

"驾！波尔第！嘿，走啦！"梅森威风地舞动鞭子，狗在雪橇压出的冰辙上低嗥着，一声令下，雪橇便疾驰而出。露丝作为第二队紧跟着，基德帮她起动上路，自己殿后。尽管基德体格魁伟，一拳可击倒一头公牛，但他却不忍打这些可怜的东西，差不多没一个驾狗雪橇的人像他这样迁就狗——一定不会有。一看到狗吃苦他就流泪。

"好啦，上路吧，你们这些可怜的疼脚鬼。"试了几回，狗们没能拖动满载的雪橇，他低声哄着它们。他的耐心没有付诸东流，狗们呜咽着，雪橇终于拉动了，快步追上前面的伙伴。

没人言语了，苦难的旅程容不了这样的享受。人生的劳役，莫过于在北极地带跋涉。在这萧索的无人区行进，如果沉默一天就能一路平安，乃是最高的快乐。

充当开路先锋，是最累人的苦差了。每前进一步，这种底部呈扁平蹼状的雪鞋都要陷进没膝的深雪中。然后拔出脚，要笔直向上，若略有偏差都会带来麻烦，行走时必须将雪鞋拔出雪面；然后向前迈，踩下去，另一只脚则须垂直拔出雪面半码高。初次这样跋涉的人，即使他幸运地不让自己绊倒在地上，也只能坚持走上一百码，就会累得再也走不动了。要是一个人不靠狗开路，自己这样走上一天，那么晚上他便可毫不惭愧地爬进睡袋，那种成就感是他人想象不了的。要是一个人能在朗特瑞尔的漫长旅途中走上二十天，那天上的众神都要肃然起敬了。

时光在流逝，这白色的寂静令旅人为之敬畏，他们全心全意地专注于自己的苦役。天地有众多手腕使人类感到自我的渺小和生命的可贵——汹涌的潮汐、狂猛的风暴、慑人的地震、轰隆的雷电——但一切手腕莫过于这白色的寂静。一切止息了，万里无云，天空色如黄铜；最轻的耳语都令人产生渎神之感。在这样的天地间，人臣服了，唯恐弄出一点响动。一粒细微的生命在穿越阴魂主宰的雪原，他因感到自己的冒犯而哆嗦不停，感到自己不过是一个虫子。种种古怪念头纷纷而至，周围的一切都难以测度，这神秘是天地无言的象征。对死亡，对上帝，对宇宙的恐惧向他袭来——对生命和再生的希望，对永生的渴求，对生命奥义徒劳的探索——这就是——假如存在——人与上帝同行。

一天就这样过去了。河流开始拐大弯了，梅森驾着他那队雪橇带队抄近路从陆上弯道插过去。他们被高高的堤岸挡住了去路。尽管露丝和基德在雪橇后面一次次地向上推，却都滑了下来。于是大家聚集力量再来一次。那些可怜的畜生已饿得虚弱不堪，使出了最后的力气。向上——向上——雪橇爬上了岸顶，领头狗向右一歪，带得它身后的狗都向右甩过去，撞在了梅森的雪鞋上。情况不妙，梅森一下被撞倒了；拖索中的一条狗也跟着倒了，结果雪橇向后翻扣下来，所有的东西都被摔到河岸底部。

鞭子猛地抽向狗们，特别是那只跌倒的狗挨得最多。

"梅森，别打啦！"基德哀求道，"这可怜的家伙已不行了。等等，把我的狗队套上。"

梅森扬起的鞭子停住了，故意等他说完最后一个字，然后甩出长长的一鞭，暴风雨般地打在了那只触怒了他的狗身上。卡门——正是卡门——在雪地上颤抖着，哀号着，翻倒在一边。

这是一个糟透了的时刻，路上出了不小的麻烦——一只垂死的狗，两个怒气冲冲的伙伴。露丝忧郁的目光从这个男人转向那个男人，尽管基德眼中充满谴责，他终于把怒火压下去。他向那只狗弯下身去，割断它身上的挽具。谁也吐不出一句话。两队狗合拉一队雪橇，困难解决了。大家继续前进，那只快不行了的狗，拖着身子跟在最后面。只要一个生命还能走，就不能打死它。还得给它最后一次机会——要是它能爬到宿营地——要是能射到一只麋鹿，它就能活下来。

梅森仍旧充当开路先锋，他已为狂怒的行为而后悔，但又绝不愿意表露出来，一个巨大的危险正在前面等着他，他对此一点感觉都没有。

在阴冷的背坡下，有一片密林，他们在其间穿行。距离小路五十英尺或更远一些的地方耸立着一棵巨松。几百年来，它一直耸立在那里，几百年以前就命定它将有这么一个下场——或许梅森也是命定如此。

他弯腰去系紧鹿皮靴带。雪橇停下来，狗们静卧在雪中，一声不吭。寂静在此刻变得诡异：雪林中连一丝风声也没有。寒寂使天地的心和它唇都凝止了。一声叹息，让空气震撼了——它们好像并没有听到它，而是感受到了它，就像在真空中对动作的预感一样。

那株巨松带着积沉的岁月与冰雪的重负，在生命的悲剧中完成了最后的使命。梅森听到了危险的断裂声正想跳开，但差不多刚站直身子，巨松就沉实地砸在了他的肩膀上。

基德曾多次亲见飞来横祸，瞬间丧命。当他发出命令并采取措施时，巨松的枝杈仍在晃动着。那个印第安女子与她的许多白人姐妹不同，她既没有昏过去也没有号哭。听到命令，她飞身扑到代用的杠杆上以减轻巨松的压力，并听着她丈夫的呻吟，与此同时，基德对着巨松挥舞着手中的斧子。斧子砍在冰冻的树干上发出清脆的金属声，每砍一斧，都伴随着砍树人费力的哼声。

最后，基德把那可怜的血团——那曾是个人呀——放在雪地上。伙伴的痛苦令他痛苦，而露丝脸上一言不发的痛苦更让他难受，还有那希冀与绝望交织在一起的询问、探究的目光，没人言语；北极地带长大的人，从小就明白空话无用和行动宝贵。

-65℃，一个人躺在雪中是活不了几分钟的。他们割断了绳索把伤者用兽皮裹起来，放在树枝架成的铺上。在他前面生起一堆篝火，所烧的木柴就取自那棵酿成这场灾难的巨松。他们在他身后斜上方撑起一面简陋的屏风——一块大帆布，它可以将篝火散发的热量反射到伤者的身上——这是有一点物理常识的人都懂的土办法。

与死亡照过面的人，明白上帝何时会召他回去。梅森的伤势很严重，粗略一看，便可知晓伤情。他的右臂、右腿和后背骨头都碎了，下肢瘫痪了，而且还可能造成了大面积的内伤，只有间断发出的一丝呻吟表明他还活着。

别指望奇迹，一切都是白费工夫。这个心惊胆战的夜晚，时间流逝得慢极了。露丝只能在绝望中，以她印第安人所固有的坚韧，顽强顶住命运的打击，而基德青铜般的脸上已刻上几道新的皱纹。实际上这夜倒是梅森苦头吃得最少，他好像重返了田纳西州东部，重温在大烟山度过的童年。在呓语中，当他说起儿时在深潭游泳、捉树狸和偷西瓜时，最让人伤心的是，他用的竟是早已遗忘的家乡方言。露丝一句也听不懂，但基德听得懂，并且体会得到其中的滋味，那只有当一个人体验过文明又与文明隔绝多年之后才感受得到。

早晨，梅森清醒了，基德为了听清他的细语，把耳朵贴近他。

"还记得我们在塔纳纳第一次相遇吗？到下次冰雪融化时就整整四年了。那时我并不特别喜欢她。她长得很美，让人莫名兴奋。可打那以后，我常常想她。她是我的好老婆，患难时总在我身边，要说起做买卖，没人比她行。你还记得在鹿角滩，她飞奔过来把我们从岩石上救下来吗？水面上的子弹打得像冰雹一样。还有在纳克鲁克耶杜的那次饥荒，还记得那次她抢在冰融前带回消息的事吗？是呀，她可真是我的好老婆，比原先那个好。你不晓得我结过婚吧？我从未说起，呃，没错，我在美国老家结过一次婚。就是那次婚姻才使我到这儿来，我俩从小一起长大的。我离家出走是为了给她一个离婚的机会，她现在已办成了离婚手续。

"但这不关露丝的事。我本想把这儿的事了结后，明年带她去奥德赛——她和我一起去——可现在晚了，基德，别把她送回部落。回去过日子对一个女人来说太残酷了。想想看！——她随我们的饮食习惯已经快四年了，咸肉、豆子、面粉和干果，怎么能再让她回去吃他们的鹿肉和鱼？尝试了我们的生活方式，知道了我们的生活方式比他们的好，然后再回到老套套，这可不好受。好好待她，基德，为什么你不——噢，对了，你总是躲着他们——你还从来没告诉过我，你为什么到这个地方来。好好待她吧，尽快把她送到美国去。不过要安排好，在她想回来的时候能回来——你明白，她很可能会想老家的。

"那个小家伙——会使我们俩更亲密了，基德。我真希望他是个男孩。想想看，基德，我的亲生骨肉啊。他千万别留在这个国度。要是个女孩呢，不，不会。卖掉我的皮货，它们起码能卖五千块钱，我在公司里的钱也有这么多。把我的利息和你的放在一起管。我想我们对那块地的申请会有结果的。你要保证他受到好的教育；还有，基德，最重要的是，不要让他回这儿来。这个地方不适合白人。

"我不行了啦，基德，顶多再拖三四天了。你们必须马上赶路。一定走出去！记着，这是我的妻子，我的儿子——噢，上帝！我希望是个男孩！你不要守着我。我命令你，人之将死其言如金，走吧。"

基德恳求道："给我三天时间，你可能会好转的；也许会有奇迹。"

"不行。"

"就三天。"

"你马上上路！"

"两天。"

"这是我的妻儿，基德。你别折磨我了。"

"一天。"

"不，不行！我命令——"

"就一天。我们这点儿吃的省着吃还凑合能维持，再说也许我还能打着一只麋鹿。"

"不行——好吧；一天；多一分钟也不行。还有，基德，别——别撇下我一个人等死。只消一枪，谁来扣一下扳机。你明白我的意思。想想吧！想想吧！我的骨肉，我却没法儿活着见到他！

"叫露丝过来。我要和她告别，还要告诉她必须为孩子着想，不要在这儿等我死。要是我不这样要求她,她大概不肯和你上路。再见吧,老哥;别了。"

"基德!我说——去山谷边的小坡上挖个洞,我在那儿一铲子挖出过四十美分的金子。还有,基德!"

基德俯身凑近这个临终之人,以便听清他最后的微弱的声音,梅森已不再顽固了。

"你明白,我——对不住卡门。"

基德穿上风雪外套和踏雪鞋,腋下夹着来复枪,向林中走去,留下露丝守在她丈夫身边悄悄哭泣。对基德来说,在北极一带遇到意外伤祸并不是首次,但从来没有像今天这么难办,抽象地说,这是一道非常简单的数学题——三个可能活着的生命与一个注定要死的人相比。但他现在却拿不定主意。

整整五年,他俩并肩行走在山间小径,在金矿营地一同淘金,一次次从雪原、洪流和饥饿中逃得性命,他们已亲如手足。露丝初次挤进他们中间来,他俩密切的情感联系使他常常感到对露丝有一种模糊的嫉妒。而今天不得不由他亲手砍断这联系。

尽管他祷告麋鹿出现,哪怕就一只,但好像所有的动物都远离了这片雪原,夜渐渐来了,心力交瘁的基德两手空空,一步一拖地回到营地。一阵狗吠人叫令他脚步变得飞快。

他冲进帐篷,看见露丝站在狂吠的狗群中,抡着的斧子四处飞舞。狗们已不管主人立下的铁律,哄抢食物。基德倒抡起枪,雨点般砸向狗群。不管打中与否,枪托和斧头上下挥舞着;狗灵活地躲闪着,眼睛里燃烧着疯狂,尖牙吊着口水;对主宰权的争夺已令人与兽疯狂了。之后,溃败的狗们爬到火边,舔着伤口,对着晚星哀号,倾诉自己的不幸。

鲑鱼干都被狗抢吃了,还剩下约莫5磅面粉,去支撑他们横越二百英里的雪原。露丝回到丈夫身边,基德把一只温热的死狗剖开,它的头已被斧子劈碎。每块肉都被细心地存放,皮和内脏留下来,抛给狗吃,它们刚才还是同一条战壕的战友呢。

早上,新的情况出现了。狗开始内战了。卡门还有一口气,但

白色的寂静好像在冷笑,一阵猛烈的恐惧扑面而来。

群狗一拥而上，尽管鞭子抽在它们身上，它们也不在意。它们畏缩、哀号，但并不逃开，把它的骨头、皮毛，吞吃个精光，一点痕迹不留。

基德回身干事去了。他侧耳听着梅森的动静，此刻，他的心灵又重返田纳西州，满嘴呓语和过去的朋友们大声笑谈。

周围的松树很多，他干得很快。露丝看见他在搭一个棚架似的东西，很像猎人防狼獾和狗而用来贮藏肉食的架子。一棵接着一棵，他把两棵小松树的树梢相对弯到接近地面的位置，把树梢用鹿皮条捆紧。接着，他的鞭子猛地抽向狗们，打得它们一个个服服帖帖，将它们分别套在两个雪橇上，除了包裹梅森的兽皮，他把所有的东西分装在两个雪橇上，他用兽皮把梅森裹紧、捆严，再把这个皮筒子的两端捆紧在压弯的松树树梢上，只要猎刀砍断鹿皮条，两棵树梢便会弹起来，把这具躯体扯进高高的天空。

露丝已答应了丈夫的遗愿，没有反对一下。可怜的女人，她早就学会了顺从。从儿时起，她就明白要服从天地的安排，她看见所有女人都在这样做。女人生来好像就不能反抗。

当她与丈夫吻别时——这可不是她部落的风俗——基德允许她宣泄自己的痛苦，然后领她到前面一辆雪橇跟前并帮她穿上雪鞋。露丝两眼空空，她机械地拿起套杆和鞭子，吆喝着狗启程了。

基德回到梅森身旁，他已昏迷了。露丝的身影已消失了许久，基德还蹲在火旁，期待着同伴咽下最后一口气。

在雪白的寂静中，孤身哀思，可不愉快。幽暗的寂静是仁慈的，它像保护伞一般掩护着你，并飘荡出千百种无言的怜悯；然而白亮的寂静，洁净而寒冷，在钢铁的天空下，却是无情。

一小时过去了，两小时，但梅森仍有气息。正午时分，太阳没有露脸，它潜行在南边的地平线下，抛出一抹橘红，斜跨天空，很快又将它收了回去。基德惊觉起来，强迫自己来到伙伴身旁。他看了一眼梅森。白色的寂静好像在冷笑，一阵猛烈的恐惧扑面而来。"砰"，一声枪响，梅森接着被弹向他的空中之墓。基德鞭打着狗群，雪橇在雪原上狂奔。

致敬！雪夜赶路人

"一口灌。"

"可是我说，基德，是不是掺得太猛了？威士忌加酒精已够呛了，又掺了白兰地和辣椒酱……"

"到底谁在兑这潘曲酒，嗯？一口灌。"基德透过腾腾蒸汽，大笑道："老弟，等你在这鸟不生蛋的地方待久了，就会明白圣诞节一年就一回。没有潘曲酒的圣诞节，就像是一眼打到底、而毫无指望的矿井。"

"本指望挖个大金娃娃呢。"大吉姆插进来。

他是从马扎麦山上下来的，特意来此过圣诞节。那山上有他一块标地，谁都羡慕。上两个月他顿顿吃的是麋鹿肉。

"没忘了我们酿的毒酒吧，那次在塔纳纳河边，嗯？"

"操，好家伙，哪能忘？整个部落醉意洋洋，打成一团——全因为糖和酸面一顿棒极了的发酵。孩子们，那场面，你的心都恨不得跳出来瞧一番热闹。那时节还不是你们的时代。"基德回头对普林斯说，他是个来了两年的采矿工程师。"那时节，这一带还没有白种女人，偏偏梅森却想娶娘儿们了。露丝她爹是塔纳纳人的酋长，和族人全反对这桩亲事。醉了？好家伙，我连最后一磅糖都用上了，那是我这辈子在那档子事上干得最棒的一次。你们真该看看那个场面！

那帮醉汉沿着塔纳纳河穿堤越坝一路穷追不舍。"

"那印第安娘儿们呢?"路易斯兴致勃勃地问,他是个大个子法裔加拿大人。去年他在四十英里铺时就耳闻了那次疯狂的壮举。

于是基德这位驰名雪国的名嘴,便把梅森这位大情圣的故事绘声绘色、添油加醋地说了一通。这些在雪原闯荡的大汉们都感到心中的那根弦被拨动了,回荡的乡音里,现出一片南国阳光下的草原,那里的生活绝不会只有与严寒和死亡的无望拼搏。

"穿过第一条冰河后,到了育空河,"他接着说,"当地人离我们有一刻钟的路程,我们还是得救了。因为第二条支流冲破了上面的冰凌,挡住了他们的去路。等到他们终于到达奴科鲁克盖陀时,整个宿营地都已做好了迎接他们的准备。至于那次大会师的情况,还是请在座的鲁勃神父说吧,是他主持了那次仪式。"

在新、旧教徒的热烈掌声中,这位耶稣会教士摘下嘴里的烟斗,只能报以温暖的微笑,以致谢意。

"老天啊!"路易斯还沉浸于这段浪漫奇情史之中,叹息道,"噢,印第安小妞,我勇敢的梅森,老天啊!"

当铁皮杯盛的潘曲酒喝了一圈以后,"混江龙"贝托斯跳起来,唱起他每醉必唱的饮酒歌:

> 俺是亨利·沃德·彼彻,
> 和江湖师父混在一块,
> 痛饮黄樟树根汁液。
> 那玩意儿,若要名副其实的话,
> 打个赌,你会叫它——
> 伊甸园的苹果汁。
>
> 噢,伊甸园的苹果汁

酒徒们齐声应和:

噢，伊甸园的苹果汁，
那玩意儿，若要名副其实的话，
打个赌，你会叫它——
伊甸园的苹果汁。

基德扣人心弦的故事把气氛烘得暖洋洋，这些荒原中的莽汉们都在这融洽的气氛中打成一片。说的说，笑的笑，唱的唱，哼的哼。更有人在讲述过去的冒险经历。来自异国他乡的人们时而举杯为对方，时而为所有人祝酒干杯。英国人普林斯的祝酒词是："为新世界的活宝山姆大叔干杯。"美国人贝托斯说："为女王陛下干杯，上帝保佑吾王。"路易斯和德国商人梅耶思也一起为阿尔萨斯和洛林碰杯。接着，基德手端酒杯站起身来，瞥了一眼蒙了足有三英寸厚积雪的油纸窗，说道："祝那些今夜还在小路上跋涉的汉子们身体健康。愿他们的粮食吃不完，愿他们的狗跑得欢，愿他们的火柴都能划出亮光。"

叭！叭！传来一阵熟悉的狗鞭声、爱斯基摩狗呜咽的悲嗥声和雪橇压雪停靠小屋的声音。大家静了下来，望着门。

"一个古道热肠之人，先顾狗，后顾人。"基德悄声对普林斯说。屋外撕咬声、嗥叫声和哀号声搅成一片，他们敏锐的耳朵一听，就明白来人在赶开他们的狗，给自己的狗喂食。随后门被敲响了，节奏铿锵，充满自信。门一开，走进来了一个人。耀眼的灯光打在他脸上，他在门口停了一下，大家趁此把他打量了一番。

这是一个引人注目的大汉，像刚从油画上走下来的人物，他一身北极的毛皮装束，身高六英尺二三，可谓虎背熊腰。他的胡子刮得精光，脸被烈风吹打得发红放亮，浓重的睫毛和眉毛上结满白霜，巨大的狼皮帽护耳和护领微微翘着，就像是从黑夜里显形的冰雪之神。他的毛上衣外扎了条子弹带，上面别着两支大号柯尔特左轮手枪和一把猎刀，手里除了那根几乎不离身的狗鞭外，还提了杆最大号、最新式的无烟来复枪。他迈步走上前来，虽然步履沉稳而轻捷，却挡不住强烈的疲惫感。

"哥们，有什么提神的玩意？"陌生人一声爽朗的问话，冷场的气氛一扫而光，大伙一下又活跃起来。转瞬间，基德和他的手已握在一起。尽管从未谋面，却彼此都有所耳闻。一番介绍并被强灌了一大杯潘曲酒后，他才有机会说明来意。

"那辆三人乘坐、八匹狗拉的雪橇过去多久了？"他问道。

"整整两天了。你在追他们吗？"

"是的。这些畜生让他们从我鼻子底下溜了。我已经和他们缩短了两天的距离——到下个支流就可以赶上他们了。"

"我猜他们可能会动粗吧？"为了不让谈话凉下去，大吉姆问道，因为此时基德已经放上咖啡壶，正忙着煎熏肉和麋鹿肉呢。

来人意味深长地拍拍他的左轮枪。

"你是什么时候离开道森的？"

"十二点。"

"昨夜吧？"问得理所当然。

"今天正午。"

人堆中发出一片惊讶的低语。也难怪他们惊讶，因为这时才过子夜，十二个小时里就赶了七十五英里的崎岖河道，那是谁也不能小瞧的。

过了一会儿，谈话的方向变了，转到童年的话题上。当这位陌生的年轻人吃着粗劣饭菜时，基德细细地端详他的脸。用不着多瞧，这是张坦诚的脸，并且人们对这张脸会感到愉悦，虽然年轻，可是苦难已在上面侵蚀出一道道皱纹。那双海蓝的眼睛，谈话时露着宽容，憩息时透着淡泊，却能让你相信，一旦行动起来，特别是出现意外时，那海蓝的眼底会迸出钢铁般的光芒。他的颌骨宽大刚劲，下颌方方正正，显示出不屈不挠和桀骜不驯的气质。虽然脸上有着雄狮般的威猛，却也氤氲一道不易察觉的柔情，显示出他钟情的特质。

"我和我老婆就是这么结婚的。"大吉姆说道，总结他那段感人的求婚历程。"'我们来了，爹。'她说。'你们下地狱去吧。'他对她说，然后对我说，'吉姆，你把那身好衣服脱了，给我在晚饭前把右边那四十顷地耕出来。'然后他转头对她说,'还有你,莎尔,你给他们做饭。'说完,他吸了一口鼻气,吻了她。我是那么开心。但他瞧见了我,对我大声吼道:'你,吉姆!跟你说,我打扫过谷仓了。'"

"美国那边还有孩子等你吗?"陌生人问道。

"没了。来这儿之前,莎尔就死了。所以我才来了。"大吉姆神情恍惚地给烟斗点火,其实烟斗本来就没有熄灭,接着他回过神来问道:"你呢,陌生人,成家了吗?"

他没有吱声,打开他的表,从当作链子的皮条上摘下,递了过来。大吉姆挑亮那盏昏暗的油灯,细致地对表匣里端详着,但马上便忍不住赞叹了,递给路易斯。"我的老天啊。"他重复了几遍,才又把它交给普林斯。他们注意到他的双手哆嗦起来,眼里流露出一股柔情。就这样,表匣在一双双粗硬的大手间传看着——里面贴着的是一张女人的照片,是这些男人酷爱的小鸟依人的那种女人,怀中还抱着一个婴儿。尚未看见这奇迹的都争先恐后地好奇起来,已经看过的却都默默无言地陷入回忆。他们不怕面对饥饿的煎熬、疾病的折磨,也不怕暴死在荒野上和血泊中,然而这张女人和孩子的照片却使他们全都变得像女人和孩子般的无助。

"我还没见过这小子呢——她说是个男孩,两岁了。"陌生人接过那宝贝说,他又恋恋不舍地凝视了片刻,叭地合上匣子,转身走开,却未来得及掩饰难以遏制的泪珠。基德把他带到一张床前,要他睡下。

"四点整叫我。别误了我。"他说完这话,没一会儿,就进入深沉的睡眠。

"天哪!真是条好汉,"普林斯说道,"赶狗跑了七十五英里,再睡三个小时,又上路。他是谁,基德?"

"杰克,来这儿搞了三年,得了个白干的名声,什么也没得着,倒运透了。先没有打过照面,只是听查理跟我说起过他。"

"有这样的娇妻,却在这个鬼都难熬的地方白花力气,真不容易。"

"他就糟在太顽固了。有一块地,他标了两次,但两次都弄丢了。"

说到这儿,谈话被大吉姆的一阵喧哗打断,马上,黯然的气氛一扫而光。生活的种种苦难在狂放的宴饮中消融得一干二净。只有基德一人看来心神不定,他一次次焦急地看表。有一次,他戴上手套和海狸皮帽子跑到屋外,在地窖里折腾了一通。

他等不及了,提前一刻钟叫醒了客人。此时,这位年轻的大个子浑身僵硬,给他使劲揉搓一通后,才站立起来。他咬着牙,跌跌撞撞地走出屋子,却发现他的狗已上好了套,一切都备好了,大家祝他好运,尽快追上。神父匆匆为他祝福后,就领着众人冲回屋。也难怪,露着两耳两手站在-74℃的风雪中那是要命的。

基德送他上路,紧握着他的手,叮嘱了一番。"雪橇上给你带了一百磅鲑鱼子,"他说,"靠这些鱼子,狗能跑得和带一百五十条鱼一样远。你在佩利弄不到狗粮了,可能你原来打算到那儿弄的。"陌生人一愣,双眼闪光,但没作声。"在到达五指山前,你一粒狗粮和人粮都弄不到,那可是很难走的二百英里路。留心看着点没结冰的河面,也就是三十英里河那儿,一定要走巴尔杰湖最上面的那条宽敞的近道。"

"你是怎么晓得的?消息不可能已经传在我前头了吧?"

"我不晓得,也不想晓得。但是你追的那队狗不是你的。是查理去年冬天卖给他们的。不过他跟我说起过你不错,我信得过他。我看了你的面相,也中我意。而且,我还看见——噢,你他妈的泪汪汪的样子和你那老婆与……"基德说着脱下手套,拽出他的钱袋。

"不,我不需要。"他紧紧捏住基德的手,泪珠冻在他的面颊上。

"那就不要顾惜狗,一倒地就丢开。花钱买,十块钱一磅也别嫌贵。在五指山,小沙蒙和胡塔林卡都能买到。还要注意保持脚的干燥,"他最后说道,"一次要跑二十五英里,要是跑不动了,就生火,换双袜子。"

一刻钟不到。一阵叮当的铃声由远而近。门推开了,走进一名西北骑警,跟着是两个混血赶狗人。他们和杰克一样,也是武装到了牙齿,同样散发着浓重的倦意。那两个混血儿从小就在小路上跑来跑去的,倒也不太在意;那年轻的骑警却已是透支过度了。但警察特有的那份执着却使他仍保持着进来时的气势,并且还将支撑着他,直到他昏倒在路上。

"杰克何时走的?"他问道。"他在这儿停过,是吗?"这话是明知故问,因为地上的痕迹昭示着一切。

基德瞅着大吉姆,大吉姆也感到情况不妙,含糊地说:"有好一阵子了。"

"好了,伙计,说清楚点。"警察劝道。

"你们好像急着找他,他在去道森的路上惹你们了?"

"他抢了哈利家四万。然后去太平洋港湾公司的商店换成了一张在西雅图支付的支票。要是我们不追上他,谁去阻止支票承兑?他什么时候走的?"

基德向每个伙伴眨了眨眼,于是大伙全都呆着眼,年轻的骑警看到是一张张死板的脸。他大步走到普林斯面前,把难题放在他面前。普林斯凝视着自己同胞那张恳切的脸,心里难过极了,但还是含含糊糊地不知说什么才好。骑警于是一张张脸看过去,终于发现一张脸,这脸不能说谎,他是一张神父的脸。"一刻钟以前,"鲁勃神父答道,"不过他和他的狗都得到了四个小时的休息。"

"十五分钟了,而且还吃饱睡足了,我的上帝啊!"这个倒霉蛋嘴里唠叨着,什么从道森一口气跑了十个小时啊,狗都快死光了啊,说着晃晃悠悠地向后退去,疲倦和无望几乎使他晕倒在地。基德硬给他灌了一大杯潘曲酒。然后,他转身走向门口,嘴里招呼那两个赶狗人跟上,他们分歧极大,但温暖的小屋和近在咫尺的休息太诱人了,基德能懂法语方言,倾听着他们的话。他们赌咒说狗都不中用了,跑不了一英里地就得射杀西瓦施和巴贝特,其他狗也强不了多少,最好大家都歇口气。

"能借我五条狗吗?"他转向基德问道。

基德摇了一下头。

"我给你开一张五千的支票,授票人是康斯坦汀上尉——这是我的证件——我是有权随意开填支票的。"

基德一声不吭,冷冷地拒绝了。

"那我就要以女王的名义征用了。"

基德满不在乎地笑了,朝他装满长枪短枪的武器架瞅了一眼。那英国人明白已无可奈何,转身向门口走去。但两名赶狗人还在反对,他猛地冲向他们,大骂他们是娘儿们、是杂种。那个年纪大点的混血儿跳了起来,黝黑的脸紫涨着,咬着牙,把一个又一个字吐了出来,赌咒要把他的两条腿跑断,并且很高兴让他葬身雪地里。

那位青年骑警用尽全身的力气才样子不致狼狈地走向门口,他强打起精神,做出一副雄壮的样子。大家心里都明白,暗中赞赏他的敬业。他的脸犹如波涛起伏,阵阵痛苦在脸上震荡着。狗身上全都是冰霜,蜷缩在雪地里,让它们站起来几乎都不可能了。赶狗人因愤怒而变得残暴,狗在抽到心底的皮鞭下哀号。最后把领头狗巴贝特从套索上解下来后,它们才得以拉动雪橇上路。

"这个下三烂的恶棍加骗子!""老天啊,他真不是东西!""这个强盗!""印第安人都不如!"他们显然愤怒了,其一是因为他们被哄骗了;其二是因为北国的行为准则遭到了破坏。诚实在这里被视为超越一切的品质。

"而且在了解到这个混蛋的行为后,还帮了他。"所有严厉的目光都刺向基德,他一直在屋角处照料巴贝特,此刻基德站起身来,一声不吭地给每一位斟上最后一杯潘曲酒。

"今晚,冷透了啊,弟兄们,冷到骨头里了。"他的开场白,让大家摸不着头脑。"你们都在风雪小路上跋涉过,明白这滋味。别乱说。你们只知其一,不知其二。像你们或我,同锅吃过饭,同毡睡过觉的这些白人,没有谁比杰克更清白一些。去年秋天他把他所有的收获——四万元交给小乔买进靠近加拿大自治领的金矿地。到今天他本该是个亿万富翁了。可是在他留在环城照顾患病的伙伴时,小乔干了什么事?他进了哈利的赌场,赌得亏大了,最后把四万全输干净了。第二天有人发现他死在雪地里。可怜的杰克计划好今年冬天要回到妻子和还未见过面的儿子的身边。你们该注意到他拿走的恰是他伙伴输进去的数——四万。好吧,他已经走了,为这事,你们想干点什么?"

基德环顾众"法官",所有冷冰冰的脸全都开颜解冻了,回荡起暖若春阳的笑容。他就举起酒杯:"祝那些今夜还在小径上赶路的好汉们身体健康,愿他们的粮食吃不完,愿他们的狗跑得欢,愿他们的火柴都能划出亮光,上帝保佑他,幸运跟着他,还有——"

一阵乒乒乓乓声,对着摔了一地的空杯子。"混江龙"贝托斯大吼道:"愿骑警——天旋地转,找不着北!"

在路上,要聪明

查理已进入出类拔萃的境界了。尽管不少印第安人和他一样,具备"道智"——跋山涉水、远行千里的聪慧,但唯有他明白白人的大智慧,也就是"道义",爬雪山、过沼泽所遵守的诚信与规则。不过这种境界并非一日之功。土著人的脑子只能慢慢地总结归纳,需要许许多多反复出现的事,才能领悟。

查理从小就和白人厮混在一起;成年后,毫不留恋地脱离了自己的种族,成为一个"黄皮白心"之人,他下决心要让自己与白人同呼吸、共命运。尽管他敬佩白人的能力,甚至到了五体投地的地步,不过他一直都在思索着这种能力来自于什么。凭直觉他只能得出这样的结论:奥妙就在于"道义"。多年的经历,他彻悟了其问题之所在。就白人来说,他是个异己分子。"非我族类,其心必异"。他很容易进行对比,看透了实质之所在,比起白人自己,他更了解白人;作为印第安人来说,他已超群绝伦。

这些经验构成了他骄傲的本钱,从而使他蔑视自己的种族,不过他把这种情绪深深压抑起来,不让任何人有所觉察。但此刻他再也压抑不住自己的鄙视,将这种情绪全部爆发出来,各种民族的污言秽语喷薄而出,向丘克特与高尔赫两人没头没脑地泼了过去。这两人像两只狼狗一样畏缩在他的面前。由于恐惧,他们缩成了一团;

出于十足的狼性，他们依然龇牙咧嘴。

丘克特与高尔赫肯定不属于奶油小生之列，查理也不是帅哥。这三个人可谓牛头马面，脸上坑坑洼洼，满是疤痕。冰天雪地使得这些疤痕时而裂开，时而又冻上。尽管又沮丧又饥饿，他们的眼光仍锋利凶猛。查理深知到了这种地步，道义已苍白无力，他们是不堪信任的。因此，十天前，他就收缴了他们的枪和宿营装备，现在只有他与艾波威尔队长各有一条枪。

"来，把火点上。"他命令道，拿出那个视为珍宝的火柴盒和一些干桦树皮。这两个印第安人满心不情愿地开始收集枯树枝和灌木枝条。由于身体疲乏，他们总是干一下，歇一下；歇一下，再干一下，在弯腰捡枝时，不是被树枝绊倒，就因一阵眩晕而摔倒。在把枯枝送往火堆的途中，他们一摇一晃，双膝打颤。由于颤抖得厉害，两个膝盖还不时地碰撞着，这情景就像在敲锣打鼓。每往返一次，他们就好像大病一场，显得衰弱至极，需要歇一会儿再干。但他们的眼中不时放出一种坚韧之光，这是在和难以言传的痛苦进行搏斗。心中的"我"仿佛要从体内冲出来，发出野蛮的喊叫，"我，我，我要活下去！"——这是所有生命的本能。

一股南风拂面而来，腾起的火焰顺风而飘，如无数钢针扎向人们的脸和手，把寒气从皮上赶进骨头。烈焰腾空，融化了火堆周围的积雪，形成一个湿黑的圆环。查理就迫使那两个伙伴支起帆布做的帐顶。此事不难：只需把一块毛毯展开，让它与火焰平行，然后使它在上风口斜倾并形成大约四十五度的角。这样既可以挡住寒风，又可以使暖流向后飘散，然后回旋向下扑到毛毯下龟缩的人们身上。跟着，在地上铺上一层云杉树的粗树枝，以免他们坐下时身体触到下面的冰雪。

任务完成了，丘克特与高尔赫开始照料他们的双脚。漫长的跋涉毁坏了他们的鹿皮靴，靴子完全被裹成一个个大冰坨子。更够呛的是，河里堆积的木材堆上的尖冰把它们又戳成了碎片。那印第安人特有的袜子同样不能幸免于难。两人烤化了冻在靴袜上的冰雪，把它们脱下来，露出惨白的脚趾。趾尖上大大小小的坏疽表明这趟旅程是如何浸满了苦难。这两个人留下来烤干他们的靴袜，查理则转身往回走，为的是迎接那些落在后面的伙伴。和他们一样，他极想在火边坐一会儿，使全身酸痛的肌肉稍稍松弛一下。但"道义"却不允许他这样做。他痛苦地在冻原上跋涉着，每一步都是一次战斗，因为身上的每一块肌肉都在拼命地反抗他的意志。不仅如此，有几次他都差一点儿掉进冰窟。由于河中两堆木材之间的水面刚刚封冻，不太厚的冰面难以承受整个身体的重量，一脚踩上去，易碎的冰面就在他的脚下晃动起来，逼得他不得不在精疲力竭中加快了脚步。在这种地方，死亡来得既快且易。不过，查理可不想一了百了。

两个印第安人拖着沉重的脚步，缓慢地绕过一个河湾，进入查理的视野。看到他们，他那不断加重的焦虑消失了。虽然这两人背上包裹的重量才只有几磅，但他们却如同背负千斤重担，一步一晃，一步一喘。他急切地向他们询问着什么，他们的回答似乎使他安下心来，他又急忙地往回赶。接着，两个白人搀扶着一位女人走了过来。由于虚脱，他们两腿发抖，行走起来好像醉汉，东摇西晃、跟跟跄跄。而那位女人反倒是主要以己之力前行，只是稍稍斜倚在他们的身上。一见到她，查理的脸上放出光彩，但很快就抑住了。他对艾波威尔夫人极为尊敬。虽然见过不少白人妇女，但她却是第一个和他一起走过这艰难小径的白人女子。早在艾波威尔队长提出这次探险并要求他帮助之前，他就已严峻地表明这不行，因为这次远征要穿越雪国冻原，生死难测；他深知这次远行非同小可，它将对灵魂进行极限考验。而且在他得知队长夫人将要和他们同行之前，他已拒绝参与。要是她是自己种族的一位妇女，那么他可能就不会反对了；但这些南国的女子们——不，不，对于这种冒险远行来说，她们是太"仁慈"，也太"温柔"了。

查理不了解这种女人。甚至在允诺前的五分钟，他想都没过要去负责这次远征。她浅笑着出现在他的面前，语言质朴清新，直击要害，神态不卑不亢，这一切令他禁不住改变了想法。这前后只花了五分钟。要是她的眼神透出一丝软弱和乞怜，要是她的声音有一丝颤抖，要是她卖弄了女性魅力，那他就会强硬得像钢铁打就，不可动摇。但此刻，她那清澈的眼神，银铃般的脆音，恳切坦诚的神情，无言的平等姿态，征服了他。那时他觉得：这世上出现了一种新女性。不过此前他就已明白为何这种女人的儿子们能够主宰大地和海洋，为何他自己民族的女人们的子嗣无法战胜他们。这就是因为她们"仁慈又温柔"。

　　他自始至终在观察她，发现她尽管疲惫至极，但意志却不屈不挠，仍不断传送圣歌般的妙语，还是那样的"仁慈又温柔"。他知道，她的双脚从落地起一直是漫步在小园香径与金光大道上，从未体验过穿上雪国那种硬邦邦的鹿皮靴后所受的"夹磨"；而且也从未尝过在冰天雪地中冻得青鼻紫嘴的味道。但是令他惊异的是，这双纤足飞快地从那些沉重的日子上踩过去。她总是把微笑和热情之语带给每个人，包括最低下的贩夫走卒。当天色昏暗、道路难辨时，她仿佛也暗淡了，好像在蓄积力量。丘克特与高尔赫曾自吹他们熟悉这条路上的每一块界石，就像一个印第安孩子熟悉自家帐篷里的半圆形支撑箍一样，但眼下却不得不承认他们迷路了。他们的坦白招来了臭骂，但在一片大骂声中，响起她温暖的宽恕之语。那夜，她唱歌儿给大家听。歌声赶走了沮丧，带来了新的希望，使他们充满信心面对前途。粮食短缺，分配时大家互相监督，细细地掂量着那点儿难以果腹的食品。仍然是她，不同意她丈夫与查理的特殊照顾，领取了一份同等的食物。和这个女人打交道，查理为之自豪。他感到生活变得五彩缤纷，生活的道路宽又广。

　　此前，他都是自我奋斗，从不为别人左右；自己拯救自己！除了相信自己，从不考虑别人的看法，这种信念构成了他的硬汉子风格。不过现在，他的内心深处受到了感染，来自外部的善意呼唤初次打动了他。那赞许的一瞥，一声谢谢，或一抹浅笑，只要是来自那双明澈的眸子，来自那银铃般的脆声，来自那微妙的双唇，都会使他在此后的几小时跋涉中为之飘飘欲仙。这更激发了他的硬汉子气概，引以为自豪的"道智"经验第一次令他兴奋不已。处在查理与艾波威尔夫人这样的两个人之间，同伴们沮丧的情绪往往会在他们的激励下振奋起来。

一看到查理,这两个白人男子与艾波威尔夫人脸上禁不住放光了,现在一切都靠他撑着。尽管查理一向是铁面硬汉,哀伤与欢乐一律深藏在那张铁脸后,但他还是向他们询问了其他人的身体状况,同时告诉他们还要走多远就可以到达篝火所在地。继续回行,他迎到的下一批人是个孤零零的印第安人。他没背任何东西,一瘸一拐,双唇紧咬,眼中充满痛苦,映射着脚上的剧痛。脚上,新生的嫩肉正与死神展开一场注定失败的战斗。虽然已尽可能地照顾他,但在绝境中,死去的一般是缺少生命力的一方,查理认定此人日子不长了。这个印第安人心绪很糟,查理因此鼓舞了他几句。随后过来的是两个印第安人。查理曾交代他们沿途关照白人乔。除了艾波威尔队长与夫人外,乔是这个远征队里的第三个白人。但是他们已经抛弃了乔。

查理一眼就看透两人心中有股欲望正在涌动,明白他们想干什么。他留了心,做好准备。他命令两人回去寻找被抛弃的乔,那两人刀鞘中寒光一闪。接下来的场景不太光彩:白茫茫的莽原上,三个衰弱的汉子无力地挣扎着;在查理猛烈的枪声中,那两个人退缩了,像两条被鞭打的狗,乖乖被主人拴上狗链。两个小时后,那两个人搀扶着乔,查理在后面监视着,来到了篝火旁。参加这次远征的其余的人们早已蜷缩在帐篷顶下。

每个人分得一点未发酵的面包,他们的手和嘴以风卷残云之势把这些面包一扫而光,查理说:"伙计们,睡前我要啰唆几句。"他已先把讲话内容告诉了那几个白人,他就用印第安语讲话,"只讲几句,伙伴们,这是为你们好,因为你们还可能活下去。我要向你们宣布一条法规,你们要切记:凡触犯这法规的人,格杀勿论。我们已越过了塞林斯山,正行进在斯图亚特的中心地带。可能一天,可能几天,还可能需要很多天,但我们会准时赶到育空人中间,他们有很多的食品。要是我们谨慎,不违法的话,情况会好的。今天我命令丘克特与高尔赫开路,但他们忘记了自己是条汉子,像吓破了胆的孩童，逃跑了。真的，他们忘了自己是条汉子，因此我们也就不把他们当作好汉来对待了。但从今以后，他们要记住自己是男人。要是他们记不住的话，那么……"他漫不经心但严峻之极地用手拍了拍他的步枪，"明天他们要背这袋面粉，还得注意不要让白人乔倒在路上。再有，我们已经计算过这个面口袋里总共有多少碗面粉，到傍晚时如果少了一盎司的话……你们明白了吗？今天还有别人也忘了自己是男人了。海德和塞尔曼任凭白人乔躺在雪地里而不去管。他们也不要再忘了自己是男人！明天天一亮他们就要出发去开路。现在你们都听到这条法规了。切记，不能越雷池一步。"

查理发现不能使这一行人连成一线。前面开路的是海德和塞尔曼，他们先走了；走在最后的是丘克特、高尔赫和乔，这一组人落后了一英里多地。一路上每个人都晃晃悠悠，不断有人跌倒，或者歇息一下。由于一系列间隔不一致的休息，这前进中的一行人形成了一个队列，每个人都使出身上仅有的一点儿气力摇晃着前进。匪夷所思的是：当这点儿气力榨干后，总会又渗出一丁点的力量。每当一个人跌倒时，大家都会认为他再也站不起来了，但他真真切切地站了起来，不止一次，而是一次次地站了起来。肉体被压服了，意志高踞其上。每一次征服，都带来一个悲剧。那个冻坏了一只脚的印第安人，再也无法站起来了，他开始在地上爬行，用手和膝盖挪动着躯体。他很少休息，因为一旦停下来，严寒就会迅速吞噬他，把他冻成一具僵尸。艾波威尔夫人的双唇上，软软地挂着一缕冰冷的微笑。她的眸子亮着，但却什么也没看到。她经常停下来，把戴着手套的一只手放在胸前的心脏部位，大口地喘气，感到天旋地转。白人乔不再感到痛苦了，不再要求独处，不再祈求死亡。他已神志不清，不复有疼痛的袭击，此刻他既恬静又惬意。丘克特和高尔赫狠狠地往前拽着他，不时地瞪他几眼或是踢他几脚。他们觉得此事极不公平。他们的心为仇恨焚烧着，恐惧沉沉地压在他们心头。为何他不行了，非得拖累他俩？被拖累就意味着死亡——要是不管他——他们想起了查理的法规，那支枪。

日光越来越昏朦,乔摔的跟斗更多了。要他站直很难,他们离前面的人越来越远。有时三个人一起跌倒在雪地里。这两个印第安人已经筋疲力尽。不过他们的背上还背负着生命、力量和温暖。那个面口袋里装着他们全部的生存希望。他们不能不想到它,活下去的欲望是没有什么可奇怪的。他们已倒在了一个大木材堆的旁边,一千捆柴薪在等着人们去点燃。柴薪附近有一个冰洞。丘克特默默地看着这堆木材与冰洞里的水流,高尔赫也在默不作声地看着。之后,他们相互望着对方,一言不发。高尔赫点燃了火柴,丘克特用洋铁罐装满了一杯水放在火堆上加热,乔坐在远处,舌头含混地唠叨着。他们用温水把面粉调成稀糊,各自喝了许多杯。他们没把面粉糊给乔,乔倒也不在意。他对任何事都不在意,就连他的鹿皮靴在火中被烧焦冒出烟来,他也不在意。

　　晶莹的薄雪花儿,在那队行进的人们身边飘舞着,轻轻地,爱抚地,把他们裹在白雪袍里。即使天意不去扫除铅云,澄清玉宇,他们的双脚照样会踏过许多小径。有时哪怕十分钟的喘息,也可救人一命。

　　查理转身回望,看到了那根烟柱。他猜度着烟柱下的火堆旁发生的事,他朝前望去,看到了那些充满信仰的人们,也看到了艾波威尔夫人。

"看来,好兄弟,你们又忘记了是男人了?好,好极了,这样就可以少填几个肚皮了。"

　　查理一边说,一边重新系上面口袋。他把一个口袋系到另一个口袋上,把它们背在自己背上。他狠踢了乔一脚,一阵疼痛闯入这个可怜鬼的极乐幻境,他摇摇欲倒地站了起来。推开了查理搀扶着的手,又开始前行了。此时,那两个印第安人想趁机溜走。

"别动,高尔赫!还有你,丘克特!难道面粉会让你们的双腿有足够的气力跑得比枪子儿还快?想想吧,别再一次触犯法规了。现在是最后一次,做出个硬汉的样子。你们也该知足了——没当饿死鬼。来,过来,背对柴堆,肩并着肩,来吧!"

这两个人服从了，很平静，也无所畏惧，而对查理来说，感到难过的日子是以后，不是眼下。

"你，高尔赫，有老婆孩子，还有一间鹿皮小屋。对这一切有什么要嘱托的吗？"

"你把队长许给我的毛毯、几串念珠和烟草交给她，还有那个盒子，它可以像白人说话那样，发出一种奇怪的声音。跟她说我死在路上了，但不要说怎么死的。"

"你呢，丘克特，你无妻无儿无女，你有谁要关照？"

"我有一个姐姐，她是克什姆地主的夫人。他常打她，她活得一点儿都不快活。你把合同上属于我的东西交给她，告诉她要是能回到自己人的中间，情况会好些。如果你有那个意思的话，你可以见见那个人。要是他死了，那可是件喜事。他打她，她总是怕得要命。"

"依据法规，你们愿意受死吗？"

"愿意。"

"那么，上路吧，好兄弟。愿你们在天黑前坐在暖和的鹿皮小屋里，身边是装满食物的饭罐。"

他边说边举起了枪。隆隆的回声碾碎了莽原的沉寂。回声还未止息，有一杆枪在远处也发话了。查理惊了一下。枪声轰轰涌来。在这帮人中，除了查理外，另外只有一支步枪。他瞟了一眼躺在地上的两人，死者脸上那样安详、宁静，嘴角上则对他的"道智"露出一丝邪恶的微笑。查理匆匆去见育空人。

万里追寻

一

狗铃叮当,挽具嘎吱,雪橇呜咽,犹如一曲无尽的哀歌。人与狗累极了,一声不响。小径上铺满一层厚厚的新雪,一辆辆雪橇缓缓地行进,上面装载着一条条冻硬的麋鹿腿肉。雪橇紧贴着不见行迹的雪道,仿佛执拗得不肯前进。他们已走了很远的路了。

夜幕降临,却无处投宿,软软的风中,柔柔飘荡的不是雪花,而是水晶般精美的雪霰。天太温暖了,差不多还不到-10℃,男人们对此满不在乎。迈耶斯和贝特尔帽上的耳扇一直卷着没放下,基德连露指手套也脱下了。

午后狗都累坏了,现在它们又振奋起来。精壮的狗,有的流露出不安——一种对缰绳束缚的不耐烦,使它们奔跑无法迅猛。它们只能竖起耳朵,喷着鼻子。呆头呆脑的同伙使它们恼火,于是一次次狡诈地咬它们的后腿,催促它们前进,被咬的狗也就跟着去咬其他的狗,啃咬便波及开来。领头狗高叫一声,埋下身子在雪中发力,其他的狗也学着一齐发力。狗背弓凸,缰绳绷直,雪橇飞奔起来,男人双手握紧舵杆,缩回双脚,免得掉下雪橇。此刻,一天的劳累逃得无影无踪,他们吼叫着,狗吠此起彼伏。在夜幕下,雪橇颠簇着。

"哎！哎！"每当一辆雪橇突然偏离雪道，像鼓满风的小帆船倾斜着行驶时，男人便吆喝起来。

羊皮纸窗的灯光出现了。灯光表明自己的小屋近了，他们发起了冲锋。那里面有火焰熊熊的火炉和热气腾腾的茶壶。此时已可听到人声鼎沸，看来小屋里已塞满了人。几十条大汉一齐怒吼了，许多毛乎乎的东西同时冲向了拉着第一辆雪橇的狗群。门"砰"地打开，一个身穿红色制服的警察在这帮恼怒的莽汉中踩着齐膝的大雪，镇定且凶猛地用狗鞭的把子治服了这些撕咬的畜生，之后，汉子们便和解了。基德被一群陌生人迎进了自己的小屋。

本该是普林斯迎他进屋，负责点炉端茶，可他此刻正忙着为客人张罗。客人有十几个，弄不清他们是女王陛下的警察还是女王陛下的邮差，好像三教九流的人都有，共同的生活将他们塑成了一个模样——清瘦、结实，饱受艰辛，脸晒得黄黑，眼睛雪亮，性子粗豪。他们驾驶着女王的猛犬，令女王的敌人提心吊胆，他们虽然衣食简陋，但内心满足。他们领略过人生，立下汗马功劳，也有过浪漫的时光，可他们并不去思考人生。

他们大有宾至如归的感觉。有两个人趴在基德的床上，唱着他们祖先唱过的歌。他们的祖先是法国人，当年他们的祖先就是唱着这首歌踏上西北大地，唱着这首歌和印第安女人同枕共眠。贝特尔的床，也遭受了类似的苦刑：三四个懒洋洋的汉子在毛毯底下蠕动着脚指头，其中一个正在吹嘘他在舰队时的故事。那时他在沃尔斯特手下当兵，和他一路打到苏丹首都喀土穆。待他讲累了，一个牛仔又接上，大肆吹嘘他与"勇敢的比尔"一起游览欧洲各国首都时见到的宫廷、国王、贵族和淑女。角落上，有两个混血儿——一对年迈的战友——正一边修补挽具，一边谈论西北燃烧着起义火焰的时光，当时的起义首领是里尔，他们战败了。

粗野的俏皮话和玩笑此起彼伏，跋山涉水的艰辛在嬉笑中一笔带过，长留记忆的只是一句脱口而出的幽默或滑稽。这是些未戴桂冠的英雄，他们目睹历史成形，视卓越为碌碌，视浪漫为巧合。普林斯被他们吸引住了。他带着双倍的仰慕，向他们递上宝贵的烟草。锈迹斑斑的记忆大门开启了，久已被遗忘的漂泊人们因他的特别恩赐而复活了。

谈话休止了，旅人们抽完最后几袋烟，打开扎得紧紧的兽皮睡毯，普林斯回到了他朋友的身边，进一步打听消息。

"喂，你可知道这些牛仔是何人？"基德一边回答他，一边解开鹿皮靴的带子。"不难猜到，他床上的伙伴一定是个英国佬，其他人都是森林人的后裔，天晓得身上流着多少他人的血。由门口进来的那两个是纯种的'野杂种'，或者说是森林娃，那个戴着精纺腰巾的小伙子——看看他的眉毛，看看他上翘的下巴，就知道有个苏格兰人曾在他母亲熏黑的圆锥形帐篷里哭泣过。还有那个长得一表人才的，头下压着风帽长衣的那个，肯定是个法国杂种——你听过他说话吧；他不喜欢那两个印第安人向他靠近。你看，这对'野杂种'在里尔起事时，就结下了深厚友谊，亲如兄弟，打那之后热度不减，结果两人再也分不开了。"

"可我想知道，火炉旁边一脸郁闷的家伙是什么人？我敢说，他不会说英语，整个晚上他都没有张口说话。"

"错了。他的英语炉火纯青。他听别人谈话时，你注意到他的眼睛了吗？我可注意到了。他不是他们一伙的。他们说土话时，你看得出他一点也不懂。我自己也在想他是什么人。我们一齐来弄弄清楚。"

"给火炉加两块柴！"基德大声命令道，一面上下打量那个人。

他立即照办了。

"他受训练惯了吧？"普林斯低语。

基德点点头，脱了袜子，在趴满一地的人群中，踮起脚，跳来蹦去，到了火炉前，将湿臭的袜子挂到炉子上，那上边已挂了二十来双了。

"你去道森？"基德试探着。

那人盯了他一会儿，答道："他们说还有七十五英里。是这样吗？那可能要走两天的路。"他声音不大，但如行云流水。

"你来过这儿?"

"没有。"

"去过大西北?"

"是的。"

"在那里出生的?"

"不是。"

"不是这些地方,那你这鬼头是哪里出生的?"基德用手一拨拉这帮赶狗人,包括已爬进普林斯床上的两位警察。"你从哪里来?你这张脸我好像见过,只是记不起在什么地方了。"

"我知道你。"他答非所问,一下将基德的问题调了个。

"你在什么地方见过我?"

"我没见过你,但见过你的伙伴,一个牧师,在帕斯帝利克,那是很久以前的事了。他问我是否见过你——基德。他给我饭吃。我没停多久。你听到他说起过我?"

"啊!用海獭皮换狗的原来就是你!"

那人点点头,敲了敲烟斗,然后打开兽皮睡毯,不再说了。基德吹灭了铁罐油灯,爬进毛毯和普林斯睡在一起。

"他是干吗的?"

"不清楚——这家伙岔开了我的问题,然后就不言语了。这小子很怪。我听说过他。八年前,正是深冬之时,他从离我们这里好几千英里的北方来。海边的人都产生了好奇心,他的一举一动让人捉摸不透,这你看到了。他沿白令海一路而下,好像后面有鬼在追。谁也不清楚他是哪儿的人,但他一定奔波了很久很久。在戈洛文港,那位瑞典传教士给他吃时,他已经走得快垮了,可还问如何向南去。这是我后来听到的。然后他放弃绕海走,开始横越诺顿湾。天气恐怖极了,狂风暴雪,可他居然走过去了,换了别人,恐怕死了一千次。可他走过了,没到圣迈克尔,却到了帕斯帝利克。只剩下两条狗,人也快饿死了。鲁博神父给他弄吃的,他急着上路,就胡乱吃了点。可神父不让他带上狗,因为他要等我来了才上路。长征先生很厉害,没狗也走了。他雪橇上有一大捆加工好的水獭皮,都是海

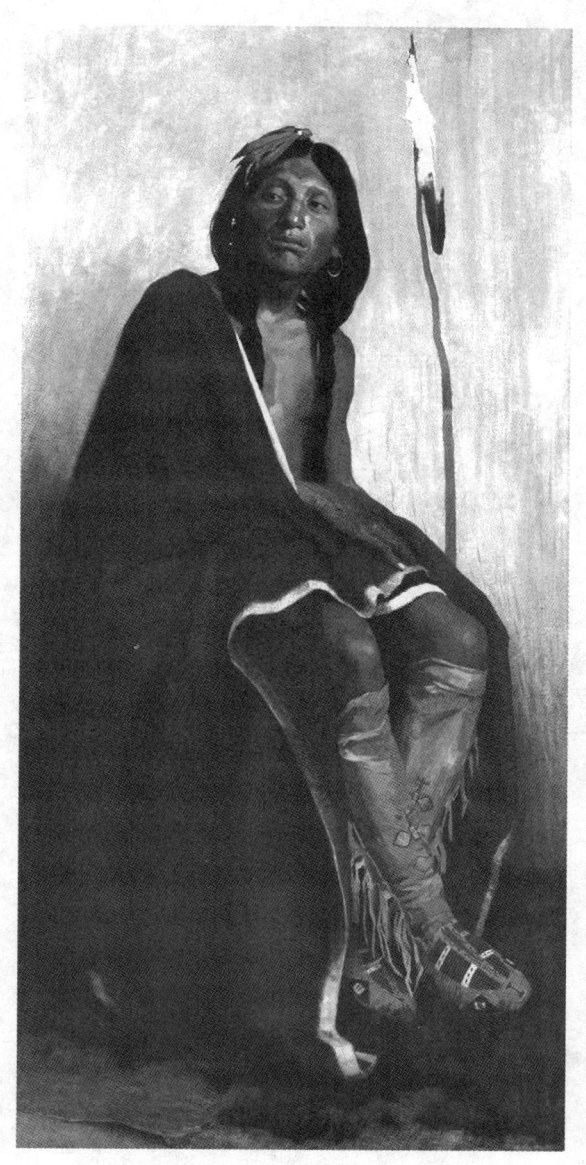

你这张脸我好像见过，只是记不起在什么地方了。

獭皮，你清楚，很值钱的。帕斯帝利克有个老守财奴是个俄国商人，他有些狗要杀掉。唉，他们没折腾两下，这笔交易就做成了。这怪物向南而去，前面是一队跑得飞快的狗。当然，守财奴得到了这批海獭皮。我亲眼看到过，一大笔钱啦。我算了一下，这批狗起码让他捞到五百枚金币。而且看上去好像这怪物并非不懂海獭皮的价值。他是个印第安人，但他只要说几句话，就表明他在白人中呆过。浮冰漂过海后，听消息说他到了努尼瓦克岛，向人讨吃的。接着消失了。再听说他，已是八年后了。现在他是从何而来呢？他又有何干？他是个印第安人，谁也不清楚他来自何方，但他素养很高，对一个印第安人而言这非同寻常。这又是一个雪国之谜，就靠你老弟探索了。"

"多谢，多谢，我手上的事已忙得够呛了。"他答道。

基德一下打起了呼噜；但这青年采矿工程师盯着屋内的浓黑，沸腾的热血渐渐平复下来。他入睡了，脑子却还在运转，此刻的他也在异样的白色中跋涉，在漫漫的小径上与狗一道挣扎，目睹着人生的苦难，人的死亡。

次日早上，天还未亮，赶狗人与警察一起朝道森奔去。对女王陛下的忠诚左右着她的二等公民的命运。邮差们干劲冲天，几周后，等他们到了斯图亚特河，又得拖着重重的邮件赶往咸水河。狗又换上一批新的，可狗只是狗而已。

他们期望在途中找个地方歇一下脚；此外，克朗代克新近划归北方地区，他们也想领略一下黄金城的风采。在城里，尘埃飞扬，歌舞厅昼夜狂欢。他们只能像上回一样，在基德的房子里，烘烘袜子、抽抽烟，就很高兴了。虽然也有一两个胆大的想另辟蹊径，盼望能够往东闯出一条翻越落基山脉的新路，然后经由马肯吉山谷，到达奇浦杨的老落脚点。甚至有两三人决定服役期满后，经由那条道回家，而且他们马上开始规划，期待冒险的心情，不亚于在城市中长大的人渴望在林中度上一天假。但是那个曾拿海獭皮换狗的人，看来心神不定，显然他对这番探讨没有兴趣。最后，他把基德扯到一旁，低语了一阵。普林斯瞅着他们，充满好奇心，看到他俩戴上帽子手套出门去，更觉神秘莫测。俩人回来了，基德将一杆金秤放在桌上，称出六十盎司金砂，放进那怪人的口袋里。接着赶狗队的领队也加入这场秘密交易。第二天这帮人沿河而上，而曾拿海獭皮换狗的那人，带些食物，独自重返道森。

普林斯询问他，基德回道："真没弄懂，但这可怜虫肯定有什么原因不想干了——起码对他是主因，尽管他不说。你晓得，这里像军队：他签了两年合同，要脱身的唯一办法就是拿钱买。他不能开了小差又待在这儿。而他又发疯地要留在这蛮荒之地。他说在道森时就下了决心，可他举目无亲，身无分文。我是唯一和他说了两句话的人。所以他和道森的代理总督说好了，做好了能从我这里弄到钱的打算——是贷款，你知道的。他说一年后还我，而且，要是我愿意，他会让我暴富起来。虽然他从未见过那地方，但知道它是一座金库。"

"听我说！唉，刚才他把我拉到外面，他眼泪差不多都掉下来了。又是恳求，又是哀告，'扑通'一声，向我下跪，我只好把他拖起来。他疯狂地说了一通。对天发誓，说他为了这个目标，已经历了无数苦难的历程，现在要他两手空空，他受不了。我问他那是个什么目标，他不肯吐露。他只说，他担心他们把他分配在这条路的另外半段上干活，那么他在两年之内就回不了道森，这样，就会太晚啦。我这一辈子，从未见过如此哀伤的人。我应允下来，不得不又把他从雪里拽起来。我说，这笔钱就算我出的一份股金吧。你以为他很高兴吗？错了，老弟！他赌咒发誓，要把他找到的东西全给我一个人，那金子多得让我做梦也想不到，他翻过来覆过去，总是这么一套。一般说来，一个为让别人出钱而拼搏多年的人，一旦得到了东西，总是连一半也舍不得付给投资人。普林斯，你记住好了，这里面肯定大有缘故，要是他还在这一带活动的话，我们准会听到他的消息……"

"要是他不在这一带呢？"

"那就是我善有恶报，六十盎司黄金打了水漂。"

严冬与极地之夜联翩而来，太阳沿着雪国南边的地平线，时隐时现，可是基德的那笔款子音信全无。

第二年一月初，一个寒湿的早上，在斯图尔特河下游，许许多多的狗拖着几辆重载的雪橇，来到了他那所小木头房前面，那个用獭皮换狗的人果真来了，跟他一块儿来的还有一个人——那人的体格，大概众神现在也记不清是如何造出来的。人们只要谈到幸运、胆子和一铲五百元的金砂，都会想起冈德森；人们要是围着篝火，谈到勇敢、力量和悍野的例证，他就难免挂在人们的嘴上。一旦大伙的谈兴低落下去，只要有人提起跟他寸步难离的那个女人，谈兴马上又浓了。刚才说过，也许诸神在制作冈德森时，又耍起了开天辟地时的手艺，按洪荒时代的人把他塑造出来。他身材魁梧，足足有七英尺高，穿着一身华服，确是一位黄金之王。胸脯、脖子、手、脚，都是巨大无比。他那双雪鞋，要扛住三百磅重的筋骨，比别人的长一大截。他的脸线条粗犷，各个块面犹如刀削斧劈，他又生得一个宏伟的下巴，一双蔚蓝如海水的巨眸，不知畏惧为何物；一看他这张脸就明白他是个海上、地上的霸王。他那一头结满霜花的金发，犹如晚秋的玉米缨子——映衬着他那张黑油油的脸，仿佛午夜里的一道阳光，一直散发到熊皮袄上。他在群狗前面挺进，从窄径上大摇大摆而来，显露出纵横海上的习气。他用狗鞭把子敲基德的门时的神气，活像一个向南方长驱直入的北欧海盗，正猛擂城堡的大门。

普林斯露出他那娘们样的胳膊，揉着生面团，不停地瞅着这三位怪客——三个这样的活宝同时走入一个人的屋子，这可真是一辈子难碰的奇事。那个怪人——基德管他叫长征先生，仍然吸引着他；不过令他最怦然心动的，却是冈德森同他的老婆。

她赶了一天的路，感觉受不了，自从她丈夫挖到了北极的金矿矿脉，他们就发了起来，而她的身体就在舒服的木房里软弱下去。她累极了，连头发都懒得飘动了。她就像一株柔弱的鲜花靠着一堵巨石，偎在她丈夫的宽胸上，娇媚地回应着基德好意的取笑；她那幽谷般的黑眸子，时而瞟一眼普林斯，每当这时，普林斯就哆嗦起来。普林斯是个男人，身体健旺；一连好几个月难得一睹女人。她的年纪比他大，又是个印第安女人。可是她跟他见到过的那些土著的乡巴佬老婆完全是两回事：她走南闯北——从谈话里可以知道她到过众多的国度，还到过他的故乡英国；白种女人懂得的事情，她差不多全懂得，此外她还具备许多女人没有的花招。她可用鱼干凑合一餐，能在雪地里铺一张床；她故意挑逗他们，描绘着晚宴每一个闪光的细节，那些记忆深处的各色佳肴全被她扒拉出来，每个人都被弄得饥肠辘辘，肠鸣不已。她懂得麋鹿、熊同小蓝狐，还有北冰洋里的动物，以及那些冰上水下游来窜去的动物的习性；她对森林里同江河上的事，同样老练，无论人、鸟、兽在脆弱的雪面上留下什么痕迹，她都能一眼看透。普林斯还留意到她在看宿营布告时，露出赞赏的眼神。这些规则是那个闲不住的贝特斯一时恼火，发表出来的，写得俏皮，充满情色的意味。普林斯总是在女人来之前，把它翻过来，让背面对着来客；可是谁又能猜到这个土著女人会……算啦，反正现在已经来不及啦。总之，冈德森的老婆就是这么一个人。

她的声名，不下于丈夫，驰名于整个雪国。午餐时，基德仗着老友的资格，毫无忌惮地用话撩拨她，普林斯也摆脱了初见的拘束，跟着取笑。她虽然难敌夹攻，嘴里可毫不让人；至于她的丈夫，口拙嘴笨，插不进来，只好给她喝彩助阵。他为有这样的妻子，很是得意；从他的每一个眼色，每一个举动里，都可以看出她在他的生活里占着了不起的地位。那个用獭皮换狗的人只管一声不响地吃饭，在这场快乐的舌战里，他被遗忘了；不等别人吃完，他已退席，去屋外待在狗群里。不过，他一走，他的伙伴们也开始戴上手套，穿上皮外衣，跟着到了门外。

当时，已多日没有下雪，雪橇顺着冻硬的育空雪道滑行，与冰上滑行一样轻松自如。长征先生驾着第一辆雪橇，普林斯同冈德森的老婆驾着第二辆，基德跟那位金发巨人就驾着最后一辆。

"这只是一种直觉而已，基德，"冈德森说，"不过我倒认为这事十拿九稳。他从未去过那里，可是他讲得头头是道，还给我看了一张地图；几年以前，我在库特奈一带就听人谈到过这张图。我本想邀你一块儿去，不过他是个怪人，他说得很干脆，只要有别人插进来，他就马上散伙。可是等我回来之后，我会头一个让你知道，我会把邻近的矿给你，另外还把筹建城市的地基分一半给你。"

"不！不！"他叫了起来，因为基德要打断他的话，"这是我的事，在事情没办成功之前，也需要有个人商量。要是这事靠得住，嘿，老伙计，那可是第二个克利普尔河啊，你听见了没有？第二个克利普尔河！你知道，那是石英金矿，可不是矿砂呀；要是我们干得对头，我们能把整个矿都弄到手——那要值几百万，几千万啦。这地方，从前我听人说过，你当然也听人说过。我们要造一座城市——雇几千工人——开一条水道——轮船航线——运输大生意——开往上游的小火轮——也许，我们还要勘测一条铁路——一些锯木厂——发电站——而且，我们还要有自己的银行——商业公司——辛迪加——嘿！在我回来之前，你可别向别人透露风声呀！"

在斯图尔特河口处，雪橇停了。一片冰海伸向远方，伸向谁也没到过的东方。他们把绑在雪橇上的雪鞋解下来了。冈德森跟他们握过手以后，就走到了最前面，他那双巨大的蹼足似的雪鞋，在鹅毛似的雪里，足足沉下去半码多深，把雪压得结结实实的，让狗不至于陷在雪里打滚。他的妻子跟在最后一乘雪橇后面，她在运用这种笨重的雪鞋技术上，看得出是久经考验的。

依依的惜别声打破了沉寂，狗吠声此起彼伏；至于那个用獭皮换狗的人，他正在用鞭子抽打一条倔强的狗。一个小时之后，这队雪橇犹如一支黑铅笔，在雪国这张大白纸上，画出了一条长长的线条。

二

许多日子过去了，一个夜晚，基德同普林斯把头凑在一张发黄的纸上，那是从旧杂志上撕下来的，两人正切磋着那上面的棋谱。基德才从他的波纳扎金矿回来，准备休养一阵，然后过上一段猎鹿时光。普林斯差不多在河道同雪道上熬过了整个冬天,也非常想在木屋里享受一周。

"把黑骑士跳上去,将一军。不行,不中用。你瞧,下一步……"

"为何要让卒子进两步呢?应当用它来换子,只要吃了主教……"

"且慢!那样会有麻烦,还有……"

"不会的,没问题,走上去!你瞧吧,这样走准行。"

他们乐在其中。

门被外面的人敲响两次。基德才喊了声"进来"。门开了。一个活物晃晃悠悠地进来了。普林斯迎面一看,吓得跳起来。他那双惊呆了的眼睛,令基德忙转过身;尽管他见过不少世面,这一回,连他也吃了一惊。那个活物盲目地蹒跚着朝他们移过来。普林斯侧着身子慢慢后退,直到摸着了那个挂着手枪的钉子。

"天啊!这是什么怪物?"他哆嗦地问基德。

"不知道。看情形,也许是冻僵了,很长时间没进食。"基德一边回答,一边朝对面溜过去。等到他关好门回来,他又警告道,"注意!这家伙也许疯了。"

那活物走到了桌子前。油灯的亮光照在它的眼睛上。它很高兴,发出恐怖的咯咯声,表示它快活极了。接着,这人——原来它是个人——突然向后一跳,束紧皮裤,唱起水手起锚歌来,这是水手们转动着绞盘、在海涛声声时唱的:

    美国佬的船啊,顺流走哇,
    这么棒的小伙子呀!拽呀!
    这船长是哪个啦?
    这么棒的小伙子呀!拽呀!
    他是卡罗莱那的琼斯王啊,
    拽呀拽!太棒啦……

他忽然哑了，狼般地嗥了一声，晃晃悠悠地拐向食品架子。他们没来得及把他拦住，他的牙齿已啃起一块生腌肉。那块生腌肉在他和基德的抢夺中反复易手；不过，他那股疯劲来得猛，去得快，他衰弱地交出了已抢到手的腌肉。基德和普林斯把他架到一张凳子上，他就把半个身子趴在桌子上面。一小杯威士忌酒使他缓过劲来。基德把一罐糖放到他面前，他已能用匙子去舀糖了。后来，等到他的胃口有点满足了，普林斯就一边哆嗦着，一边递给他一杯淡牛肉茶。

这人的眼里闪动着疯狂的寒光，每吃一口，寒光就一会儿明亮，一会儿阴暗。他的脸上可谓体无完肤。这张脸，斑斓剥落，完全不像人脸了。一次又一次的严寒在他的脸上肆虐着，头一次的冻伤还没好，新的冻伤又在那上面结了一层疤。表皮结成黑紫的斑块，曲曲弯弯地纵横着几条深深的锯齿形裂痕，露出粉红的嫩肉。他的皮衣肮脏不堪，破烂不堪，一边的毛已经燎焦，有些地方甚至给烧光了，一看就知道他那一边身子曾经贴着火睡过觉。皮衣被太阳晒黑，上面不少地方割成一条条的——那是饥饿留下的痕迹。基德指着它。

"你——是——谁？"基德一个字一个字地吐出来。

那人仿佛什么没听见。

"你是从哪儿来的？"

"美国佬的船，顺流走哇。"嗓音犹如锯齿，算是回应。

"没问题，这个叫花子准是顺河而来的。"基德边说，边摇着他，想叫他回答得明白些。

可基德刚碰到他，他就哼了一声，一只手拍着腰部，显然是因为疼痛。然后他慢慢地站起来，把半个身子靠着桌子。

"她笑我——就这样——她瞪着我；她——不——肯——来。"

他的声音几乎听不见了，身子往后倒下去，基德抓住他的手腕，叫道："谁？谁不肯来？"

"她，恩卡。她笑我，打我，这样，又这样。后来——"

"嗯？"

"后来——"

"后来怎么样?"

"后来她就静静地躺在雪里!躺了很久。此时,她还——还——躺在——雪中。"

基德和普林斯,你看我,我看你,不知所措。

"究竟是谁在雪里?"

"她,恩卡。她瞪着我,后来——"

"嗯,嗯。"

"后来她拿起刀子,这样,一下,两下——可是她没劲。我一路上走得很慢。那地方有很多金子,很多金子。"

"恩卡在哪儿?"从基德所能听懂的话来看,也许她就在离他们一英里左右的地方,快要死啦。他狠狠地摇着那个人,一再问他,"恩卡在哪儿?恩卡是谁?"

"她——在——雪——里。"

"往下说!"基德狠命地握紧他的手腕。

"所——以——我——本——来——也——想——在——雪——里,可——是——我——有——一——笔——债——要——还。它——很——重——我——有——一——笔——债——要——还,一——笔——债——要——还——我——有——"他的断断续续,一个字一个字的话停住了,他把手摸到大口袋里,掏出一个鹿皮包。

"一——笔——债——要——还——这——五——磅——金——子——垫——款——基——德——我——"他头一歪,瘫在桌子上,基德再也没办法把他扶起来了。

"长征先生,"他平静地说,一面把那袋金子扔到桌子上,"看来,冈德森和那女人都没命啦。来,把他抬到床上,盖上毯子。他是个印第安人,他会活过来的,恐怕他还会给我们讲出一段奇事来。"

等两人把他身上的衣服割下来时,只看见他右胸口上,有两处没愈合的刀伤,不过伤口已经变硬了。

三

"我打算把我的亲身经历讲出来；我想你们会懂的。从头说起吧，谈谈我自己和那个女人，以后，还要谈谈那个男人。"

这个用海獭皮换狗的人向火炉靠近了一点，他就像丢掉了火种的人，仿佛害怕普罗米修斯的这份礼物会随时消失。基德挑亮油灯，把它挪了个位置，让它可以照在说话人的脸上。普林斯也把身体从床边挪过来，跟他们凑在一起。

"我叫纳斯，是个酋长，也是酋长之子。我是在日落以后日出以前，在墨黑的大海上，出生在我父亲的皮船里的。那天，整个晚上，男人不停地划桨，女人把冲到我们船上的浪舀出去，我们跟暴风雨搏斗。咸咸的浪在我母亲胸口上结成冰，浪退了，她的呼吸也停了。可是我——我随着暴风雨哇哇哭叫，总算活下来了。我们住在阿卡屯……"

"哪儿？"基德问道。

"阿卡屯，它在阿留申群岛。阿卡屯这个岛，比契格尼克岛远，比卡尔达拉克岛远，甚至比乌尼马克岛还远。我刚才说过，我们住在阿卡屯，在大海当中，大地的边上。我们在海里捉鱼、捉海豹和海獭；我们的家都连在一块，房子造在林子边、黄沙滩中的一长条岩石上，沙滩上放着我们的皮舟。我们人数不多，我们的世界也很小。我们东面有几座陌生的岛——都跟阿卡屯一样；因此我们就以为全世界都是岛，不再留意别的什么。

"我跟族里的人不一样。在海边的沙滩上有一条船，只剩了几根弯曲的船骨和几块给浪冲翘了的船板，我族里的人从没造过这样的船。我还记得，在那三面临海的半岛尖，长着一株巨松，也是我们岛上过去所没有的。据说很久以前有两个男人来到那地方，踯躅着，从天亮望到天黑，一连待了许多日子。这两个人就是坐着那条在沙滩上成了碎片的小船从远方来的。他们长得跟你们一样白，身体衰弱得就像海豹已逃走、猎手空手回家时挨饿的小孩子一样。这些事都是老人告诉我的，他们是从自己的父母那儿听来的。起初，这两个陌生的白人不喜欢我们的生活习惯,可是他们吃了鱼和油,身体就壮实了,变得强壮起来。以后,他们各自造了一幢房子,讨了我们最好的女人,日子一长,也都生了孩子。于是,我父亲的父亲的父亲,就出世了。

"我讲过,我跟我族里的人不一样,因为我有那个白人的血统。据说在这两个白人来到之前,我们本来另有一套规矩;可这两个人既凶猛,又爱争吵,他们总是跟我们族里的人打架,直到没一个人再敢应战。于是他们就自封为酋长,取消了老规矩,立下了新规矩,规定男人是他父亲的儿子,而不像我们昔日那样,规定是他母亲的儿子。他们又规定,头生子有权继承他父亲的一切,弟弟和姐妹都得自谋生路。他们还给我们立了一些其他的规矩。他们教我们用新方法去捕鱼杀熊,我们森林里的熊真是多极啦;同时,他们又教我们多贮存一些东西,以防饥荒。这些全都是好事。

"不过,等到他们当了酋长,没人敢挑战他们时,这两个白人就相互打起来了。其中有一个,也就是我得了他的血统的那个人,当时便把刺海豹的鱼叉朝另外一个人身上扎进去,有一胳膊深。于是,他们的孩子就接下去再打,然后再由他们的孩子的孩子接下去;他们之间有血海深仇,始终战斗不息,甚至到了我这一代也是如此,结果每一家只能一脉单传。我这一家,只剩了我一个人,那一家只有一个女儿,就是恩卡。她跟她母亲住在一起。有一夜,她的父亲跟我的父亲出去打鱼,没有回来;后来,他们给大潮冲上了沙滩,两个人还紧紧地扭在一块儿。

"我们两家的血仇令大家叹息不已。老人都边摇头边说,等到她养了孩子,我也有了孩子,这个仗还要打下去。他们在我小时候就对我讲过这话,后来我也相信了这种话,把恩卡当作仇人,以为她将来当了母亲,她的孩子一定会跟我的孩子战斗。我天天想着这种事,到了我长大成人,我就问他们,干吗非要这样。他们说,'我们可不明白,只知道你们的祖先就这么一代代打下来。'我觉得不可思议,上代人的恩怨居然一定要下面一代代人继续下去,这事我实在看不出有什么道理。可大伙都说非这样不可,那时,我还年轻。于是，他们就说，我必须尽快结婚生子，这样，我的孩子就会先长大，更强壮。这事很好办，我是酋长，为了我父辈的功劳和立下的规矩，还有我的财富，大家对我都是众星捧月，任何一个姑娘都愿意嫁给我，可我一个也看不中。于是老人和那些姑娘的母亲都催我要快，因为当时许多猎手正在向恩卡的母亲提亲；要是她的孩子比我的孩子先长大，我的孩子可就完了。

"可我依然没找到心上人，一个傍晚，我渔猎归来。红日西沉，夕阳映在我的眼睛，顺风而行，几只皮舟破浪而来。恩卡的皮舟从旁飞驶而过，她瞟了我一眼，发丝飘扬，犹如一朵墨云，满脸晶莹的水珠闪动不已，那是浪花溅上去的。前面说过，夕阳正映在我的眼里，我还是太年轻了；当时心中一动，我明白自己对她一见钟情。她催舟向前，划了两桨，又侧脸瞟了我一眼——那种神态，只有恩卡才有——于是我明白这又是那种表示。我们破浪前驱，飞驰过了那些龟爬般的大皮船，把它们抛在后面，大家都为我俩喝彩。她运桨如飞，我的心犹如一片白帆，但是我没有追上她。后来劲风乍起，海上一片白浪，船像海豹一样在阵阵波涛中蹿上蹿下，我俩就在澎湃声中，向着海上落日，奔腾而去。"

纳斯弯着腰，身体一半离开了凳子，沉浸于记忆中，做出龙舟竞赛的姿势，仿佛从炉子后面，看到了那只起伏的皮舟和恩卡飘扬的长发，耳朵里灌满了涛声，鼻子里也闻到了海水的咸味。

"可她上岸了，跑上沙滩，仰天大笑而去，消失在她母亲的房子里。那个夜晚，我产生了一个伟大的念头——不愧为阿卡屯酋长的主意。半个月亮爬上来了，我来到她母亲的房子前，瞥了瞥雅希堆在她门口的那些货色——这是雅希的聘礼，他是一个壮实的猎手，想做恩卡孩子的父亲。另外还有几个小伙子也曾经把他们的东西堆在那儿，但是后来都自动搬回去了，而且每个小伙子堆的东西，比以前那个小伙子堆得要多一点。

"我对着半个月亮和满天星星笑了，然后回到仓库里。我来回搬了几趟，直到我堆下的东西比雅希的那堆高出一只手臂。那里面有鱼干；四十张海豹皮和二十张兽皮，而且每张皮都扎好口，装满了一大肚子油；此外还有十张熊皮，那是春天熊冬眠出来时，我在森林里打到的。那里面还有玻璃珠子、毯子和红布，都是我跟住在东面的人交换来的，而他们又是跟住在更东面的人交换来的。我睨着雅希的那堆东西，大笑了，我是阿卡屯的领袖，我的财产比那些小青年多得多。我的父辈业绩伟大，立下了规矩，使英名在人民口里永远传颂。

"天亮后，我到海滩上去，从眼角里瞟着恩卡母亲的房子。我的聘礼仍原封不动地堆在那儿。很多女人都在笑，还交头接耳。我觉得诧异，这可是谁都没出过大聘礼啊；当天晚上，我在那一堆东西上又添了许多东西，还在它旁边放了一条从来没有下过海的、硝得非常好的皮舟。可是第二天它仍然堆在那儿，任凭所有的人来拿它当作笑谈。恩卡的母亲可真难缠，我肺都气炸了，我不能在族人面前如此丢脸。因此，那天晚上我又加了很多东西，让它变成一大堆，并且把我那条大皮船拖上岸放进去，这条船足足抵得上二十条皮舟的代价。于是，到了早晨，那堆东西就不见了。

"接着，我就准备结婚，宴会很丰盛，还有礼物分送给客人，连住在海东面的人都来了。恩卡比我大四个太阳——这是我们计算年纪的方法。我只是一个愣头青；但是我是酋长，又是酋长的儿子，所以也不成问题。

"但是，海上露出一片白帆，随着大风，白帆愈来愈大了。那条船的排水口正喷出白水，上面的人正忙着抽水。船头上站着一个巨人，一边注视水的深浅，一边雷鸣般地发出命令。眸子犹如海水一样蓝，头发好像海狮的鬃毛，金澄澄的，仿佛南方人收割的稻草，又像水手用来编绳子的马尼拉黄麻。

"前几年，我们也见过不少远方来的大船，可是只有这一只到阿卡屯来靠岸。宴会停了，女人同小孩都逃回家里，我们这些男人全张好弓，拿起长矛，等那伙人来。不过，等到船头碰到了沙滩，那些陌生人却只顾忙着他们自己的事，并不理会我们。海潮一退，他们就把这只双桅帆船倾侧过来，把船底的一个大洞补好。于是女人们也慢慢回来了，宴会又开始了。

"涨潮时分,那伙水手就把那艘双桅船在深水里抛下锚,然后来到我们当中。他们带来了一些礼物,样子也很和气;因此我们给了他们几个座位,并且我像对待所有的客人一样,照样给了他们礼品,因为这是我大喜的日子,我又是阿卡屯的酋长。那个头发像海狮鬃毛的男人也来了,他又高又壮,仿佛每走一步,大地都会摇晃起来。他交叉着双臂,盯着恩卡,直到红日入海,星辰闪动,他才回到船上去。他一走,我就拉着恩卡的手,领她到我自己家里。客人们在我家里又唱又笑,那些女眷都来取笑我们,就像妇女在这种时候经常做的那样。可我并不在乎。后来大家就丢下我们两个,回家去了。

"欢腾的声音还没静下来,那个海上浪人的头领已进了门。他带来了几个黑瓶子,我们一块儿喝着瓶子里的东西,很是快乐。当时我太年轻了,又一向住在大地的边上。结果就喝得热血沸腾,整个身子飘飘然,仿佛从浪头上溅到悬崖的浪花。恩卡无言地坐在屋角里一堆堆的皮子上,大瞪着眼,似乎有点畏惧。那个头发跟海狮鬃毛一样的人,直盯着她。后来,他手下的人就带着一捆捆的货物进来,他把这些货物堆在我面前,都是阿卡屯岛上所没有的东西。那里面有大大小小的枪,有火药、子弹同炮弹,有亮晃晃的斧头和钢刀,以及灵巧的工具,还有许多我从没见过的怪东西。他比着手势告诉我,这些东西全算我的。当时我就想,他这么慷慨,一定是个了不起的人;可是接着他又比起手势,要恩卡乘上他的船跟他一块儿走。你们听明白了吗?——他要恩卡乘上他的船跟他一块儿走。我父辈的血一下子就在我的血管里燃烧了,我操起矛,打算把他捅穿。可瓶子里的那种鬼东西夺走我胳膊上的力气,他抓住我的脖子,就这样,把我的头朝房间里的墙上乱撞。我给撞得眼冒金星,像刚出生的崽子,两腿怎么也站不住了。他把恩卡拖向门口,恩卡尖叫着,用手乱抓房里的东西,弄得那些东西倒了一地。后来,他用那双大胳膊把她抱起来,恩卡就扯他的金发,可是他反而哈哈大笑,笑得跟发情的大雄海豹一样。

"我爬到海滩上叫我的人出来,可是他们都畏缩了。只有雅希是条好汉,挺身而出,可是那伙人用桨打他的头,一直打得他脸朝下,趴在沙滩上，不会动了才停手。接着他们就扯起帆，唱着歌，顺风扬长而去。

"当时大家都说这样也好，以后在阿卡屯再也不会有仇杀了。我一声没吭，等到满月的那天，把鱼同油装上我的皮舟，向东划去。我见过很多岛同很多人，到了这时，我这个活在大地边上的人，才知道世界原来那么大。我比划着手势跟他们谈话，可他们并没有看见过什么双桅船，也没见过那个头发像海狮鬃毛的人，他们总是指着东面。我在各种古怪的地方入睡，把各种稀奇的东西吃进去，眼前总晃着各种陌生的面孔。很多人都笑我，把我当作疯子；不过有时，有些老人会叫我面向阳光，给我祝福；还有一些小女人，当我向她们问起那只外来的船、恩卡和那些海上浪人时，眼睛都掉下泪来。

"我越过动荡的大海，穿过狂风暴雨，来到了乌纳拉斯卡岛。那儿有两只双桅船，不过都不是我要找的那只。接着，我就再往东走，世界也变得越来越大了，可是无论在乌纳莫克岛，科迪亚克岛，或者阿托格纳克岛，都没有那只船的消息。

"有一天，我到了一个岩岛，那儿有许多人在山里掘了好几个大洞。那儿也有一只双桅船，不过不是我要找的那只，那些人正在把他们掘出来的石头运上船。我觉得这种事简直是孩子的游戏，因为大地上都是岩石；可他们给我吃，还逼着我干活。等到船满载了，船长就把钱给我，让我走；我问他要到哪儿去，他指向南方。于是我打了个手势，表示我愿意跟他一块儿走，起初他只是笑，后来因为船上缺人，他就让我在船上帮着干活。这样一来，我就学习他们的语言，帮他们拉锚索，在狂风大作时去卷起满帆，并且轮班掌舵。不过这也没什么了不起，因为我的父辈和这些海上水手本是同一血统的。

"我原以为一旦我到了他那一族人当中，就容易找了。有一天，我们望到了陆地，我们的船就穿过海峡，驶向港口。我原来想，这里的双桅船也许只有我手上的指头那样多。可是沿着码头一连几英里路，都停着这种船，靠得紧紧的，像无数小鱼挤在一块儿。我走到这些船上去打听那个头发像海狮鬃毛的人时,船上的人都笑起来了,他们用千奇百怪的语言来回答我。我才知道他们是来自五大洲四大洋。

"我走进市区,瞧着每一个过路人的脸。可是人多得像游到浅滩上的密密麻麻的鳖鱼,数也数不清。喧哗声弄得我耳朵也聋了,那种乱哄哄的情形,搞得我头昏脑涨。我就这样前进着,走过了众多阳光灿烂、牧歌回荡的地方,穿过了堆满了庄稼的田野,走进了巨大的城市,那里面有很多男人像娘们一样生活,一口假话,只想着金子,黑着心肠。可这时节在阿卡屯岛上,我的人民却在打猎捕鱼,无忧无虑,以为天地不过巴掌大。

"但是,那次恩卡在海上的回头一眼,我始终历历在目,我明白时候到了,她会出现在我的跟前。在迷蒙的夜色里,她的影子常常在幽静的小径上徘徊,引得我穿过满是晨露的田野去追寻她,不断回望的眼里,流露出默默相许的神情,唯有恩卡才有这样的意味。

"我一路流浪,走过了千百个城市。有的人很和气,还给我东西吃,有的人笑我,还有些人骂我;可我咬紧牙关,一言不发,走在异乡的路上,看着异乡的景色。有时,我,一个酋长,一个世代酋长之子,居然给人当苦力——给那种言语似鞭、心肠似铁的家伙服苦役,他们从同胞的血汗和苦难里压榨出金子。但我依旧打听不到那人的消息,直到我像归家的海豹一样又回到了海上,才有了一点儿音信。不过这是在另外一个大港,在另外一个北国。我在那儿听到了一点儿关于那个金发海上浪人的传闻。我才知道他是个捕海豹的,当时正在海上航行。

"我跟几个懒洋洋的西瓦希人一起乘上一只猎海豹的双桅机帆船,沿着他那条不留痕迹的路线向北极去,这时,那里正是猎海豹的旺季。我们疲惫不堪地在海上过了好几个月,听到了很多关于船队的事,知道了很多关于我要找的那个人的霸道之事,可是一次也没有在海上遇见过他。我们继续向北,直到普里比洛夫群岛,在那儿的沙滩上杀死了成群的海豹。我们把它们搬上船时,它们的身体还是热的;我们尽量往船上装,一直装到上排水口流出来的都是油同血,没有人能在甲板上站得住为止。接着就有一条开得很慢的轮船来追赶我们,用大炮向我们开火。于是我们扯起帆,海浪冲上甲板,把甲板冲洗得干干净净,我们的船隐没在大雾里了。

"据说,就在我们没命飞逃之时,那个金发海上浪人正好开到普里比洛夫群岛,他上岸就直接闯到工厂里,一边叫他手下的一部分人扣住工厂里的职工,一边叫其余的人从仓库里搬了一万张生皮上他那条船。我说过,这是听别人讲的,但我相信是真的;我虽然在海上,从未遇见过他,可是北方海洋上却到处风传他那蛮霸的行径,以致在那儿有属地的三个国家,都派出船来捉他。我还听到了关于恩卡的消息,因为许多船长都对她赞不绝口。她和那个家伙寸步不离。据他们说,她已爱上了他那种人的生活,很是快乐。可我比他们清楚——我明白,她的心仍向着阿卡屯的黄沙滩上她自己的同胞。

"很久之后,我又回到了那个海峡旁的港口,一到那里,我就听说他已经横渡大洋,到俄罗斯南面温暖地带的东岸猎海豹去了。这时,我已经成了一个水手,就跟他那一族的人乘船出发,追踪着他去猎海豹。那个新地区没有多少船,整个春天,我们的船都守在海豹群的旁边,把它们朝北方赶。后来,母海豹怀了孕,全游到俄国沿海,我们的人就骚动了。因为那儿常常下雾,乘小船的人每天都有几个失踪,水手们都不肯干了,船长只好沿原路返航。不过我清楚那个金发海上浪人无所畏惧,他会跟在海豹群附近,一直追随到很少有人去的俄罗斯群岛。于是我就在黑夜里,趁守望的人在船头甲板上打盹时,放下一只小艇,独自朝那个暖和的长岛划去。我一路向南划,在日本江户湾附近碰上了一伙人,他们也是一群狂野的家伙。吉原的日本姑娘个子娇小,皮肤亮闪闪,像钢一样,漂亮极了;我可不能沉醉于那片温柔之乡,恩卡正在北方海豹之乡里的风波中颠簸。

"江户湾的人来自世界各地,他们不信神灵,也没有家乡,乘的船都挂着日本旗。我跟着他们到了富饶的铜岛海岸,我们的船舱里皮子堆得高高的。直到我们要走时,我们在那片空空的海面上,见不到一只船影。一天,狂风吹走了大雾,一只双桅船向我们疾驶过来，它后面一艘俄国战舰紧追不舍，烟囱里喷着浓烟。我们赶紧张帆，吃住横扫过来的风，调头飞逃，那只双桅机船却逼了过来，我们每前进两英尺，它却已经追过来三英尺。船尾站着的正是那个头发像海狮鬃毛的家伙，他正在按着横木压住帆，狂放地大笑。恩卡在他身边——我一瞧就认出她——炮火开始从海面上砸过来，他就把她送下舱去了。我说过，我们前进两英尺，它却已经追过来三英尺，直到它给浪一掀起来，我们就看见了它那绿色的舵尾——我们已处在俄国人的炮火射程之内，我边掌稳舵轮，边大骂。我明白他故意要赶过我们，想趁我们给捉住时逃走。我们的桅杆给轰倒了，我们像受伤的海鸥一样在风中乱转，他就直奔而去，消失在海天之间——他，跟恩卡。"

"有什么办法呢？新剥下的皮说明了一切。水兵们把我们押到一个俄国港口，然后又押到一个荒凉之地，逼着我们在矿里挖盐。有的人死了，还有……还有几个算是活下来。"

纳斯掀开肩膀上的毯子，身上坑坑凹凹，分明是一道道鞭伤。普林斯连忙盖好，这未免太触目惊心。

"我们在那里熬了很久，有时也有人往南逃，不过他们总是又给抓了回来。因此，等到我们这些从江户湾来的人在晚上动起手来，把守卫缴械之后，就向北走。那片地方很辽阔，有沼泽，还有众多大林莽。天冷之后，地上的雪很深，谁也认不出路。我们在一望无际的森林里，跋涉了几个月——那情景，现在我已记不清了，那里没什么吃的，我们常常躺着等死。最后还是走到了寒冷的海边，不过只剩下了三个人。一个是从江户湾来的船长，这一带的地形，他都记得，他还知道人们在哪儿的冰面上可以从这片大陆到另外一片大陆。他带路——路太漫长了，也不知走了多久——后来只剩了两个人。等我俩走到了那个从冰上渡海的地方，我们遇到了五个陌生人——当地的土人，他们有很多狗，还有很多皮子，可是我们两手空空。我们就在雪地里跟他们血战起来，他们都被打死，船长也送了命，狗同皮子为我一人所有。接着，我就从冰上渡海，不过冰已经碎了，我曾经在海里漂流，直到一阵强大的西风把我刮上了岸。

然后我就到了戈洛温港，帕斯帝利克，还有那个神父那里。接着我就向南，向南，走到了我头一次流浪到的那个温暖的、充满阳光的地方。

"可是，海里不再有什么出息了，出去捉海豹的人，利润小，风险大。船队都分散了，那些船长和水手，都不能告诉我我要找的那个人的消息。因此我就离开了永远动荡的海洋，到树林、房子和群山永远不动的陆地上去奔走了。我走得很远，也学会了很多事情，甚至连读书写字都会了。我觉得，这样也好，因为我想，恩卡一定也学会了这些事情，会有那么一天……我们……你们当然明白，到了那个时候……

"我到处流浪，像一叶小舟，只能随风而行，没有方向舵。不过我的眼和耳可随时都在留意；我常常去接近那些见闻广博的人，我知道只要他们见过我要找的那两个人，他们一定忘不了。后来我碰到一个刚从山里出来的人，他有几块矿石，那里面嵌着许多跟豆子一样大的金粒，他不仅听人谈到过他们，而且见过他们，还认识他们。据他说，他们发了财，就住在他们从地里掘金子的那个地方。

"那块荒凉之地遥远至极，可我终于走到了那个藏在深山老林的金矿地。那里的人不分昼夜都在苦干，难得见到一下阳光。不过时机未到。我倾听着那些人的谈话。他走了——他俩走了——到英国去了。据说，他们是去找几个富翁组织公司。我看见了他们住过的房子，就像古国的王宫。夜晚，我从窗户里爬进去，想瞧瞧他待她如何。我从一个房间走到一个房间，觉得这是国王同王后的生活之地，奢华极了。他们都说他待她像王后一样，好多人都奇怪，不知道她究竟是哪一个民族的人，因为她带着外来的血统，跟阿卡屯的女人不一样；谁也不知道她是怎么回事。不错，她是王后；不过我是酋长，而且是一位世袭的酋长，为了她，我付出了无法估价的皮子、船同玻璃珠子。

"可是，说这么多干吗？我是一个水手，我知道航海路线。我追踪到英国，然后又到过其他几个国家。有时，我从别人口里听到了他们的消息，有时还会从报上看到他们的消息；可是我一次也没有见到他们,因为他们很富有,行动也快,我可是个穷光蛋。后来他们也倒运了,有一天,他们的财产化作了一缕青烟。当时,报纸上满版登载着这件事,然后再无下文了。我明白他们又回到了淘金的地方。

"他们穷了,被世人抛弃了;我从一个宿营地流浪到另一个宿营地,甚至到了北方的库特奈一带;我在那儿得到了一点过时的线索。他们到过那儿,可是已经走了。有的说往这边走了,有的说往那边走了,还有一些人又说他们已经到育空河一带去了。因此,我有时往这儿走,有时往那儿走,总是到处走,一直走到我对这个茫茫无边的世界似乎厌倦了。

"不过,我在库特奈一带曾和一个西北的土人一起赶路,那条路又艰辛又漫长,他耐不住饥饿的折磨,渐渐滑向死亡。他曾从一条无人知晓的路,翻山越岭,走到育空河一带。当时他知道生命的尽头快要到了,就给我一张地图,并且把秘密地点告诉我,他向众神起誓,说那儿的确有许多金子。

"那以后,正赶上整个文明世界都拥向北国。我是个穷光蛋,只好卖身当赶狗人。后面的事你们都看到了。我在道森碰见了他俩。恩卡完全认不出我了,当初我不过是一个小青年,她的生活又那么惬意,她没有时间回想到我这个为她牺牲无数的人。

"不是吗?你帮我提前甩脱了苦役。我回道森,要把事情扳过来,我已找了那么久,现在他已在我的掌控之中,我也不用急。我说过,我要把这事扳过来,我把自己的一生在脑海里重新过了一遍,想起看到的和忍受的一切,想起在俄罗斯的密林里,如何饥寒交迫。你们也看到,我带着他向东去——他同恩卡——走向太阳升起之地;人们涌到那里,回来的却几乎没有。我要把他俩带到白骨堆和黄金窟之地,人们血泪诅咒之地。

"向东方的征途漫长无边,那是片荒无人烟的雪原。我们的狗很多,它们吃得厉害;我们的雪橇不可能把开春以前所要的东西都带上。我们必须在河流解冻之前赶回来。我们就把粮食藏在沿途的许多地点,为雪橇减负,以便回来时不会饿死。在麦克奎森住着三个人,我们在他们附近搭了一个藏粮食的棚;走到马育,我们又搭了一个,那儿有十二个佩利人游猎其间,他们是越过南面的分水岭到这儿来的。打那以后,我们再往东走,就见不到人了;沿途只有封冻的河、静静的林子和荒凉的雪原。我说过,征途漫漫,无人走过。有时我们跋涉了一天,不过移动了八英里到十英里;晚上我们睡得很死,他们在梦中也不会想到我是纳斯,阿卡屯的酋长,一个血海深仇之人。

"此时,我们搭的粮食棚小了,到了晚上,我又从开拓过的雪道上回到那儿,把它变个样,让人见了以为东西已让黑獾偷走。这事不费劲。冰河上有的地方很险,那里水流湍急,冰只结在表层上,底层的冰被水流侵蚀。有一次,我赶的雪橇连狗一块儿掉了下去,这对他同恩卡,当然不是件好事,不过那之后再也没出过这种事。那辆雪橇上的粮食最多,狗也是最壮。可他仗着精力充沛,反倒大笑起来,此后,他就只用很少一点粮食喂剩下的那几条狗;后来,我们就割断轭带,把它们一个一个地拖出来,喂给它们的伙伴。他说,这样,我们回去就轻松多了,我们可以一路上从这个粮食棚吃到那个粮食棚,用不着狗同雪橇了;这是对的,我们的粮食很少了。终于在一个夜晚,我们到达了那个地方,最后一条狗也累死在轭下,那里遍地散落着黄金和白骨,一个被临终的淘金人诅咒的地方。

"要到那里——地图上画得不错,它就在众峰的下面——我们得在一座雪峰的悬崖上凿出阶梯来。我们指望岭后面是个山涧,可是并没有什么山涧,下面是一片平展的大雪原,犹如丰收在望的田野;四周都是巨峰,雪白的峰头耸进群星之中。那片本该是山谷的怪异雪原,那么的深,仿佛深入到大地的心脏。要是我们没有当过水手,见到这种景象准会犯晕的;我们在这头昏心慌的悬崖边,寻找一条向下之路。发现唯有一面峭壁略微歪斜点,可是也陡得跟飓风中的甲板一样。我不懂这里为何会有这个坡面,不过它就是那样。他说,'从这里,是下到黄金地狱的入口,我们下去吧。'于是,我们就攀爬下去了。

"下面的雪原上,有一座小木房,建造它的木头,可能是从前的人从峭壁上扔下去的。那是一间老木屋,因为前后到达那里的人,都在那个小木屋里孤独地死去,地上几片桦树皮上,写着他们的遗书和诅咒。一个是患坏血病死的;还有一个是饿死的,因为同伴夺去他的一点粮食和弹药后溜走了;第三个是同一头花脸的灰熊搏斗后,伤重而死;第四个什么也没捕猎到,结果饿死了……等等,诸如此类。一句话,没人甘心离开那些金子,只能守在金子边丢掉性命,只不过死法相异而已。他们掘来的金子,堆满了木屋,到处金光闪闪,犹如梦中,但救不了他们一命。不过,给我引诱到这里的那个人,却很冷静,没有被冲昏头脑。他说,'我们什么吃的也没有了,这里的金子现在只能解解"眼馋",搞清它是从哪儿来的,有多少。然后我们就得赶快走开,免得被它迷昏了,丧失理智。这样,我们还可以回来,多带点粮食,所有的金子就是我们的了。'于是,我们就察看了一下那个大矿脉,它好像人的血管那样贯穿峭壁;我们把它测量了一下,又从上到下画出轮廓,然后打下一根根木桩,在树上刻了字,作为所有权属于我们的标志。当时我们没东西吃,膝盖抖个不停,肚子里翻江倒海,心要从口里跳出来了,我们最后就攀上那个大峭壁,爬上山顶来。

"归家路上,我们两人架着恩卡走,跌跌撞撞,总算到了第一个粮食棚。瞧吧,粮食都没了。我这事办得漂亮,他判断东西是让黑獾偷吃了,他不停地诅咒那些背了黑锅的黑獾和他信仰的天父。不过恩卡倒是个乐观主义者,她挂着微笑,把她娇小的手放进他的巨掌里,我的目光转向林子里,忍住心底涌上来的醋意。她说,'我们在火旁边歇歇吧,等到早晨再走;我们可以先把鹿皮鞋吃了,添点力气。'于是我们就把鹿皮鞋的筒子切成一条一条,煮了半夜,让我们可以嚼碎了吞下去。一早醒来,我们讨论起眼前的处境。要走到下一个粮食棚还需五天,我们到不了。我们一定要猎到野兽才能撑下去。

"'我们打猎去。'他说。

"'对,'我说,'我们打猎去。'

"他规定恩卡留在火边,保存力气。我们就分头出发了,他去找麋鹿，我就到我藏粮之地，拼命忍住，只吃了一丁点，免得挡不住的饱样，露出了破绽。那晚，他摔了许多个跟头，才回到露营地。我也装出衰弱至极的样子，一路上跌跌撞撞，常被雪鞋绊倒，好像每一步都是最后一步。我们把鹿皮鞋吃了，添点力气。

"他真是条汉子。那股精神支撑他直到临终；除非为了恩卡，他从来没有号哭过。第二天，我跟着他去打猎，免得看不到他的下场。他常躺下来歇气。那晚，他差不多不行了，可到了早晨，他软软地骂了几句，又往前行。就像一个醉鬼，好几次我都以为他要一命归西了，可他总是挺了过去。他是一个刚强至极的人，具有巨人的毅力；能控制住身体，全力熬过那一天。他打到了两只松鸡，可他不吃。松鸡不用火烧，可以生吃的，它们能救他的命；可他想着恩卡，向我们的露营地转回去。他走不动了，只能用手和膝盖在雪里爬。我走到他跟前，看见他眼里，死亡正漫溢上来。尽管这样，只要吃下松鸡，死亡也会消退。他扔掉来复枪，像狗一样用嘴衔着那两只松鸡。我挺直身体，在他旁边走着。他歇下来时，总盯着我，弄不懂我为何如此坚韧。他不能言语了，但嘴唇在嚅动，吐不出声音。我说过，他真是条汉子，心中有点不忍；可我想起了过去承受的一切，记起了在俄罗斯林海里，如何饥寒交迫。而恩卡原本属于我，我为她付出了无数的兽皮、船和玻璃珠子。

"一个走，一个爬，我们这样穿过了雪白的林子，一片沉闷像浓重的海雾压在我们身上。往日的情景在空中一幕幕闪现而过，在我身边打转；我看见了金黄的阿卡屯海滩，唱晚的渔舟，还有林海边的小木屋。我还瞧见了那两个自封为酋长、订下了种种规矩的人，一个是我的祖先，一个是我的新娘恩卡的祖先。对啦，还有雅希和我同行，他的头发里粘着湿湿的黄沙，他摔下去时折断的那根长矛，仍旧在他手里。我明白时候到了，眼前晃动着恩卡默默相许的眸子。

"我鼻子开始闻到营火的烟味。我弯下腰，从他的尖牙上扯下那两只松鸡。他侧转身子，歇了一口气，眼里现出诧异的神情，他下面的那只手就朝他屁股上的猎刀缓缓摸过去。我摘走了他的刀，接着把我的脸对准他的脸，笑了。不过就是这时候，他也还不明白。

于是我就做出从黑瓶子里喝酒的样子,装着在雪地上堆起一堆很高的货物,把我新婚之夜的事活灵活现地重演了一番。我这番滑稽的哑剧,使他恍然大悟了。不过他并不怕。嘴角漾出一丝丝的嘲弄,眼底燃着冰冷的火焰,同时,因为知道了这些,他似乎力气也大了一点。这条路并不远,可是路上的雪很深,他爬得很慢。一次,他躺了很久,我把他翻过来,盯着他的眼睛。有时,他眺望远方,有时他的眼睛蒙上了云翳。等到我放掉他,他又向前挣扎。这样,我们终于到了火堆边。恩卡马上赶到他身边。他的嘴唇颤动了几下,没有出声,然后他指着我,想让恩卡明白。后来他就躺在雪里,不动了。直到现在,他仍在那儿一动不动。

"我烧着松鸡,一言不发。突然,我用家乡话说话了,她已多年没听见乡音了。一下挺直腰身,就像这样,两眼差不多鼓出来了,接着问我到底是谁,从哪儿学会了这种话。

"我说,'纳斯,我是纳斯。'

"'是你?'她说,'你?'她爬得近一点,细细打量我。

"我说,'是我,我就是纳斯,阿卡屯的酋长,我这一族的最后一个人,正像你一样,你也是你一族最后的一个人。'

"从她嘴里,一声尖笑划了过来,一声声尖笑,一下又一下划了过来。我以我的一切发誓,可别再听到这种的尖笑。我的心在颤抖、滴血,它划满了无数的伤口。在那死气沉沉的冰夜里,只有我、死神和那个尖笑的女人凑在一堆。

"'过来吧!'我感到她疯了,就说,'来!吃了东西,我们就走。从这儿到阿卡屯的路很远啦。'"

"可她把脸埋进那男人的金发里,向天尖笑起来,那尖笑如此锋利,把整个夜空都划碎了,全崩塌了下来。我本以为她见了我,会欣喜若狂,会马上想起过去的时光,她这副样子,让我惊呆了。

"我抓紧着她的手,喊道,'来!路又长又黑。赶紧走吧!'

"'上哪儿去?'她坐起来问我,这时,她不再尖笑了。

"'到阿卡屯去,'我说,我满心盼望她一听到我的话,脸色会开朗起来。可是她跟那男人一样,嘴角漾出一丝丝嘲讽,眼底燃着冰冷的火焰。"

"'好极了,'她说,'我们走,我跟你手拉着手,一块儿到阿卡屯去。我们去住在肮脏的草房里,吃鱼和油,养个小子——让我们一辈子觉得得意的小子。我们会忘掉这个世界,变得快快活活,无声无息。这样真好,真是好极啦。来!我们赶快走。我们回到阿卡屯去吧。'

"她一边用手指梳着他的金发,一边刻毒地笑着。眼里没有任何相许的意味。我默默地坐着,这女人不可思议。我想起了那个夜晚,他把她从我那里拖走时,她尖号着,撕扯他的金发——眼下,她却爱抚着他,割舍不下。我还想起了我所受的苦难和漫漫的等待,于是我就抓紧她,像他先前一样把她拖走。可是她也像那个夜晚一样,往后退缩,像母猫护着小猫一样地抵抗我。等到我们扭到火堆那面,跟那个男人隔开之后,我放松了她,她坐了下来,听我讲话。我把经过的情形全讲给她听,我讲到了我在异乡的海洋里遇到的一切,在陌生的地方做过的种种事,我怎样找得筋疲力尽,多年吃不饱肚子,以及恒久的一瞬:一见钟情的默默相许。哎,我全对她说了,连当天我跟那个男人之间的一切经过,以及我们年轻时的事情,都告诉她。我一边说,一边看出她眼睛里又渐渐放出了默默相许的光芒,浓烈辽阔,仿佛黎明的霞光。我看到了她眼里的怜悯,女人的柔情,我看到了恩卡的心灵。于是我又变成了年轻时的那个小伙子,正是这种风情——就是当初恩卡奔上沙滩,边笑,边跑到她母亲屋里去时的风情——把我吸引住了。严峻的忐忑不安消融了,饥饿和焦虑的等待也远去了。时候到了。我觉得她的胸口在召唤着我,好像非要我把头搁在她的胸口上,让一切消融。她向我伸开双手,我向她扑过去。突然,她眼里喷出熊熊的怒火,她的一只手已经伸到了我屁股旁边。一下,两下,她刺了我两刀。

"'狗日的!'她笑了,笑声把天地间的冰冷全装了进去,一家伙把我推在雪里。'猪猡!'她又尖笑了起来,尖笑划破了那一片沉寂,她又回到了死人那儿。

"我说过,她刺了我一刀,两刀;但是她饿软了,根本杀不死我。可我还想留在那地方,闭上双眼,跟那两个人同归于尽。他们的生活同我的生活纠结在一起,使我走过了无数陌生的道路。但是有一笔债未还,使我无法安息。

"回来的路线又长又冷,在我眼前飘摇,口粮也只有一点。那些佩利人找不到麋鹿,已把粮食棚一抢而空。那三个白人也是这样,可我从那儿路过时,看到他们也饿瘪瘪地死在木屋里了。以后我什么都记不得了,直到我来到这儿,看见了吃的东西同火——很多火。"

他说完之后,倾慕地弯下腰,靠近火一点。好一阵子,油灯的火苗舞动着,墙上的影子随之跳跃着,仿佛在演出一幕幕悲剧。

"可是恩卡呢?"普林斯喊了起来,那最后一幕使他怎么也无法摆脱。

"恩卡吗?她不肯吃松鸡。她躺在那儿,搂着他的脖子,把脸完全埋在他的金发里。我把火挪得近一点,让她不至于受冻,可是她爬到另一边。我又在那边生了一堆火,可是也没有用,因为她不肯吃东西。现在,他们仍一动不动地那样躺在雪中。"

"那么你呢?"基德问道。

"我不知道。阿卡屯是个小地方,我也不打算回去住在大地的边上。可是活着有什么用。我可以走到康士坦丁队长那儿,他会给我戴上脚镣手铐,总有一天,他们会给我脖子套上一根绞索,这样我就会睡得沉实了。可是……这也不好,总之,我不知道。"

"可是,基德,"普林斯坚定地说,"这是谋杀呀!"

"嘘!"基德命令道,"有众多事情非我们的智慧所能及,也超出了我们的正义尺度。这件事谁是谁非,我们说不清楚,我们也无法判断。"

纳斯向火逼近一点。

一片宏伟的静默。

每一个人眼中,无数的景象在涌出,在展开。

生命的法则

老科斯库斯侧耳在听,他的双眼早已模糊了,但听觉却依旧敏锐,在刻满皱纹的前额底下,最细微的声响也被吸入一息尚存的大脑里,只是这大脑不再留意人世了。

啊!那是西卡图花,她在细声细气地骂那群狗,打狗棒在地上敲击着,叫它们一切行动听指挥。西卡图花是他女儿的女儿,她太忙了,想不到她那独自躺在冰天雪地里的外公。营帐一定是毁坏了。前途漫漫,时不我待。生活在呼唤着她,是生活的担子在呼唤着她,而不是死亡。但此刻死亡正向他招手。想到这里,老人有些恐惧。一只颤抖的手摸索着身边的一小堆干柴,它们还硬硬地堆在那儿,那只哆嗦的手便缩回到脏兮兮的兽皮衣里。

他又凝神静听。冻得半硬的兽皮哗哗地响了,他的心沉了下去,这是有人在拆除头人的麋鹿皮毡房,他们正在捶打、折叠兽皮,将它塞进手提袋里。头人是他的儿子,高大而健壮,他是部落的酋长,一位好猎手。女人忙碌着收拾帐篷行李时,他在斥责她们的手脚不够利索。老科斯库斯凝神静听。接着拆了吉豪的毡房!还有达斯的!七个,八个,九个,只有巫师的毡房了。好啦!现在他们也在拆它啦。他听到巫师一面抱怨,一面将它堆到雪橇上。一个小孩在尖声哭叫,接着是一个女人温柔的抚慰声。是小库蒂,老人想道,他是个焦躁的孩子，不够坚强，大概哭声很快就会停止，他们会在冻土上烧出一个洞，把死孩子放进去，然后盖上石块以防狼獾去掏。咳，这算不了什么呢？过几年吃得饱饱的日子，然后是数不清的饥饿日子，跟着，最饥饿的日子来了，孩子们随死神而去。

又怎么啦？哦，男人在鞭打拉雪橇的狗，给它们套紧皮带。他听着，再过一会他就听不见了。皮鞭在狗群中叫啸着。狗在嗥叫！它们多么仇恨赶狗人，仇恨这条林间小径！他们走了！一辆接一辆雪橇滑远了，消隐在沉寂里。他们全走了。他们离开了他的生命，留下他独自面对临终的一刻。

不。雪在鹿皮靴下嘎吱嘎吱作响，一个身影出现在身边，一只手轻柔地落在他的头上。是他善良的儿子才会这样做的。他想起了其他老人，他们的儿子在部落走后不曾等待他们。但是他的儿子等了。他在万千思绪里飘飘而行，儿子的声音把他带回现实。

"您这样行吗？"他问道。

老人答道："我行。"

"您身边有柴，"年轻人接着说，"火也挺旺。今早天色不好，冷是不冷了，但马上就会下大雪，现在已经在飘雪花了。"

"是的，正在下。"

"部落的人走得匆忙。行装太重，肚子空空的，路太远，所以他们走得匆忙。我也要走了。您真能行吗？"

"行，我像片陈年枯叶，依然轻附在枝上！风一吹就会飘下，声音也变得像个女人。眼睛不中用，脚在哪里都不知道，两脚沉重，我累了，但这样不错。"

他愉悦地挺起头，听着最后一丝幽怨的踏雪声消失在远处。他知道儿子就这样和他永别了。他用手匆匆爬到柴堆边。柴堆兀立在他和向他敞开的永恒之间。考验他生命的竟是一把干柴。柴将一根一根地焚身于火，死亡也就一步一步地逼近。当最后一根柴放出最后一丝光热，寒气就开始行动了。先是脚被占领，然后是手。接着麻木四处蔓延，从四肢向躯体深处挺进，头倒在膝盖上，接着他便永远地睡着了。

很轻飘。人,不可能不死。

他不抱怨。生命就是如此。他从大地而生,靠大地生活,他对这一法则不陌生。这是一切生命的法则。天地并不慷慨,对活生生的个人,她并不关爱。她关注的只是种类,即人种。这算是老科斯库斯原始思维中最为抽象的观念,然而他却抓住了根本。

他看到了天地在生命中的具象。柳枝先有树液,接着噗噗地绽开翠绿的嫩芽,最后黄叶纷飞——只在这一过程中叙述着整个历程。对于个人,天地只赋予他一个使命,若是不履行,他马上死亡。若是履行,他最终还是死亡。天地对此毫不在意,物竞天择,适者生存。适应者大大有赏。但在这件事里,被关注的只是适应这件事本身,而不是适应的一个个个体的人。

科斯库斯的部落源远流长,代代相传。部落一直繁衍了下来,这是真的。这部落的存在,是因为部落全体成员的适应,上溯至无法追忆的过去,他们众多的长眠之地没人记得清,他们不计其数,他们仅是一些插曲。他们的流逝,犹如一朵朵夏云。他也是一个插曲,也会消亡。天地不仁,她只给生命赋予一次使命,制定一个法则。生命的使命是获取永恒,生命的法则却是消亡。

姑娘是个可人的尤物,双乳圆鼓,体格健壮,步履轻盈,双目晶莹。可她面临着自己的使命。于是双目更加晶莹,步履更加轻盈,和少男在一起,她忽而奔放,忽而羞怯,她令他们忐忑不安。姑娘愈来愈漂亮,直到有个猎手再也控制不住,将她带进自己的小屋,叫她给他做饭、操劳,直至成为他孩子的母亲。生育了儿女,美丽便离她而去,手脚颤巍巍,明眸变得混浊,成了发坠齿摇的老妪,坐在火旁哄小孩倚着她那枯槁的脸颊寻乐。她的使命完成了。之后,在承受了饥饿的初次重创或走完了漫漫人生小路之后,她就会像他一样,被孤独地遗弃在雪中,留在一小堆干柴旁边。这就是生命的法则。

他细心地往火里加了一小块木柴,冥思下去。

世界如一,万物如一。繁霜初降,蚊虫便消失,小松鼠悄悄溜走,寻觅安身之地。兔子老了,行动不便,再也跑不过对手。即使是只健壮的熊，也会变得笨拙，双目混浊，喜爱争斗，最终要被一群嗷嗷叫的猎犬扑倒。

他记得自己怎样将父亲遗弃在克朗代克河上游。那是一个冬天，在牧师来的前一个冬天，他来时携带着《圣经》和一盒药。许多次，科斯库斯一想到那个盒子，便不由得直咂嘴，尽管现在嘴巴不再滋润了。那"止痛剂"真是奇妙。可那牧师却是个麻烦，他来驻地根本不带肉，吃东西时却津津有味，惹得猎手们抱怨不已。望着马育一家分给他的猎物，他沮丧地嘘喘着气。后来，几只狗嗅到了气味，将围盖的石块拱开，抢夺他抛弃的骨头。

科斯库斯又往火里添了一块柴，沉入更沉重的往事里。

那一年，大饥荒来了，老人们枵腹靠近火堆，嘴里滔滔不绝地讲述着一个古老的传说：育空河连续三个冬天泛滥奔腾，又连续三个夏天大河上下冰封千里。就在那次大饥荒里，他失去了母亲。那年夏天，鲑鱼未曾洄游，于是部落期待着冬天，等待着麋鹿的到来。冬天终于来了，可麋鹿却不见踪影。即使是在这些老人漫长的一生里，也从未见过这种事情。过了七个年头，但麋鹿还是没来，兔子也不见增多，狗瘦得只留一副皮囊了。在沉重的夜幕下，只听见孩子的哭泣，他目睹了他们的死亡，还有女人和老人，能活着再见春阳的，十人中不到一人。那是怎样的饥荒啊！

可也有许多次，他看到兽肉在手中腐烂，狗一条条肥胖起来，因喂得太多而不中用——那样它们是无法追捕猎物的，女人挺着怀孕的大肚子，小屋的四周，躺着懒洋洋的男孩和女孩。男人也挺着装满食物的大肚皮，古老的部落战争复活了，他们越过界线，闯到南边去屠杀佩利人，侵入西部，坐在塔那人已熄灭的篝火旁边。

他记得，在他还是个孩子时，在富得流油的日子里，他看见狼扑倒一头麋鹿。津哈和他一道躺在雪地上观看——就是那个津哈，他后来成了最狡猾的猎手，但最终还是掉进育空河的冰窟窿里。一个月后，他们发现了他，样子还是他爬到冰窟窿中途的情景，只是整个人被封冻在冰块里。

至于那头麋鹿。那天，津哈和他离开家门，学着他们的父亲玩捕猎的游戏。在小河的河床上，他们发现了麋鹿新留的足迹，旁边还有许多狼的足迹。"是头老麋鹿，"善辨足迹的津哈道，"这老麋鹿赶不上群，狼将他从他的伙伴中截了下来，就死死追捕他。"事情原本如此，这是狼的德行。它们将一直跟在老麋鹿的后面，不管是白天还是黑夜，从不歇息，在他身后号叫着，或猛咬它的鼻子，死死缠住它，直到老麋鹿轰然倒地。猎杀欲在他和津哈的心中猛烈膨胀起来！这一幕肯定过瘾极了！

两双热切的脚飞奔着，他们追进小径。那时的科斯库斯，眼睛不灵光，还是一个没有经验的追猎者，只是盲目地跟在津哈的后头，何况路还那么宽呢。他们踩着散乱的蹄印，足底跑得发烫，阅读着新印上去的每一个蹄印，想象着一幕幕狞厉的场景。

现在，他们追到了一个地方，一切迹象表明麋鹿曾在这里停顿了片刻。那些印迹显示，麋鹿足有成人躯体的两三个大。地上的积雪一片狼藉，雪地中央嵌满了老麋鹿飞扬的蹄印，四周浅印着繁星般的狼的足迹。那些痕迹表明，曾有几只狼趴在一边休息，而另外的狼却在向老麋鹿进攻。它们躯体压出的雪印那么鲜明。雪地上躺着一只死狼，它被老麋鹿的巨蹄踢中并踩裂，露出白骨。

他俩继续前行，然后再次停下来，此地显示老麋鹿曾再次停顿。这庞然大物就是在此处做拼命的挣扎。雪中的痕迹，表明它两次被扑倒，然而两次它都挣脱狼群站了起来。他本早已完成了自己的使命，但不管怎样，他的生命欲望是那么强烈。津哈说，怪极了，被扑倒的麋鹿能挣脱群攻，这真是件奇事。当他们告诉巫师时，他也看到了那些痕迹，为之惊奇不已。

他们追至河畔。在这里，麋鹿想爬上河岸，逃进森林，可狼群从后面飞扑到它背上，他后肢直立，前肢悬空，向后倒在狼群身上，将其中两只狼深压在雪地里。显然，死亡临近他了，同伴们都已远去。老麋鹿又两次甩开狼群，间隔很短，相距很近。

小径现在已是一条斑斑的血径，庞然大物原来轻盈的跳跃已变得短促而凌乱。此刻，前面传来第一声决战的吼叫——不是追逐者的群嗥，而是短促的咆哮，这表明双方正血肉相搏，利齿在对肌肉撕扯。津哈迎着暴风雪爬行，跟在他身边的是日后成为部落首领的科斯库斯，他俩一道扒开一棵云杉低矮的树枝，窥视着前方，第一次亲眼看见这悲壮的场景，一个庞大生命的最后一幕。

那最后的场景，就像少年时代所有的深刻记忆，他仍历历在目。在他昏花的老眼里，这生动鲜活的最后一幕仍和遥远的少年时代一样清晰。

在经历"老麋鹿和狼群"之后的日子里，他一直为之震撼不已，当他作为大伙的领头人，作为部落的酋长时，他勇敢大胆，他的名字成了挂在佩利人嘴边吓唬孩子的口头禅，更了不起的是，在旷野上，刀对着刀，他干掉了一个陌生的白人。

他追忆着似水年华，篝火渐渐暗淡，严寒逼了上来。最后的两块木柴被添进火里，他对生命恋恋不舍。要是西卡图花始终挂念着她的外公，给他一把柴会更多些，他的生命会长一点。这事本是举手之劳。可她是个大大咧咧的孩子，自从"海狸"——津哈儿子的儿子与她一见钟情，她便不再想到自己的长辈了。是啊，那又有什么关系呢？在他快活的青春时光里，他不也做过同类的事吗？有一会儿，他在一片沉寂中倾听着。也许，儿子的心会变软，会带着狗回来，把他的老父接回部落到满是肥麋鹿的地方去。

他凝神静听，翻腾的脑海开始平静了。静静的，没有一丝响动。沉寂中，只有他的呼吸声。真静呀。听！那是什么？一阵寒冷透过他的全身。一声悠长的号叫划破了沉寂。那么熟悉的声音，居然就在身边。接着，他幽暗的眼睛里显出了那头麋鹿——那头衰老的雄麋鹿——腰肋被撕裂了，血淋淋的，毛皮上血迹斑斑，一对分叉的大犄角垂下后又往上作最后的一挑。

他看到一只只银灰的身躯晃动着，一双双眼睛闪闪发光，一条条舌头卷来卷去，一颗颗尖牙淌下涎水。他还看见冷酷的包围圈在收缩，直到在乱糟糟的雪地中变成一个黑点。

一张尖嘴触到他的脸颊，冰冷潮湿。这一碰，使他猛地闪回现实，手伸向篝火，从中拉出一块燃着的木柴。因天生就怕人，那野兽一时胆怯，退了回去，向他的同伴发出了一声长嗥。他的同伙们一齐群噪,围成一个灰灰的圆圈,蹲伏着,淌着口水。老人听到圆圈在缩小。他疯狂地挥舞着手中的木柴,先是嗤之以鼻,继而吼叫咆哮,但是喘息的野兽不肯散去。一只野兽向前蠕动它的胸膛,拖拉着腰腿。又来了第二只,第三只,可哪一只都没退回。

对生命,何必那么恋恋不舍呢?他突然问着自己,便把燃着的木柴丢在了雪地上。木柴一会就熄了。那个活生生的圆圈不安地咕哝着,但却坚守不退。他的眼里再次映出了那头最后仍挺立着的老麋鹿。

科斯库斯的头渐渐垂在了膝盖上,他感到自己与天地融为一体。在这一切之后,又有什么不好呢?

难道这不是生命的法则吗?

热爱生命

剩下的就这一点——
体验了生活和苦难；
尽管输掉再玩一把的金子，
这样的下场也算马马虎虎。

一前一后，一跛一拐，两个男人艰难地走下河堤。走在前面的那个，在乱石堆里趔趄了一下。两人的脸上都透出煎熬的神情，他们咬紧牙关，表明已忍受了漫漫的苦难。两人都背着毯子裹成的背包，沉沉地往下坠。好在那条勒在额头上的皮带还管事，承受了背包之重，充当了第三只手。两人手里各拿一支来复枪，弯着腰，肩膀和脑袋直指远方，但双眼一直盯着脚下的大地。

"要是藏在地窖里的那些子弹带在身上，就是有两三发也好。"后面的那人说，那声音阴冷阴冷，情感大概在零度以下。前面那人一声不吭，只管往小河里走，一跛一拐。小河流过乱石，泛起了一层白沫。后面那个跟着踏进河水。没有谁脱掉鞋袜。河水冷得刺骨，两脚麻木。每逢走到没膝深的地方，河水冲力陡增，两人都晃悠起来。

后面的那个，在一块圆石上滑了一下，差点扑进河中。他猛地一挺,居然站住了,同时惨叫一声,好像头晕目眩,一边摇晃着,一边伸出那只空手,仿佛要抓住什么东西。等站稳之后,他才又向前探索。没想到又晃了一下,差点跌倒。于是他站住不动,盯着前面的那个。前面的人头也不回地继续向前。

就这样,他纹丝不动地站了整整一分钟,仿佛惩罚自己。接下来,他喊道:"喂,我的脚腕子扭伤了。比尔!"

在乳液般的河水里,比尔晃晃悠悠地跋涉着,没有回头。后面那个瞧着。脸上没有任何动静,双眼里氤氲着一种神色,犹如一头中箭的鹿。

前面那个人一拐一跛,头也不回地登上了彼岸,往前走去。河中的人定定地盯着,嘴唇颤抖,嘴上蓬乱的胡子在抖动。他伸舌舔舔嘴唇,完全不知在干什么。

"比尔!"他喊道。这是一条硬汉在险境中求助。但比尔不回头。

那人紧盯着比尔的后背,只见他可笑而怪异地前进着,缓缓地登上那片平缓的坡地,向天际线走去,一长溜低矮的山头把那条天际线勾勒得圆润柔和。他盯着比尔越过山头,消失在天际线下。他把目光收回来,然后在比尔走后留给他的那一片世界里缓缓扫视着。

夕阳犹如一团闷燃的火球,苍茫的暮色快要吞噬它了,让你觉得它仿佛是什么混沌迷蒙、捉摸不透的东西。

这人撑起一条腿,掏出了表,正四点。在这种季节,七月底或八月初——他说不清这一两个星期之内的确切日子——他知道太阳大约是在西北方。他朝南看看,知道在那些荒丘后面就是大熊湖,同时他还知道在那个方向,北极圈深入到加拿大冻原区内。他站着的地方是铜矿河的一条支流。铜矿河向北流,注入加冕湾和北冰洋。他从未到过那儿。但有一次他在哈得逊湾公司的地图上看过那儿。

他又把这一圈世界扫视了一遍。一片愁云惨淡的景象,飘动迷茫的天际线,满目低矮的山丘。无树,无灌木,无草,什么都没有。空留下一片荒野。他的两眼一下子就涌出了畏惧的神色。

"比尔!比尔!"他低低地、一遍遍地唤着。在乳液般的河水里,他瑟缩着。宇宙苍茫,仿佛正用统御一切的力量压过来,做出一副嘲弄的模样。他吓呆了，浑身乱抖起来，"哗啦"，手里的枪也掉到水里。这一声把他惊醒过来。他与恐惧交战着，强打起精神，在水里摸着，找到了那支枪。他把包袱向左肩挪了一下，以便减轻脚腕子的负担，它扭伤了。接着，他便向河岸走去，一步一步地挪动，剧痛差不多令他裹足不前。

他拼搏着，一步不停，不管疼痛，爬上斜坡，走向同伴身影消失的那个山丘。比起那个一拐一跛的人，他的样子显得更怪诞滑稽。但上了山头，只见前面是一片毫无生气的浅谷，一片不毛之地。他又与恐惧交战着，把它镇压下去。他把包袱又往左挪了挪，蹒跚地走下山坡。

谷底潮漉漉的，厚厚的苔藓犹如海绵，吸饱了水。每走一步，水就从脚下溅出来。每次提起脚，都会发出一种叽叽哇哇的声音。潮湿的苔藓攥住他的脚，不肯放松。他只能选好走的地方从一块沼地走到另一块沼地，走过一堆堆的岩石，寻找着比尔的足迹。这些岩石犹如苔藓之海中的岛屿。

他孤身一人，但没迷路。他清楚再往前走就到了一个小湖边。那儿有许多枯死的小树苗。当地人称为"小棍子地"。一条小溪流入湖中。溪水不是乳液般的，溪流中漂着灯芯草——这个他记得很清楚——且没有任何林木。溯小溪而上，他可走到源头的分水岭。翻过分水岭，是另一条小溪的源头。那小溪向西流，他可以沿小溪到达汇入狄斯河的溪口。那里，一只翻着的独木舟下，有个小坑儿，里面堆着许多石块儿。坑里有那只空枪需要的子弹，还有钓钩、钓丝和一张小渔网——钓鱼打猎找食的所有工具。那儿还能找到点儿面粉。还有块儿腌肉和豆子。比尔肯定会在那里等他。他们能坐小舟，从狄斯河顺流南下，到达大熊湖。然后在湖上朝南方划，一直向南便到了马肯吉河。从那儿，他们再南下，那么冬天就再也赶不上他们了。河流封冻吧！让暴风雪来得更猛烈吧！他们将已到达哈得逊湾公司的一个站点，那里面满室生春。周围是莽莽林海，吃的东西不用愁。

上面就是他脑海里摇荡的种种图景，同时他正跌跌撞撞地向前挣扎着。他不仅在榨着自己的体力,同时也绞尽脑汁。他极力相信比尔不会抛他而去,绝对会在藏东西的溪口等他到来。他必须如此想,要不这样拼命有何用,还不如躺下等死算了。

西北方,那蒙胧的火球一点点沉下去,他不断地想象着他们南逃所要走的每一步,这一切会在冬天追上他和比尔之前完成。他反复地想象着独木舟下和站点上吃的东西。

他已两天滴食没进,之前也只是往嘴里胡乱塞些东西。他常常弯下腰,摘沼地上灰白的浆果,塞进嘴里,嚼几下,然后吐出来。这种沼地浆果只有一小粒种子,外面包着一层浆液。一放到嘴里,汁就没了。种子又辣又苦。他明白浆液没有营养,但他仍耐心地嚼着,不顾多次所得的经验,那是一个超越于常识之上的伟大希望。

一块石头绊了他一下,所有的疲倦和虚弱压了下来,他晃了一下,倒下了,这时是九点。他侧着身子躺了一会儿,没有动。然后他从捆背包的皮带中挣脱出来,挺着坐起来。天并没有全黑下来,借着暮色,他在乱石里摸索着,找些干枯的苔藓。没多久,就收拢一堆,点燃篝火——一堆喷着浓烟的暗火——一个装了水的白铁罐放在火上烧。

他打开背包,先数了数那些火柴,一共是六十七根。他又一根根地数了三遍,接着将火柴分成几份,用油纸包好。一份儿放进空烟草袋里,一份塞在他那破帽圈里,另一份揣入贴胸的衬衣里。刚搞完,一阵恐慌袭来,于是又全都掏出来,又数一遍。六十七根,对的。

他在火堆旁烤着潮湿的鞋袜。鹿皮靴已碎成片,毡袜子磨得到处大窟窿小眼。他的两脚血肉模糊,一只脚腕子鼓胀的血管直跳。他细看了一遍,脚腕已肿得可与膝盖相媲美了。他有两条毯子,为了把脚腕捆紧,他从其中的一块撕下了一长条。之后,又撕下来几条,裹在脚上,代替鹿皮靴和袜子。然后他喝下了那罐子烧好的热水,上好了表的发条,钻进两条毯子里。他一动不动地睡着,像个死尸。午时前后,黑夜很快来了,很快又走了。东北方亮起来——那就算是晨光。因为浓云挡住了朝阳。

六点钟，他醒了，静静地仰面躺着，定定地瞪着灰蒙蒙的天空。他感到肚子里空荡荡的。他用胳膊肘撑起身，一阵呼噜声响了，他浑身一悚。只见一头公鹿在惊奇地盯着他，离他不过五十英尺。他马上想到在火上烤鹿肉的情景。火上的鹿肉烤得咝咝作响，冒着油，发出喷鼻的肉香。他一家伙抓起那支枪，瞄准目标，扣动了扳机，一声空响，里面没有一粒子弹。

公鹿哼了一声，一跃而去。远处，传来了公鹿跑过山岩时嘚嘚的蹄声。他骂着，甩开空枪。挣扎着站起来，大声地叹着气。整个动作慢极了，吃力极了。他浑身的关节都像是生了锈的铰链，僵硬而迟滞。每个动作，一屈一伸都得紧咬牙齿才能动。两条腿总算立起来。差不多一分钟后，才撑起腰。此刻，他才像个人那样站直。

他跌跌撞撞地登上一个小山丘，看了看周围的地貌。既无树林，也无灌木，一片灰灰的苔藓之海，其间钻出一些灰灰的岩石，散落着几个灰灰的小湖，流贯着几条灰灰的小溪。上面的天空也是灰灰的，不见太阳，连个影子也找不到。他找不着北。他已忘了昨夜是如何摸到这儿来的。但他并没有迷路。他清楚，不多久就会走到那块"小棍子地"。他感到它就在左边的什么地方，不会太远——说不定越过眼前的小丘就到了。

他回到原地，捆好背包，准备前进。他确信那三包分别放开的火柴还在，他尽管没有再数一回，可他还是犹豫了一下，在那儿想了半天，这次是为了一个结实的鹿皮袋。这袋子不大，两手就能把它包住。但差不多有十五磅重，其重量与背包里的东西不相伯仲。他望着那袋子，满脸愁思。他终于把它搁在一旁，去捆那个背包。但他又停下来，盯着那个袋子。一下子抓进手里，仇视地看着周围，好像这荒凉的大地要把它夺回去似的。他站起来，晃悠着上路，那个袋子已重又塞进背包里。

他转身，向左走去，不时还停下来，摘沼地上的浆果往嘴里送。扭伤的脚腕子都僵了，和以前比，他跛得更厉害了。但与肚子里的煎熬相比，脚痛却算不了什么。饥饿一阵阵地煎熬着他，像是用细细的利齿啃食着胃。那疼痛令他无法把思绪集中到去"小棍子地"

那要走的路径上。沼地上的浆果不但不能减轻胃部的剧痛,那辛辣的味道反而使他的口舌犹如火灼。

他进入一片谷地。许多松鸡从岩石中和沼地里飞起来,呼呼地拍打着翅膀,"咯儿——咯儿——咯儿"地叫着。他拿石块掷过去,但没打中。他把背包放下来,像猫抓麻雀那样偷偷地爬过去。锋利的岩石划破了他的裤子;膝盖流出的血在地面上留下一道血迹。但在饥饿的煎熬中,这种痛苦也就算不了什么。他在潮湿的苔藓上爬来爬去,衣服已湿淋淋了,全身冰凉,但他全无感觉。他吃的欲望如此强烈。而那些松鸡却总是在他面前飞起来,呼呼地打着旋,"咯儿——咯儿——咯儿",简直就是在笑他。他诅咒那些松鸡,随着它们的叫声狂喊起来。

一次,他爬到一只松鸡旁边,那家伙肯定是睡着了。而他居然没看见,当那只松鸡从岩石堆里冲他飞来时,他才发现。他和那只松鸡同样慌乱,他一把抓上去,只捞到三根尾羽。他瞧着它飞走,恨恨不已,好像倒是那松鸡对不起他。他回到原地,背起背包。

白天渐渐逝去。他走进绵绵不断的谷地,或者说是沼地。这里动物不少。一群麋鹿过去了,大约二十头,都在来复枪的射程之内,他的口水吊得三尺长。他有个发狂的念头,要追上它们。他确信能抓住它们。一只黑狐狸朝他跑来,衔着一只松鸡。他吼了一下,那吼声把狐狸吓跑了,却没有丢下松鸡。

暮晚时分,他顺河而下。含有石灰的乳液般的河水在稀疏的灯芯草丛中流过。他揪紧灯芯草的草根,拔出一种嫩葱芽似的东西。它们只有木瓦上的钉子那般大小,嫩极了,用牙一咬会发出咯吱咯吱声,味道还不错。但纤维却很难咀嚼。一丝丝的纤维,充满水分,和沼地上的浆果一样,毫无营养可言。他放下背包,钻进灯芯草丛,大嚼起来,犹如一头牛。

他累极了,总想歇一下——躺下去睡一觉,但他不得不挣扎着前行。这并非一定是因为他急于要赶到"小棍子地",倒是饥饿驱使着他。他还到小水坑里找青蛙,或用指甲挖泥土找小虫子充饥。尽管他明白在北极圈内,根本就不存在青蛙或者小虫儿。他看遍了所有的水坑,全都是瞎子点灯——白费蜡。暮色苍茫,他在一个水坑里发现了唯一的一条类似鲦鱼的小鱼。他把手伸进水里,直没到肩头。然而小鱼却溜走了。于是他两只手都下了水,把坑底乳白色的泥浆搅起来。就在这个紧要关头,他栽进了坑里,半截身子都湿透了。水被搅浑了,没法子找到那条鱼。他只得再等,等泥浆沉淀下去。水变清,他又重新捉那条鱼,直到又搅浑水。可是他等不及了,解下身上的白铁罐儿,开始舀坑里的水。他疯狂地舀着,水溅了一身。因为泼水的距离太近,水又倒流到坑里。后来,他就细心地舀着,尽管他心跳得厉害,手也在颤抖,他还是极力镇定下来。半小时后,坑里的水快舀完了,剩下不足一杯。可是那条鱼却不见踪影。他这才发现石头中间有一条暗缝,那条鱼已经从那儿溜到了旁边的一个大坑里。那坑里的水他一天一夜都舀不完的。要是他早晓得这条暗缝,一开始就用石块堵上,那条鱼就成了口中食了。

他这样想着,瘫坐在湿地上。刚开始,他只是抽泣。不久,他就朝困着他的荒原哭得一把鼻涕一把泪,可荒原并不理睬眼泪。后来,他又颤声地抽泣了好久。

他生起一堆篝火,喝了几罐热水,身体暖和一些。他又像昨夜那样,准备在一块岩石上露宿。最后,他查看了一下火柴,瞅瞅是否还干燥;上足了表的发条。毯子又湿又冷,脚腕子疼得直发抖,但饥饿一直啃到他心里去了,在浅睡中,他梦见了一桌又一桌酒宴,餐桌上摆满了形形色色的菜肴。

醒来时,他感到饥寒交迫。没有太阳,灰地和灰天愈显阴森。寒风呼啸而过,白茫茫的初雪覆盖了座座山丘。空气也愈显沉闷,苍苍莽莽。此刻,他又点起了火,烧了一罐水。纷纷扬扬的雪花从空空幽幽的高处飘飘落落地滑下来,夹杂着雨点。雪花又大又湿,开始,一落地就化掉。后来雪越下越密,盖住了地面,浇灭了那堆火,打湿了他那些烧火用的干苔藓。

这是一记警钟。他背起包袱,一跛一拐地前行,他并不清楚这双脚会把他运向何方。他既没想到"小棍子地",也没想到比尔和狄斯河边那翻着的独木舟下的东西。他满脑袋只有一个词在嗡嗡作响,

"吃、吃……"他饿得发狂,哪还管什么路,只要能走出谷底就行。他在雪里摸索着,在水沼地找浆果儿,一边拔起连根的灯芯草,一边往前探索。但灯芯草既没味道,又填不饱肚子。后来,他发现了一种酸味草,凡是能找到的,他都吃了下去。然而却没有多少。这种草是一种蔓生植物,很容易被几寸厚的积雪盖住。

那夜,没有火,也没有热水喝。他只好钻进毯子里睡觉,饥饿时不时闹醒他。雪变成冰雨。他仰面躺着,雨珠砸在脸上,几次把他弄醒。天亮了,又是铅云密布的一天,不见旭日。雨停了,刀绞般的饥饿消隐了,食欲也远去了,只有胃在隐隐作痛,并不太难受。大脑变得清醒了。他又想起"小棍子地"和狄斯河边的独木舟。

他把撕剩的毯子撕成一条条的,裹好那双血淋淋的脚。又捆好受伤的脚腕子,准备好这一天的旅程。收拾背包时,他又盯着那个结实的鹿皮袋子陷入沉思。最后,还是带上了它。

冬雨淋化了初雪,只有山顶仍是白皑皑的。红日出来了。他总算能判定罗盘的方位了,尽管他已迷了路。前两天,他走的方向可能是偏左了。为了纠正方向,他得偏右走,方向才对。

目前,饥饿的煎熬似乎消失了,但他却异常虚弱。当他采摘沼地上的浆果或拔灯芯草时,不得不经常停下来休息片刻。他觉得舌头又苦又干,好像涨得很大,上面好像长满了茸毛。他的心脏不堪重负。每走几分钟,心脏就剧烈地跳动,而后仿佛在身体内上蹿下跳,搞得他喘不上气,头晕目眩。

正午时分,他在一个大水坑里发现了几条鲦鱼。他现在比较有经验了,要舀干坑里的水是不可能的,只能想办法用白铁罐去捞。那些小鱼只有小指头那么长,而他并不感到很饿。隐隐作痛的胃已变得麻木,而且愈来愈没有什么感觉。胃好像入睡了。他艰难地嚼着生鱼,吞进肚里。吃成了无意识的行为。尽管他不想吃,可他明白吃了,就能活着。

落日时分,他又捉了三条。吃了两条,留下一条作明天的早点。太阳晒干了不成片的苔藓,他又能生火烧水,使自己暖和一下。这天,他走了不到十英里,第二天,只要心脏承受得住,他就往前走,但才走了五英里多点儿。这会儿,他的胃平静了,完全木然了。他到了一个陌生之地。麋鹿多了;而狼也多了。荒原上常常回荡着声声狼嗥。一次,他看见了三只狼,从他前面跑过去。

又过了一个夜晚。清晨,他头脑清醒了,便解开那个厚实的鹿皮袋子的皮绳。从袋子里面倒出粗金砂和金块。他把这些金子分成大约相等的两份,一份包在毯子里,藏在了一块显眼的岩石上;另一份儿仍旧装进袋子里。随后,他又从剩下的毯子上撕下几条儿,裹好他的脚。他仍舍不得扔掉那支枪。狄斯河边的独木舟下还有子弹。

这是个雾天。饥饿感又回来了,他虚弱至极,头一阵阵晕眩,有时什么都看不见。人,一碰就倒。一次,他被绊了一下,正巧倒在一个松鸡窝里。里面有四只新孵出的小松鸡,才出壳一天——鲜嫩的雏鸡,刚好一口一个。他狼吞虎咽,一个接一个地塞进嘴里,像嚼蛋壳似的吃着。母松鸡大叫着,在他身边飞来扑去。他用枪当棍子打它,它都闪开了。他又用石头打,碰巧打伤了那只松鸡的翅膀,那松鸡拖着受伤的翅膀逃开了。他紧追不舍。几只小松鸡不过开了胃口而已,吃的欲望又涌上来了。他拖着受伤的脚腕子,一颠一拐地追,时而向松鸡扔石子,时而嘶哑地吼着。有时他只是一颠一拐、一声不响地追。跌倒了就咬牙爬起来,有时头晕眼花,揉揉眼睛,接着追。

如此追击,就穿过了谷底的沼地。他在潮苔藓上走着,发现了一些脚印。他看得出不是自己的脚印,是比尔的,一定是比尔的。可他不能停下来,那母松鸡还在向前跑。他得抓住它,而后才能看个究竟。

母松鸡被追得筋疲力尽;可他自己也累瘫了。那只母松鸡歪在地上喘个不停;他也倒在地上喘个不停。彼此相去仅十来尺。但他没有力气爬过去。等他恢复过来,那松鸡也恢复过来。他那只饥饿的手一伸出去,它就扑打着翅膀,逃到了他抓不到的地方。就这样,这场追逐持续着。那只母松鸡乘着夜色终于逃远了。他身子一软,一头倒在地上。背包压在身上,脸也划破了。好长时间,他一动不动;后来才翻过身,侧着身子躺在那儿,上好表,直躺到早晨。

又是一个雾天。剩下的那条毯子有一半已做了裹脚布。他没找到比尔的踪迹,但那不重要。饥饿猛烈地袭击着他,他想比尔是不是也迷路了。到了中午,他的生命实在承受不了背包之重。他再次把金子分开,扔掉了一半。下午,他把剩下的也扔掉了。目前他只剩下半条毯子、一个白铁罐和一支枪。

幻觉又过来了。他确信还剩下一粒子弹,就在枪膛里,而自己却一直没想起来。但是,他又明明记得那是支空枪。幻觉嗡嗡营营地围着他打转,他极力驱赶这幻觉,双方交战了几个钟头,后来他干脆把枪栓打开,看着那个空枪膛。失望的滋味苦极了,好像本来那里确有一粒子弹似的。蹒跚了半小时后,幻觉又找来了。于是双方又针锋相对地斗了起来,而这幻觉怎么也赶不走。为了赶走它,他又一次打开枪膛,以便消除幻觉。有时,不相干的思绪纷至沓来,他只好一边凭着直觉跋涉,一边任种种怪异的念头像虫子似的啃他的脑子。然而这类飞越现实的冥思大都维持不了多久,饥饿总把他拽回现实。

一次,正当他思绪飞扬之时,突然惊醒过来。他看到了一个东西,让他差点昏过去。他像喝醉了似的摇晃着,坚持着没倒下。他面前有一匹马。一匹马!他简直无法相信自己的眼睛。他眼前一片漆黑,一刹那,又金星直冒。为了看清,他狠狠地揉着眼睛。

那并非一匹马,而是只大棕熊。那个巨兽正好奇地打量着他,像个好闹事的愣头青。枪,被这人举起来,才举起一半,便记起来这是支空枪。他放下枪,从身后拔出了猎刀,挂在屁股后的刀鞘镶满珠玉。眼前是活鲜鲜的一堆肉。他用拇指试试刀刃,锋利极了。本来他会想都不想地扑到那畜生身上,宰掉它。但他的心却咚、咚、咚地狂跳起来,像是在发警号,接着便往上猛顶,突突地跳动。脑门儿像被箍了一道铁环。顿时他两眼模糊。

极端的恐惧已将他那大无畏的勇气赶得精光。他如此虚弱,那野兽要真的向他发起攻击,他该如何是好?他只好尽力摆出一副凛然不可侵犯的样子,握紧刀子,凶猛地瞪着那只熊。那野兽笨笨地朝前挪了两步，直立起来，还试探性地吼着。要是这人转身逃跑，熊会马上扑上去。幸好他没动。由惧而生的勇气已使他振奋起来。他野兽般地吼叫着，那声音更凶猛，更阴森。这吼叫来自生命最深层，涌溢出决一死战的恐惧。

熊缓缓地往路边挪了一下，发出恐吓的吼叫。接着，它好像倒被这个站得笔直、毫不畏惧的神秘动物吓走了。这人像雕像一样挺立着。威胁终于远去了，他才浑身一阵抽动，一摊泥般地瘫在苔藓里。

他重新挺立起来继续前行，心中升起一股新的恐惧，并非担心活活饿死，而是担心尚未饿死，已被野兽吃掉。这里狼不少，荒原上四处回荡着狼嗥，编织出一张凶险的天网，仿佛是被风鼓紧了的帐篷，触手可及。他为之恐惧，忍不住伸出双手，把它推开。

三三两两的狼常常从他面前蹿过。但狼都避开他。一则是它们不多，再就是它们要找的是好对付的麋鹿，而这个直立怪物可能很难对付。

黄昏时分，他看到了散落一地的骨头，表明狼在这儿吃掉过一只动物。这些残骨在一个小时前可能还是头小麋鹿，一边尖叫，一边飞奔，活力四射。他凭吊着这些残骨，它们被啃得干干净净，只有少许地方泛着粉红，那是一丁点肉末。夜幕降临之前，他也会有同样下场吗？

这就是生存，真是一种幻象，刹那即灭，活着才有苦难。死并不难受。死就如同睡觉，意味着停息，一切的终结。那么他为何不舒舒服服地死去呢！他没时间多想人生哲理。

他蹲下来，啃起一块骨头，吸吮着那上面泛着的粉红、残存的生命。那一丁点甜丝丝的肉味，像是朦胧变幻的美好回忆，令他把握不住，诱惑得他要发狂。他拼命咬着，啃着。咬碎一点点骨头，但磕掉了一颗牙齿。他开始用石块砸，把骨头砸成酱末，再咽下去。猴急之中，砸断了自己的手指，但他很奇怪，怎么不痛。

接下来是绵绵的雨雪天。他不清楚何时该睡，何时应收拾行装，他夜以继日地行走，摔倒了，就趴在地上入睡，一旦那接近熄灭的生命火花闪烁起来并微微燃烧之时,他就爬起来前行。他的举动不再像人了。生命残存在他身上,不愿离去,驱赶他前行。痛苦消失了。他神情木然而迟钝,脑海里却闪耀着万千奇思梦想。

他不停咀嚼着那只小鹿的碎骨头,不停地吸吮着。他捡拾的这一点残屑一直带着。他不再跋山涉水,只是缘溪而行,这道溪流在一片宽谷中流泻着。实际上,他既未见水,也未见山,眼前只是一片幻象。灵魂和肉体并驾齐驱地前行着。实际上是各不相关;差不多没联系了。

一天,他仰卧在一块石头上,醒过来,神志清楚。阳光暖暖地打在他身上。他听到远方,有一只小麋鹿在尖叫。此刻,他隐约记起风、雨和雪。但风雨雪究竟肆虐了两天还是两周,他毫无印象。好长一段时间,他躺在那儿一动不动。暖暖的阳光爱抚着他的身体,他那饱受磨难的身子满是温情。他明白这是一个好天儿,说不定还能确定一下自己的方位。

他艰难地偏过身子。身下是一条奇异的河流,轻轻流淌着。他的目光顺着河流慢慢地滑动,宽广的河流在众多的秃丘间绕来绕去。这些小丘,与他先前看到的那些相比,都显得更光秃、更荒凉、更低矮。他的情感封冻在0℃附近。他的眼珠缓缓地、冷静地转动着,至多随兴所致,目光顺河而下,顺着这条怪河向远方而去。他的目光顺着河进入一片洁亮的大海,他的情感仍在0℃附近,这太奇怪了。这是幻象吗?大概是海市蜃楼吧——多半是自己的神经错乱鼓捣的把戏,是幻象。接着,他又看见在闪闪的大海上泊着一艘大船。他断定这是幻象。他眯起眼睛,再猛睁大眼睛,大船仍泊在那里。幻象,居然会这么持久!实际上,他明白这并不奇怪,在一片荒原的中心绝对不会有什么大海、大船。这正如他明白那支枪里没有子弹一样。

他听到身后传来吸鼻子的声音——像憋住气或咳嗽的声音。他缓慢地翻过身,因为他体力虚弱、身体僵硬。他什么也没有发现,但他静静地等待。没一会儿,同样的声音传过来,在不过二十英尺的两块尖齿状的岩石中间,隐隐约约地探出一只灰狼头,两只狼耳奔拉着,狼头也奔拉着。那畜生的两眼充血,那么混浊,在阳光下慢慢地眨着,显得异常痛苦,看来是病得不轻。他瞅着它,它又发出了吸鼻子和咳嗽的声音。

这可不是假的,他想,又翻回去。好好看看先前被幻象遮住的现实景象。但远处那片光海仍闪闪发亮,那大船仍泊在那儿,历历在目。这都是真的吗?他闭上双眼极力思索着,思路豁然开朗。他一直在朝东北方向走,远离了狄斯河,进了铜矿谷。这条河就是铜矿河,宽广的河面悄悄地流淌着。那片光海就是北冰洋。那船是艘捕鲸船,本应开往马肯吉河口,但是航线太偏东了,现在正停泊在加冕湾,很久以前看过的那张哈得逊湾公司的地图又浮出他的脑海。没错,是的,一切出乎意料,但又在情理之中。

他呼地挺坐起来,盘算着眼下的当务之急。裹脚的毯子全磨烂了,脚也磨烂了,没一处好肉。最后一条毯子也用光了。枪和猎刀不知去向。帽子更不知正躺在何处。帽圈里的那包火柴自然也随之而去。好在贴胸放在烟袋里的那包还在,它用油纸包着,还是干燥的。他看了看表,十一点钟,表仍在走,显然他从未忘记上表。

他的情感沸腾了,但他的思想冷静极了。身子尽管异常虚弱,但并不感到痛苦,也无饥饿感。他没有一点食欲。此刻,他的思路清晰有力。他撕下膝盖以下的两条裤腿,裹上脚。幸亏他保住了那个白铁罐。他想先喝点热水,再奔向那艘大船。他明白远方是光明的,但路途恐怖。

他的动作极为迟缓,犹如中风了一样,身体抽动着。当他要去收集干苔藓时,才发现自己已站不起来了。他试了一回又一回,不行,拉倒吧。他用手和膝盖爬来爬去。一次,他爬到了那只病狼附近。那畜生一边极不情愿地给他让路,一边还用舌头舔舔尖牙,那条舌头看来连动一下都困难。他发现它的舌头不健康,是褐黄色的,上面盖了一层半干而粗糙的黏膜。

他喝了热水之后,能站起来了,甚至还能像接近死亡的人那样行走了。他走一两分钟,就得停下来喘气。他的步履绵软。他身后的那只狼也一样。那夜,当光海沉入黑夜之中时,他明白自己与大海之间贴近了些，但缩短之距不足四英里。

整整一个夜晚，他听到那只病狼不断地咳嗽。有时听到小麋鹿的尖叫。他的周围布满生命，而且是健壮的生命，活力旺盛的生命。他明白，那只病狼要紧随着他这个奄奄一息的人，是想他先死。清晨，他一睁眼，就看见那个畜生正用饥饿的目光盯着他。那狼夹着尾巴，蹲在那儿，像一只丧家犬。早晨的寒风吹得它直哆嗦。每当这人对它发出微弱的低吼，它就无精打采地露出尖牙。

太阳亮晶晶地升起来了。清晨，他一路向那光海上的大船蹒跚而行。万里无云，这是北极圈短暂的"印第安之夏"。可能会持续一周，也许明天或后天就会消失。下午，他发现了一些痕迹。是另一个人爬行的痕迹。他想这可能是比尔留下的，他只是漠然地想了一下，目前他不再好奇了。实际上，他早就失去了热情和兴致。他对痛苦已漠然了，胃和神经全都麻木了。但生命却驱迫着他前行。他疲倦极了。生命拒绝去死，只不过是因为生命拒绝去死。所以他才吃沼地上的浆果和鲦鱼、喝热水，并用警惕的目光注视着那只病狼。

他沿着那人挣扎着前进所留下的痕迹前行，不一会来到了尽头——潮淋淋的苔藓上散乱着几根刚刚啃光的骨头。附近有不少狼的脚印。他看见了一个厚实的鹿皮袋儿，跟他自己的那个一模一样，但已被狼的尖牙咬破了。他的手连一点气力都没有了，但他生生地把它提起来了。

比尔带着它直到生命的最后一刻！哈哈！这会儿他可以向比尔的鬼魂大笑了。他能活下去，并把它带到光海上的那艘船上去。他发出一阵鬼哭般的笑，嗓音嘶哑，活像乌鸦在叫。而那只病狼也跟着加入合唱，一阵一阵地狼嗥。突然，他不笑了。要真是比尔的尸骨，他怎么能嘲笑比尔呢？这些被啃得光光的骨头，粉红、惨白相间，真的是比尔的？

他掉头离开了。好吧，没错，比尔抛弃了他。但他不愿意带走比尔留下的那袋金子，也不愿意吸吮比尔的骨头。但要是这事倒过来的话，比尔也许会干得出来。他一面蹒跚前行，一面暗暗思量。

他走到一个水坑旁。弯腰找鲦鱼时，一抬头，心像被扎了一刀。

他的脸倒映在水中,他看见一张恐怖万状的脸,颜色灰绿,一下子便使他清醒了,震惊了。水坑里有三条鱼。但那水坑太大,难办。他用白铁罐去舀,试了几回,不行,他就不再做了。他怕自己太虚弱,跌到坑里淹死。同理,他才没有爬上那沿沙洲漂浮的木头,让河水把他带入光海。

这天,他与那艘船的距离少了三英里;第二天,又接近了两英里。现在他像比尔一样爬行;第五天,他发现离那艘船还有七英里了。他每天连一英里都爬不到。幸好一天天仍是万里无云,他不停地爬着,不停地晕厥。那只狼一直尾随着他,不断地咳嗽和喘息。现在双膝和脚一样了,血肉模糊。他撕下衬衫把它们包捆起来。但身后的苔藓和岩石上仍留下一路血迹。

一次,他回头看见那头又病又饿的狼,正舔他留下的血迹。他一下认识到自己可能的下场——除非——除非干掉那只狼。

一出悲剧上演了,为了生存,充满残酷——奄奄一息的人一路爬着,奄奄一息的狼一路跟着。荒原上,两个生命拖着垂死的皮囊,双方都渴求吃掉对方。假如这是一只壮狼,那他倒也无怨无悔;但一想到自己要被这么一条奄奄待毙的病狼吃掉,他就觉得窝火。他可真够挑剔的。

现在,脑子里又开始奇思异想了,他被幻象弄得恍恍惚惚。神志清醒的时候也越来越少,越来越短了。一次,他昏迷过去,后来他被一种紧贴耳根的喘息声惊醒。只见那只狼一瘸一拐地往回跳,因为身体虚弱,摔了个跟头。它的样子很好笑,但他没笑。他甚至没害怕。如此境地,已无所谓了。

不过此刻他很清醒,躺在那儿细细盘算。那艘船距他不过四英里,他揉了揉眼睛,可以看得更清楚点。这时,他看见光海上一片白帆,那是一只乘风破浪的小舟。可他再也爬不了四英里了。关于这一点,他很明白,但他仍异常冷静。他清楚自己连半英里也爬不了了。不过,他要活下去。经过千辛万苦,居然仍要死去,这太让人不甘心了。命运对他太冷酷。尽管奄奄一息,但他还是拒绝死去。也许这本身就是一个疯狂的念头。不过即便他被死神攥在手心,也绝不服从,拒绝去死。

他闭上双眼,令自己一点一点地冷静下来。微茫的窒息像滚滚潮水吞噬着他的一切,他打起精神,不让窒息的潮水淹没自己。这种窒息真可怕,犹如海洋,涨了又涨,一点一点地淹没了他的心灵。有时,他沉没下去,悬浮在一片冥冥之中。有时又会凭着一种奇异的心灵魔法,靠一丝意志强韧地牵扯,向上浮出冥海。

他仰面静静地躺着,听着那病狼喘息,那野物呼吸着,一点一点地向他挪动,愈来愈近,绝不松气。时间慢慢过去,他却没动一丁点。狼已到了他的耳边,用它又粗又干的舌头舔着他的脸。脸火灼一般,犹如砂纸在打。他的双手突地出击,也许这一下全凭意志伸出。他的手指弯曲如鹰爪。但他抓空了。稳、准、狠需要体力的支撑,他已没有这种体力了。

狼之忍真是恐怖。而人之忍同样恐怖。白昼过了一半,他躺在那里一动不动,用全部的意志与昏迷角力,等着那条想吃掉他的狼,而他也想吃掉这条狼。有时,倦怠之海一下子涌上来淹没了他,他做了一个长长的梦。不管是醒着还是梦着,他一直在等那个喘息的临近,等着那条又粗又干的舌头舔上来。

实际上,他根本没有听到喘息,只不过是被什么东西从梦中慢慢地拖出来,他感到有条舌头在顺着手舔着。他静静地等着。那狼的尖牙轻轻地咬上来,劲也越来越大。狼正用尽最后一点儿力气咬进它想吃的东西里面。

狼为了这一刻,作了漫长的等待。而人,为了这一刻,也作了漫长的等待。

他那只被狼咬破的手扭住了狼的牙床。狼虚弱地挣扎着,人的那只手差不多甩脱了,他的另一只手已慢慢地摸上来,一下掐住狼。

五分钟之后,他全身的重量都压在了狼身上。尽管双手无力掐死狼,但他的脸已紧贴住狼的咽喉,他狂咬起来,满嘴狼毛。半小时后,他觉得有一股温热的液体慢慢地流进了他的喉咙。那东西可真难以下咽,就像硬灌进胃里的铅液,是意志逼着自己去做的。随后他翻了个身,仰面进入梦乡。

从"贝德福"号捕鲸船的甲板上,几名科学考察队队员,望见远处的岸上有个怪物。那怪物在那边沙滩上蠕动着。他们弄不清楚那究竟是个什么动物。但他们是从事科研的,于是便上了一只小艇,上岸搞个清楚。结果他们看见的是一个不知名的活物,无论如何都不会把那怪物当成人。那怪物的两眼已失明了,失去了知觉。它在蠕动爬行时,活像一条大虫子。其实,在那儿全是无用地折腾,可它还是坚持着,不停地扭动着,折腾着。照这个样子,一小时大约能往前爬二十英尺。

三周之后,这人躺在"贝德福"号捕鲸船上的铺位上,讲清了自己的姓名和经历。眼泪顺着他那陡峭的脸淌下来。他在阵阵呓语中谈到了他的母亲;谈到了阳光灿烂的南加州,还有橘树和花园中的一个家。

再过几天,他就与科学家和船员们同桌吃饭了。他盯着眼前如此多美妙的食物,别人进食,他巴望着,干瞪眼,馋涎直流。别人每吃一口,他的眼里便闪出深深的惋惜。他神志清醒。但一上桌吃饭,就本能地敌视和他一同吃饭的人。他总是心怀恐惧;他总是担忧食物会马上短缺。他问厨师、仆役和船长,想知道贮存的食物还有多少。他们对他一次又一次地打包票,但他总不相信。依旧悄悄地溜到贮藏室附近,亲眼窥探,想弄个清楚。

这人看上去在不断发胖,每天总会胖一点儿。科学家们都在摇脑袋,提出他们的理论,他们限制他的饭量;然而他的腰围还是在不断增加,胖得都有点吓人了,像一个不断吹胀的气球。

船上的水手们都咧嘴大笑。他们明白如何应付他。当科学家们让人监视他时,水手们当然都心中有数。早饭之后,他们发现那人无所事事地游荡着,又像个乞儿似的,伸手要吃的。一个水手一笑,塞给他一块硬面包。他拿在手里,盯着那块面包的贪婪模样,活像个守财奴盯着金子似的,随后塞进衬衣里面。别的水手也给他同样的礼物。人们都咧嘴大笑。

船上的科学家都极为细心。表面上他们让那个人自由活动，但常常会悄悄地检查他的铺位。他的铺上摆着一排排的硬面包，连褥子里也塞得鼓鼓的；每个角落里都塞满了。是的，他神志异常清醒。显然他是在防备可能再一次出现的饥荒，就是这么回事。科学家说，他会恢复得和正常人一样。他做到了。"贝德福"号捕鲸船的铁锚还未在旧金山海湾隆隆地抛下去之前，这个人又像个文明人了。

一　千　打

　　大卫崇尚自我奋斗，像那些成功人士一样，是个全神贯注的人。当滚滚人流冲向北方淘金时，他就在鸡蛋上打主意了，他要全力以赴使这个点子成功。他粗粗地估了一下，这笔冒险不下于发现了一个闪光的金库。就算一打（即十二个——译者注）鸡蛋在道森可卖到五块钱吧，这样的估计是合理的。那么，要是进了这座"黄金之都"，不用说，一千打鸡蛋准能卖到五千块钱。

　　当然，开销也是要算的，他想得很周全，他是一个细心的人，精明，会算计，天生一个理智的脑袋和一颗不易激动的心。按一打一十五美分来算，一千打鸡蛋的成本不过一百五十块钱，在超级暴利前，就不足挂齿了。假设，就假设这一趟他大大地"潇洒"了一通，人同鸡蛋的运费总共花了八百五十块钱吧，那么，等最后一个鸡蛋脱了手，最后一粒金砂进了腰包，他仍可纯赚四千块钱。

　　"你瞧，艾玛，"——他和妻子打起算盘。他们宽敞的客厅里，摆满了各种地图同政府测量报告，还有许多旅行指南以及阿拉斯加的旅行手册——"你瞧，到了黛牙后，费用才算真正开始——开头的一段路，连头等舱船票也算上，五十块钱就满打满算了。从黛牙到林德曼湖，运货的印第安脚夫，每一磅要一十二美分，一百磅要十二块，一千磅要一百二十块。就算我的货重一千五百磅吧，总共是一百八十块——多算一点，就算二百吧。有一个刚从克朗代克回来的可靠人士告诉我说，三百块钱能买到一条小船。这人还说，可打包票弄到两个乘客，从每个人身上赚到一百五十，那条船等于白送，再者，他们还可以帮我驾船。还有……全算进去啦。我一到道森，就把鸡蛋从船里运上岸。现在先让我算算，一共是多少？"

"从旧金山到黛牙，五十；从黛牙到林德曼湖，两百，船价是乘客付的———共二百五十。"她一下算出来。

"还有我自己的衣服行李，要一百，"他享受地接过话头，"这样，至少还剩五百块钱来对付意外的开销吧？但究竟会有什么意外开支呢？"

艾玛耸耸肩，扬了扬眉毛。要是远方的雪国吞得下一个人和一千打鸡蛋，当然吞得下他的一切。她心里这么想，可嘴上什么也没说。她对大卫看得可谓透彻，所以她不用说了。

"就算因为意外的耽搁，要多用一倍时间，我跑这一趟需要两个月吧。想想看，艾玛！两个月赚四千！这不比我现在一个月一百块的打工钱好到哪里去啦。嗯，将来我们要在城外搞幢别墅，住得宽敞一点，每间房里都有煤气灯，从窗口望出去要视线开阔，至于眼下这幢房子，可以出租，收来的房租除了付捐税、保险费、水费之外，还有剩余。此外，也许我还会找到一个金矿，变成一位亿万富翁里，这种机会总有的。艾玛，你觉得我的想法不过分吧？"

艾玛简直不能朝坏处想。不是吗？她娘家那个堂兄弟——当然，只是远亲，一个烂仔，没出息的，横冲直撞——当初从那神秘的雪国衣锦还乡时，不就带来了十万块钱的金砂吗？这还没算上他在开采金砂的矿上拥有的一半主权呢。

老板看见大卫在柜台一头的秤上称鸡蛋，诧异极了，大卫总在他的杂货店买东西。但大卫自己更觉诧异，他发现一打鸡蛋有一磅半重——这样，他那一千打鸡蛋就有一千五百磅重了！

就是不算他在路上必须吃的粮食，他预算的重量中，也没有余地留给衣服、毯子和餐具了。他的算盘一下垮了，他正要重打算盘时，脑袋里突然蹦出一个用小蛋来称称的点子。他奸猾地对自己说，

他是一个细心的人，精明，会算计。

"反正不管大小，一打鸡蛋总是一打鸡蛋"；而一打小蛋的重量，根据他称出的结果，只不过一点二五磅。于是，旧金山城里立刻充满了神色焦急的伙计，那些畜产品批发商看到突然有人要一打不到二十英两的鸡蛋，都摸不着头脑。

大卫把他的房子抵押了一千块钱，把老婆安置在娘家多住些日子，然后辞掉工作，前往北方。为了不超出预算，他只买了一张二等舱船票，可因为正处在淘金的高潮上，二等舱比统舱还乱。

晚夏，他带着鸡蛋，登上黛牙的海岸时，已变成一个脸色惨白、走路摇晃的人了。不过不久，他的腿又有力了，胃口也好起来。他跟奇尔古特脚夫的首次谈判，使他挺起腰杆，硬起头皮。对这二十八英里路，他们讨的运费是四十美分一磅，可是等到他喘口气，刚咽下一口唾沫，运价又涨到了四十三美分。后来，十五个结实的印第安人，看到他肯出四十五美分一磅，就把皮带套上了他的货箱，想不到一个穿着脏衬衫同破烂罩衣的斯盖魁商人，因为在白隘口路上丢掉了马匹，急于要穿过奇尔古特山道往前走，肯出四十七美分，他们又把箱子放下了。不过，大卫性格刚毅，终于以五十美分一磅的代价雇到了几个脚夫。两天之后，他们已经把这些鸡蛋平平安安地送到林德曼了。可是五十美分一磅就等于二千块钱一吨，他这一千五百磅已吃光了他那笔备用的款子，搞得他困在谭塔劳斯角，每天眼巴巴地瞪着那些新造好的小船开往道森。还有，造船厂里也充满了一种狂乱的气氛。所有的人都在没日没夜地赶工，至于他们为何要这样十万火急地嵌缝，钉钉子，涂油，这并不难解释。

那些荒山上的雪线，每天都要爬下来一截，风雪吹刮着，湖中已结起了薄冰，冰层正在加厚。每天早晨，那些累得手脚都抬不起来的人，还要支起惨白的脸，瞧瞧湖面是不是已经封冻。一封冻他们就没指望了——就不能在这串珠状的湖泊里、在湍急的河里顺流而下了。不过，还有更重的打击，他发现了三个同行——三个蛋商。当然，那个德国矮子已经破产了，他正在亲自背着最后一箱鸡蛋，沮丧而回。可另外那两个定造的船已快竣工了，他们正在天天祈祷财神把严冬的铁蹄再挡住一天。但铁蹄已横扫了大地，很多人都在肆虐奇尔古特山的暴风雪里冻伤了,大卫的脚趾也不知不觉地冻伤了。这时候,他碰到了一个机会,他带着货物可以搭上一条正要从碎冰块上开航的船,不过要两百块现款,但他没有钱。

"我看,你再等一下吧,"那个造船的瑞典人说,他在这里等于挖到了金矿,他是个聪明人,自己也清楚——"再等一下,我就会给你造一条棒极了的小船,放心啦。"

得到这句空口无凭的保证之后,大卫回到火山湖那边去了,他在那里碰到了两个记者,他们在从石屋屯越过山道去幸福营的路上,丢失了形形色色的行李。

"是的,"他拿着架子说,"我有一千打鸡蛋在林德曼,我的船的最后一条缝也快嵌好了。总算我运气还好。现在船很宝贵,你们当然知道,连买也买不到。"

那两个记者听到这话,都吵着要跟他去,差不多像要打架似的,然后又用绿花花的钞票在他眼前晃来晃去,并且在手里摆弄着金灿灿的二十元一枚的金币。他根本不要听这些话,可是他们缠得他毫无办法,等到他们每个人出到三百块的时候,他也只好勉强答应了。此外,他们还硬要把旅费先付给他。等到他们各自写信给他们的报社,说起这位有一千打鸡蛋的"好心肠人"时,这位"好心肠人"已匆匆回到林德曼,找那个瑞典人去了。

"喂,我说啊!把那条船给我!"他开门见山,手里叮当叮当地摆弄着那两个记者的金币,一双眼直勾勾地盯着那条已完工的船。

那个瑞典人冷漠地瞧着他,摇了摇头。

"那小子出了多少钱?三百吗?嗯,这儿是四百。拿着吧。"

他打算把钱硬塞给瑞典人,可瑞典人却后退了几步。

"不行。我说过,这条船是给他的。你得再等一下……"

"这儿是六百。到顶了。要不要你看着办。跟他说搞错啦。"

瑞典人动摇了。最后他说,"好吧。"

等大卫最后一次瞅见他时,他正磕磕巴巴地、用半通不通的英语对那几个定船的人解释怎么搞错了。

这时,那个德国佬因为在深湖附近的山上摔坏了脚腕子,已经用一元一打的价钱卖掉了他的存货，雇了几个印第安脚夫，把他抬回黛牙去了。不过，等到大卫跟记者出发的那天早晨，另外两个蛋商也要开船了。

"你带了多少？"其中的一个新英格兰小个子喊道。

"一千打。"大卫大模大样地回答。

"哼！我是八百打，我敢跟你打赌，我能赶上你。"

记者主动地要借钱给他打赌，可大卫谢绝了。那个新英格兰人于是跟另外一个蛋商比赛，那是一个壮实的水手，一个老江湖，这水手说，等到张满篷帆时，他要对他们露两手。他果然张满篷帆，飞快前进，每逢遇到一个浪头，他那张大油布方帆就把船头压得一半淹在水里。他是头一个驶出林德曼湖的人，可是因为他不屑在浅滩上搬下货物把船拖过去，他那条满载的船在激流里的礁石上搁浅了。至于大卫跟那个也载了两位搭客的新英格兰人，他们都是先背着货物涉水过去，然后驾着空船通过这条险恶的水道，驶入本乃湖。

本乃湖是一个又窄又深，长二十五英里的湖，像漏斗一样夹在两旁的高山之中，湖上总是狂风肆虐。湖口的沙滩上有很多冒风冲雪要往北去的人和船，大卫也在这里搭起了帐篷。第二天早晨他醒来时，大风正从南方刮过来，捎带着雪山和冰谷里的寒气，不下于北风。不过万里无云，他看到那个新英格兰人正在张满船帆，一路颠簸着驶过第一座陡峭的山岬。所有的船全在一条接一条地出发，那两个记者都干得非常卖力。

"我们会在麋鹿口之前赶上他的，"他们蛮有把握地对大卫说着，一边扯起帆来，第一片冰凉的浪花已经溅上了"艾玛"号的船头。

大卫从小怕水，但此刻他虎着脸，咬紧牙，狠狠捉住那根跳动着的被当作舵用的大桨。现在，他那一千打鸡蛋全在他眼前的小船里，平平安安地放在记者的行李下面，他那幢小房子和十万元的押单也在眼前晃荡。寒气砭人，他常常要拖上那根当作舵用的桨，换一根新的放下去，让他的乘客敲掉桨上的积冰。浪花溅到哪儿，马上就在哪儿结成一片冰，斜杠帆的下桁，有一边沾着了水，很快就挂满了冰柱。"艾玛"号一路奋勇前进，后来给大浪冲击得连船上的缝和接合处都松开了,可那两个记者却只顾去敲碎冰块,把它扔到船外,而不去戽水。来不及了。必须赶在冬天前面的疯狂比赛已经开始了,所有的船都在拼命前行。

"我……我……我们要想活命,就不能停下!"一个记者结结巴巴地说,他是冻得这样结结巴巴的,并非因为恐惧。

"说得对!老哥,让船从湖中开过去吧!"另一个记者鼓励道。

大卫露出牙齿,傻笑了一下。冰冻的湖岸上泛着阵阵浪花,即使顺着湖中划下去,也要避开那些大浪才有一线希望。一落帆就会给浪头赶上沉没掉。他们常常从那些触礁的小船旁边划过去,有一次,他们看见一条在浪头上的船,正撞向礁石。而他们后面,一条小船载着两个人,帆一转,船就翻了。

"小……小……小心啦,老哥!"那个结结巴巴的人喊道。大卫傻笑了一下,用那双又冰又痛的手抓紧舵柄。激浪一再地抓住"艾玛"号又大又方的船尾,把它掀上来,弄得斜杠帆的后翼荡来荡去,每一次,全靠他拼命,才把船救了出来。现在傻笑已彻底地锈死在他脸上,弄得那两位记者一瞧见他就觉得芒刺在背。

这时在翻腾的涛声中,他们的船掠过一块耸立的礁石,它距湖岸一百码左右。一个人正在这块礁石顶上狂喊,这礁石被浪打得浑身湿透了,人的喊声一时压过了狂风骇浪。但是一眨眼,"艾玛"号已一掠而过,那块礁石也很快变成惊涛中的一个黑点。

"这一下,那个新英格兰人完了!那个水手又在哪里?"一个记者喊道。

大卫回头一望,瞧见了一片黑帆。一个小时前,他就看到了这片方帆如何从灰茫茫的湖上蹿到上风头里,如何时隐时现,渐渐变大。那个水手看来已修好了他的船,正在追赶上来。

"瞧,他来了!"

两个记者不再敲冰,只顾观看了。船后是二十英里的湖面——这样开阔,难怪涌起了冲天大浪。那个载沉载浮、追风逐浪的水手,一下子超过了他们。那张大帆仿佛一下提起这条浪头上的小船,拽得它离开水面,一下又把它捣下来,按在两浪之间的大口里。

"这种浪永远也抓不住他!"

"可是他会让……让船头钻到水里面去的!"

正当他们谈话时,那张油布黑帆已给后面的一个大浪卷得不见踪影。一个浪头接着一个浪头从那个地方涌过去,可那条船再也没有出现。"艾玛"号冲过那儿时,只看见了一点桨同木箱的残片。二十码外的湖面上,一个人从水里伸出一只胳膊,露出一个披头散发的脑袋。

一时间大家都不作声了。到了看得见湖的尽头时,猛浪不停地涌上船来,那两位记者不再敲冰,只顾用桶把水戽出去了。可是这样戽仍无济于事,他们大喊大叫地跟大卫商量了一会,就去抓船上的行李。面粉、腌肉、豆子、毯子、炉子、绳子,总之凡是可以抓到手的东西,都给他们扔到船外面去了。这样,马上起作用了,进水果然少了,船身也浮得高了一点。

"够啦!"大卫声色俱厉地喝道,因为他们正在伸手去抓放在头一层的几箱鸡蛋。

"鬼才行啦!"那个牙齿打颤的人凶恶地回答。

除了他们的笔记本、照相软片和照相机以外,他们已把所有的行李都扔出去了。那人弯腰,抓住一箱鸡蛋,要把它从绳子下面拉出来。

"住手!告诉你,住手!"

大卫已经拔出他的左轮枪,正在用肘子架在桨柄上瞄准。那个记者于是立起来,站在坐板上,前摇后晃,气得满脸抽搐。

"上帝呀!"

他的同伴叫了一声,就一头扑到船底去了。

此刻,因为大卫分了心,"艾玛"号给一个大浪一掀,就转了向。帆的后翼的缆绳断了,帆身一落空,猛然一跳,帆的下桁就猛地横扫过船面,打折了那位发怒记者的脊梁骨,把他带下水去。同时,桅杆和帆叶也翻倒在船外去了。船一停止前进,一阵大浪就扑上船,大卫连忙跳过去抓住戽水的桶。

在后来的半小时里,从他们旁边飞掠过了好几条船——都是跟

"艾玛"号相仿的小船，犹如受惊的兔子，只顾向前狂奔。后来，有一条十吨的驳船，冒着灭顶的危险，在上风里收下帆，很吃力地向他们开了过来。

"让开！让开！"大卫狂叫。

可是，他的低矮的船舷已经碰到那条笨重的大船边上，幸存的那位记者蹿上了大船。大卫像猫一样蹲在鸡蛋箱上，在"艾玛"号的船头，竭力用他冻僵的手指去把拖绳系拢。

"上来！"一个红胡子对他喊道。

"我这儿有一千打鸡蛋，"他用同样大的声音回答道，"拖我一下！我会给你们钱的！"

"上来！"大船上的人同声高叫。

一片雪白的大浪扑上来，冲过那条驳船，灌了"艾玛"号半船水。那帮人一边扯帆开船，一边对他大骂。大卫回骂了几句，就去戽水。幸亏他的桅杆和帆仍旧给帆旗的升降索拉得很紧，像海船的大锚一样，在风浪里撑住了船头，使他能够借此和积水奋斗。

三小时后，这个浑身僵硬，筋疲力尽，胡言乱语，但戽水不息的人，终于在麋鹿口附近的湖滩上靠了岸，湖滩上堆满冰块。两个人，一个是政府的信差，一个是混血儿旅行家，一起把他从浪里拖出来，救出他的货物，把"艾玛"号拖上了岸。他们划着一条独木舟，正要往南方去，当晚就留他在他们帐篷里过了一夜。

第二天早晨他们全走了，可他宁愿守着他的鸡蛋。此后，这个带着一千打鸡蛋的人，就驰名远近了。那些在封冻以前赶到北极淘金的人，已把他就要来的消息带过去了。四十英里站和环城的那些头发花白的老住户，那些牙床像牛皮，胃里给豆子磨出茧的老淘金人，一听见他的名字，眼前就晃动起小鸡和青菜。黛牙和斯盖魁的人都很关心他，他们常常向那些从隘口过来的人打听他的情形；至于道森——只有黄金却没有炒鸡蛋的道森——那儿的人已经等得不耐烦了，只要从南边来了一个人，他们全会拦着他，打听大卫的消息。不过这一切，大卫完全不知道。

他在落难之后的第二天，就修好"艾玛"号，又前进了。从塔吉什刮来的冻风,直钻进他的牙齿缝里,尽管有一半时间为了敲去桨上的积冰,他的船又被吹了回来,可他仍在船旁按着桨,勇敢地迎风划了下去。后来,照当地的常例,他给风刮到了风浪湾的岸上;接着又在塔吉什搁浅了三次;终于被困在了冰封的马什湖里。"艾玛"号已给浮冰挤垮了,可那些鸡蛋却没有受到一点损伤。他背着它们,从冰上走到两英里外的岸上,在那儿搭了一个藏东西的棚。多年以后,那个棚子仍趴在那儿,让那些知道来龙去脉的人指指点点,说个不休。

这时,他和道森之间还相隔五百英里的雪路,水道已封冻。可大卫却神情焦灼地从湖上步行回去。他只带了一条毯子、一柄斧头和一把豆子,一路独行,经受的苦难绝非常人所能想象。这只有到过北极的人才明白。

他在奇尔古特山上遭遇了一场暴风雪,就这一次,他就在绵羊寨的外科医生那儿"奉献"了两个脚指头。但他挺住了,并在"帕汪纳"号船上找到了一个在厨房里洗碟子的工作,借此来到了普吉特海湾,在那里又在一条客轮上找了份加煤的差事,回到了旧金山。

他一颠一跛,走过银行里的光洁地板,向里面的人提出第二次抵押借款,他已是一个满脸风霜、一头乱草的人了。两颊凹陷进去,连一蓬大胡子都遮不住,两眼仿佛两个深坑,喷出两道寒光。手,饱经风吹霜冻和辛苦操劳,已四处龟裂,指甲缝里嵌满结实的积垢同煤屑。他结结巴巴地谈起了鸡蛋、坚冰、暴风、巨浪;等到他们表示不能再借给他一千元以上时,他就变得语言混乱起来,尽说些关于狗同狗粮的价钱,以及雪鞋,鹿皮靴同雪路的事。后来,他们借给了他一千五百元,这已经超过了他那幢房子所能担保的数目,这样,他才舒了一口气,签了名,出了银行的门。

两周之后,他带着三乘由五条狗拖一乘的雪橇,越过了奇尔古特山。他自己驾着一乘,其余两乘由两个印第安人驾驶。到马什湖时,他们打开那个棚子,把鸡蛋装上了雪橇。可前面没路。他是第一个从南边越冰而来的人,因此,他必须充当开路先锋的角色。

一路上他常发现身后宁静的天空里,袅袅升起一缕淡淡的青烟,他猜不透那些点燃篝火的人为何不赶上来。不过，因为他还不了解雪国，他一直弄不懂，甚至当那两个印第安人向他大费一番口舌之后，他也没弄通为何他们都认为开路是件苦差，因此，每逢他们踌躇不前，不愿清晨拔营开路，他就用左轮枪口逼着他们上路。

后来，他在白马湍附近的一座冰桥上摔了一跤，冻坏了他那只已经生了冻疮、肿得一碰就疼的脚，那两个印第安人都以为他肯定要趴下了。可他撕开一条毯子，把脚裹起来，套上一只大如水桶的鹿皮靴，仍旧跟他们轮流着驾驶第一乘雪橇开路。这是最惨的苦役，尽管他们常常背着他用指节敲着前额，彼此会意地摇头，他们也不得不佩服他。

一天夜里，他们打算逃跑，可他的子弹钻进雪里的嗖嗖声，把这两个印第安人吓回来；他们大骂着，但还是屈服了。不过，他们都是野蛮的契尔凯特人，因此他俩凑在一起商量，准备干掉他。可他睡得跟猫一样机警，不管他醒着睡着，他们找不到一点下手的机会。他们常常竭力把后面那一缕烟的含义告诉他，他非但不能理解，反而对他们更疑心了。每逢他们满脸怒火畏缩不前时，他马上当胸一拳，一下掏出那支子弹上膛的左轮枪，令他们怒火熊熊的脑袋一下掉进恐惧的冰窟。

一天一天就这样延续下去——既要对付叛乱者、恶狗，还得承受筋疲力尽的跋涉。他跟人斗，为的是留住他们，跟狗斗，为的是不让它们走近鸡蛋。此外，他还要跟冰斗，跟寒气斗，跟那只冻脚斗。那只冻脚好不了，新肉一长出来，马上生了冻疮，结成硬块，终于烂成一个流脓的大洞，差不多连他的拳头都塞得进去。每天一清早，那只脚一踏在地上，头就犯晕，疼得他要昏倒；可早晨一过，他又照常麻木，直到他爬进毯子，打算入睡时，知觉才又恢复了。

尽管如此，这个当了一辈子小职员、一向坐办公室的人，却劳累得比那两个印第安人更甚，甚至连那些狗都觉得承受不住了。可是他却连自己多么操劳，吃了多少苦都不清楚。他本是个全神贯注的人，现在既然投入了这项事业，这事业就把他彻底控制住了。在他的脑海里，前途是道森，背景是那一千打鸡蛋，在两者之间飘移的是他的灵魂,跳动着的是一个灿烂的金点,这个金点就是那五千块钱,它总是竭力要把前途和背景扯拢来。这是他的意识的顶点,也是他一切新念头的出发点。除此之外,他不过是一部自动机器。其他的他全不理会,即使看见了也像隔着一层毛玻璃似的,不打心里过。他的手一举一动,全凭这部机器发出指令,他的脑袋也是如此。他的脸绷得紧紧的,犹如拉满的、带箭的弓弦,一触即发,那两个印第安人见了很畏惧,他们看到这个把他们当作奴隶的古怪白人,迫使他们去蛮干,都惊疑不定。

后来,严寒封锁了巴尔杰湖,这一块大地,气温降到了-60℃。当时,为了呼吸畅快,他张着嘴干活,一下子冻坏了肺,此后他就患上了干咳,一闻到烟子或劳累过度,就咳得够呛。走到三十英里河时,他发现河面有好多地方没有结冰,上面横贯着靠不住的冰桥,旁边镶着薄冰。这种薄冰根本不可靠,可他居然不顾一切地走上去,而且仗着他的左轮枪,逼着印第安人也走了上去。至于冰桥上面,那儿虽然堆满积雪,防范的法子倒是有的。过桥时,他们都套上雪鞋,手里横拿着长竿,以便遇到意外可以有所凭依。他们总是人一过去,马上招呼狗也跟过去。后来,他们走到一座冰桥上,积雪之下隐藏着一个未结冰的空洞,一个印第安人就此丢了命。他下去得又快又干脆,仿佛刀子刺入薄薄的奶油中,马上给浮冰下的河水冲得不见踪影了。当晚,剩下的那个伙计借着暗淡的月光溜走了,大卫胡乱开了几枪,打破了夜色——枪声虽响,枪法并不精。两个黑夜一个白昼之后,这个印第安人跑进大鲑鱼河上的警察所里。

"这……这……那家伙怪极了……你说他是什么呢?……他疯了,"翻译向糊里糊涂的警察队长解释道,"呃?对啦,疯啦,完全是个疯子。鸡蛋,鸡蛋,说来说去还是鸡蛋——懂吗?他就要来啦。"

大卫过了好几天,才走到这个警察所,一路上,他把三辆雪橇拴在一块,把所有的狗套在一起。这样走当然很困难,尽管大多数情形,是他使出大力神般的力气,勉强把三乘雪橇一次全拖过去,可是到了实在难走的地方,他只好一乘一乘地拖。

据这个警察队长说,那个印第安人正奔向道森,这时大约在塞克尔克和斯图尔特河之间,可是他听了之后,一点也不恼火。甚至在他听到那些警察已打通了去佩利的路之后,他也不兴奋;现在,他一副听之任之的神态,不管好坏,都随它去。不过,等到他们告诉他道森正在闹饥荒时,他反倒笑了笑,马上套狗,动身上路。

有关青烟的谜团,当他到达下一个落脚点时,总算解开了。自从大鲑鱼河传出到佩利去的路已打通的消息之后,这些青烟就不再在他身后缭绕了;蹲在孤独的篝火旁的大卫,只看见一串串各式各样的雪橇奔驰而过。头一批过去的,是把他从本乃湖救出来的那个信差同那个混血儿;其次是到环城去的邮差,一共有两雪橇人,然后就是那些到克朗代克淘金的杂牌军。这些人同他们的狗都是雄赳赳气昂昂的,而大卫同他的牲口个个疲惫不堪,皮包骨头。这些升起一缕缕青烟的人每三天里面只有一天赶路,他们总是养精蓄锐,以便等到路打通后,再纵狗狂奔;而大卫却每天都在开路,伤了狗的元气,挫了狗的锐气。而他自己,是打不垮的。

既然他替那些精力充沛、兵强狗壮的人充当了开路先锋,他们也免不了向他致以亲切的问候——他们咧开嘴,嬉皮笑脸地向他致敬;现在他已懂了,也就不去理睬他们。不过,他并不怀恨在心。这何足道哉。

他的事业——以及事业所依据的事实——并没改变。他和他的一千打鸡蛋仍好好的,道森仍耸立在前方;情况一点未变。

走到小鲑鱼河时,狗粮不多了,狗就吃起了他的粮食,从这里开始,直到塞克尔克,他就只吃豆子——粗糙的、焦黄的大豆,只能勉强维持营养,梗得他的胃每隔两小时就要疼得弯腰驼背一回。不料塞克尔克的站长在驿站门口挂起了一张布告,说是育空河上游已经两年没有见到轮船,因此粮食已成了无价之宝。尽管如此,那位站长仍愿意以一杯面粉抵一个鸡蛋的方式跟他交换。可是大卫摇摇头,就上路了。过了驿站后,他设法买了一点冻马皮来喂狗,那儿的马全给契尔凯特的牧人杀死了,宰下来的零碎废肉全归了印第安人。他自己也尝了尝这种马皮,可是马毛钻到他口里的冻疮里面,疼得他受不了。同时，在塞克尔克，他还碰到第一批从道森逃荒出来的人，他们一路挣扎，样子非常凄惨。"没吃的！"他们异口同声地说。"没吃的，只好走。"人人都认为春天粮食还要涨价。"面粉涨到一块五角一磅，还没卖的。"

"鸡蛋呢？"大卫问。

一个人答道。"一块一个，可一个也没有。"

大卫马上算了一下。

"一万二千块钱。"他高喊道。

"怎么回事？"那个人问道。

"没什么。"他一边回答，一边就赶狗前行了。

走到斯图尔特河，离道森七十英里时，他的狗已死了五条，其余的拖着雪橇，也都支持不住了。现在，连他自己也背着轭带，用最后一点力气来拖雪橇了。即使这样，他每天也只能支撑十英里路。

他的颧骨和鼻子，因为不断地生冻疮，已变得尽是瘀血的黑斑，可怕极了。那个握着舵杆的大拇指，因为经常跟其他的指头分开，也冻烂了，疼得他受不了。那只大得出奇的鹿皮靴仍套在他脚上，现在，连那条腿也感到一种奇异的疼痛。

走到六十英里河时，他省着吃了好久的豆子也吃完了；可他一心一意地不去动那些鸡蛋。他不愿与自己的理智妥协，承认这是一种合法的行为；因此，他只好跌跌撞撞地拖向印第安河。到了那里，他碰到了一位爽朗的老住户，给了他一头新杀死的麋鹿，他和狗们才添了一点力气。走到恩斯里时，他碰到一个在五小时之前，才从道森仓皇出逃的人，听说他的鸡蛋一定可以卖到一美元二十五美分一个，忍不住有了一种苦尽甘来的味道。

他在爬上道森街边的陡坡时，心在胸中咚咚直蹦，膝盖犹如筛糠。那些狗差不多一步也挪不动，他只好让它们歇下来，自己软软地靠在舵杆上等着。一个相貌堂堂的人，穿着一件熊皮大外套，悠悠地逛到了大卫身旁。他瞟了大卫一眼，停住，对那些狗和那三乘捆在一起的雪橇扫了一眼。

"里面是什么玩意？"他问。

"鸡蛋。"大卫声音沙哑,低得像耳语,他无法把音量再提高一点。

"鸡蛋!太好啦!太好啦!"他一家伙跳到半空里,疯狂地打了个转,然后以军人的步子踱了几步。

"难道——全是鸡蛋?"

"全是鸡蛋。"

"嗯,你一定是那个蛋商了。"他围着大卫转了半圈,从另一边瞧着他,"喂,吱声呀,你究竟是不是那个蛋商?"

大卫完全蒙在鼓里,只好假定是这样,那人镇定了一些。

"你打算卖多少钱呢?"他非常谨慎地问。

大卫的胆子立刻大了。"一块五角钱。"他说。

"好!"那人立刻答道,"给我一打。"

"我……我是说一块五角钱一个。"大卫嗫嚅着。

"当然。我听得明白。来两打吧。金子在这儿。"

那人掏出一个很高档的金砂袋,约莫有一根小腊肠大小,随意地用它敲着舵杆。大卫的胃里起了一阵奇异的颤动,鼻子酸酸的,真想坐下来痛哭一通。

此时,他周围已聚起一堆围观的人,个个瞪着眼,都喊着要买鸡蛋。他没有天平,可那个穿熊皮外套的人马上弄来了一架,在大卫把蛋递出去时,很热情地帮他把金砂称了一下。

不久,他周围就人头涌动,全在大呼大叫。人人都要买蛋,争先恐后的。等到他们热血沸腾时,大卫反倒冷静了。这不对。他们这样抢着买,一定有什么理由。不如先歇一歇,摸摸行情,要聪明一点。也许一个鸡蛋值两块钱也说不定。

总之,不管什么时候,只要他想卖,一块五角钱一个总是十拿九稳的。"停一停!"他喊道,这时,已卖出了两百个蛋。"现在不卖了。我很累了。我得先弄一所房子,以后你们可以到那儿来。"

大伙听到这话,叹气声此起彼伏,可那个穿熊皮外套的人很赞成。既然二十四个冻蛋已滚进了他的大口袋,他就不在乎城里其他的人吃什么了。再者,他也看得出,大卫确实是撑不住了。

"从蒙特卡罗街过去第二个拐角上,有一所房子,"他告诉他说——"一所窗子用草泥做的房子。它不是我的,不过归我管。房租是十块钱一天,价钱很便宜。你马上就搬进去好啦,以后我会来看你的。别忘了窗子是用草泥做的。"

"嘿!嘿!嘿!"过了一会,他又回头喊道,"我可要到山上吃鸡蛋,做家乡梦去啦。"

大卫在往那所房子去的路上,想起肚子还是空的,就到北美商业运输公司的铺子里买了些食品——另外到肉店里买了一块牛排,和一些喂狗的鲑鱼干。他没有费多少事就找到了那所房子,于是,他就任凭那些狗套在拖索上,一个人进去生起火,煮起咖啡。

"一块五角一个——一千打——一万八千块钱!"他一边做事,一边反反复复地唠唠叨叨着。

他刚把牛排放到油锅里,门就开了。他扭过头一瞧,原来是那个穿熊皮外套的人。他进来的样子很坚定,好像专门为了什么事,可是他一瞧见大卫,脸上又出现了一种疑惑不定的神情。

"喂……喂,告诉你……"他刚说出口,又停下了。

大卫担心他是来讨房租的。

"喂,告诉你,妈的,你晓不晓得,那些鸡蛋都是坏的。"

大卫摇晃了一下。仿佛劈面挨了一拳,打得他天旋地转。四周的墙旋转得要翻倒过来了。他伸出手,想支撑住自己,手压在炉子上毫不知晓。猛烈的疼痛和焦煳的肉味,终于使他清醒了过来。

"明白了,"他缓慢地说道,手伸到口袋里,去摸那袋金砂,"你要我还你的钱。"

"我不是为了钱,"那人说,"你还有鸡蛋没有……有好蛋吗?"

大卫艰难地把头摇了摇。"你还是把钱拿回去吧。"

不料那人不肯,反倒退了几步。"我会再来的,"他说,"等你的新货到了,我再来买。"

大卫把劈柴的砧头滚到屋里之后,就把那些蛋搬进去。他忙忙碌碌,镇定之极。接着,他就拿起斧头,把鸡蛋一个接一个地劈开。劈开的蛋经过仔细检查之后,都给他扔到了地板上。开头,他只从各个蛋箱里挑出几个来试试,后来就干脆一箱一箱地劈。地板上的蛋也愈堆愈多。咖啡快煮干了,烧焦的牛排气味灌满了一屋子。可他仍旧机械地、不歇气地劈下去,直到劈完了最后一箱。

这时,有人敲了敲门,然后又敲了敲,接着就自己推门进来了。

"怎么搞得这么乱哄哄的!"那人边说,边停下来,察看着这一切。

劈开的蛋给炉子里的热气一熏,都化开了,臭味滚滚。

"毛病一定是出在轮船上面。"那人推测道。

大卫盯着那人,两眼空茫茫,望了很久。

"我叫默雷,这里谁都认识我,"那个人自我介绍道,"我刚才听说你的蛋都坏了,我愿出两百块钱,把它们一起买下来。它们比不上鲑鱼,但用来喂狗也还不错。"

大卫仿佛成了一个石人。他立着。

"滚吧。"他静静地说。

"好好想想吧。一堆臭蛋,能有这个价,依我看不错啦,总比两手空空要好吧。两百块。咋样?"

"滚。"大卫淡漠地重述一遍。

"快滚。"

默雷吓得目瞪口呆,盯着大卫的脸,悄悄地、一步一步地倒退出门口。

大卫走了出去,解开了那些狗。

他把买来的鲑鱼干全丢给它们,拎起雪橇上的一根绳子,在手上绾着。然后,他马上回屋,闩上门。

焦黑的牛排腾起浓烟,熏得他的眼睛火辣辣。他站在床上,把绳子套在房梁上,用眼睛打量着它摆动的距离。这样仿佛还不满意,他又搬来一张凳子,放在床上。他爬到凳子上面,在绳子的一头打了一个活结,把头伸进去。同时,他把绳子的那一头拴了个死结。然后,他蹬开了脚下的凳子。

印第安女子

  帐篷的门帘被顶开了,伸进一个狼般的头,双眼旁结着一层白霜,一副沉思的模样。
  "嘿!去,西瓦希,去,鬼家伙!"里面的人一起怒喝道。贝特斯拿起铁皮盘子,狠敲了一下狗头,它连忙缩了回去。路易斯重又绑好门帘,一脚踢翻那口平底锅,在炉子上烤着手。外面冷极了。
  两天两夜之前,酒精温度计停到-68℃时,碎裂了,之后,天气越来越冷、越来越难过。这种奇寒何时终结,谁也说不准。除非万不得已,此时,谁都愿意偎在炉子旁,谁都不愿去呼吸户外的寒气。有时有人不得不在这种天气出行,结果肺冻坏了,于是不断干咳,特别是闻到煎咸肉气味时更是如此。再后来,到了春天或夏天的某一日,人们就在永冻的黑土地上烧开一个洞,把那人的尸首扔进去,用苔藓盖在上面,相信到了世界末日,这个冷冻的、完整的、从未腐烂的死者会复活过来。因此,对于那些不大相信到了世界末日肉体会复活的人,最好推荐他葬在克朗代克。不过,你不能由此判断,它是宜居之地。
  此刻外面冷极了,可里面也并不温暖。唯一可称作家当的,只有那个炉子,大家都直截了当地对它表露出宠爱之情。有一半地上铺着松枝,松枝上盖着皮褥子,而下面就是冻雪。其余的地方,全放着用鹿皮袋盛的雪,还有一些锅、罐,以及一座北极帐篷里所需的一切用具。炉子烧得通红,但不到三尺之外,地面上就有一块冰,跟刚从河底采来时一样锐利而干爽。外面的寒气逼得里面的热气直升上去。炉子顶上,正好在烟囱穿过帐篷的地方,有一小圈干燥的帆布;外面的一圈环绕着烟囱的帆布喷着热气;再外面是一个湿漉漉的圈子;此外帐篷其余的地方,无论篷顶或四壁,都蒙着一层洁白、干燥、有半寸来厚的、结满晶花的浓霜。

"哎哟!哎哟!哎哟!"一个满脸胡须、脸色惨白的年轻人躺在皮毯子里,在梦中发出阵阵的呻吟;他没醒,但叫疼之声越来越高,越来越惨。他从毯子底下半撑起身子,痉挛地战抖着、瑟缩着,仿佛床上铺满了刺。

"给他翻个身,"贝特斯命令道,"他在抽筋。"

于是,六条汉子以残忍的善良,把他的身子折腾来倒腾去,重重地捶打了一遍。

"这条该诅咒的路,"他一边咕哝着,一边掀开皮毯子坐了起来。"我跑遍全国,跑了一年多,什么苦地方没去过,总以为自己很棒了;可现在一到这个鬼地方,却成了一个跟娘们一样的雅典人,一点男人气也没有了。"

他向火炉凑近一些,卷了一根烟。"我不是在抱怨。这苦头,我吃得了,扛得住;不过很丢面子,就这么回事。到了这该死的三十英里站上,我垮掉啦,浑身僵硬,又酸又疼,就像一个弱不禁风的公子哥在乡间土路走了五英里路一样。哇!我真恶心!有火吗?"

"别激动,小伙计。"贝特斯把一根点着火的木头递给他,用江湖老手的语气说下去,"你会慢慢适应的。难过得要发狂!难道我还不记得我头一遭走这条路的情形吗!冻僵啦?我也一样,那时节,我每次从冰窟窿里喝够了水,总得花上十分钟才站起来——浑身的骨节都在咯嘣咯嘣地响,疼得要命。抽筋嘛,当初我碰上这种情形时,整个帐篷里的人在我身上捶了半天才叫我缓过来。你这新手不错,算条汉子。过几年,你肯定会赶上我们这批老头子的。好在你长得不太胖,有很多身强体壮的人,都因为太胖了,没到年纪就回了老家。"

"胖?"

"不错。就是说块头大。你要知道,走雪路时块头大可不占优势。"

"从没听说过。"

"从没听说过,嗯?这可是板上钉钉的事。要讲力气,块头大当然占上风,但讲到耐久,块头大就不行啦;大块头持久不了。只有小个子吃得起苦,顶得住,像一条瘦狗盯住骨头那样坚持下去。要讲耐性,块头大可不成!"

"没错!"路易斯插嘴道,"有道理!我认识一个人,块头大得跟公牛一般。当大家拥向硫黄河时,他跟一个叫麦克范的小个子一路。你们都认识那个麦克范,那个红头发,总是咧着嘴笑的爱尔兰小子。他们一路走呀走的,不分昼夜地赶路。那个大块头后来累倒了,在雪地里躺了老半天。那个小个子踢了大块头一脚,于是他就哭起来了,哭得像个,怎么说来着——对啦,像小鼻涕虫一样。那个小个子就这么一路踢呀踢的,不知花了多少时间,走了多长的路,总算把那个大块头踢到了我的木房子里面。他在我的毯子里躺了三天三夜才爬起来。我从没见过他这样的大块头。一辈子没见过。他就像你所说的,太胖了。你这话的确不假。"

"可冈德森呢,"普林斯说。那个高大的北欧人和他的惨死,在这个采矿工程师心中留下了深深的印迹,"他就埋在那儿,那边吧。"他的手朝神秘的东方一指。

"那些到海边去的人,或者那些猎麋鹿的猛士中,就数他块头最大,"贝特斯接上来说,"他与众不同。记得他老婆吗,恩卡?她至多不过一百一十磅重,浑身都是肌肉,没有一点脂肪。可是她比她的男人更强韧。她为他吃尽了苦,一心一意地关心他。可以说,世上的事,她没有做不到的。"

"这只是因为她爱他。"工程师反驳道。

"我不是说这个。那……"

"喂,弟兄们,"坐在食品箱上的查理打断了他们的话。"你们谈了男人的肥肉,女人的强韧,还有爱情,都说得很公道。不过我倒想起了此地还是荒无人烟时的一件事。当时,我跟一个高胖的男人,还有一个女人,有过一番经历。那女人个子很小,可她的心比那个高胖男人的心崇高得多,她很强韧。我们往海边去的路糟透了,天气冷极了,雪很深,大伙都饿得受不了。这个女人的爱情是一种崇高之爱——一条好汉这样称赞女人的爱,也就算无以复加了。"

他停顿一下,顺手用斧头劈碎了一大块冰。他把碎冰放到炉子上淘金用的锅子里,把它化成水喝。这时,大伙挤得更拢一点,那个抽筋的人也在徒劳无功地使劲,想让他僵硬的身体舒服一点。

"弟兄们,我血管流的是西瓦希人的鲜血,不过我的心是白人的心。第一点要抱怨我的老祖宗,第二点是朋友们的功绩。我还是个孩子时,就明白了一个大道理。我听说,大地是属于你们和你们这类人的。西瓦希人抵挡不住你们,只得像麋鹿跟熊一样,在冰天雪地里丢命。于是我就跑到暖和地带,和你们打成一片,坐在你们的火堆边,瞧,我变成你们中的一员了。我一生见识不少,我和很多种族的人去过很多地方。我总是按你们的方式来断事断人,考虑问题。因此,当我谈到你们当中的一个人,说了不中听的话时,我知道你们一定不会见怪;同时,在我赞颂我的一个同胞时,你们也一定不会说什么:'查理是个西瓦希人,他的眼光有问题,他的话成问题。'对吗?"

人们都在喉咙里咕哝了一声,表示赞同。

"这女人叫作帕苏克。从她亲人那儿,我用公平的价钱把她买来。他们是海边的人,他们的契尔凯特图腾就竖立在一个海岬上。我没把她放在心上,也没留心她的相貌。因为她的眼睛总瞅着地面,她跟那些给扔到她们从来没见过的男人怀里的姑娘一样,又羞又怕。我说过,我没把她放在心上,因为我只想到我要走长长的路,需要一个人来帮我喂狗,而且在河上长途漂泊时,还需要一个人来帮我划桨。再说,一条毯子也满可以盖两个人;所以,我选上了帕苏克。

"我不晓得跟你们说过没有?我是给政府当差的人。要是没有,你们现在晓得了也好。我带着雪橇、狗和干粮,还有帕苏克,一起乘上了一艘军舰。向北行驶，一直开到白雪皑皑的白令海边，在那儿登陆——我跟帕苏克，还有那些狗。因为给政府当差，政府给了我一笔钱，几张地图，那上面的地方谁也没去过，此外还有几封信。这些信都是密封的，而且封得很巧妙，再大的风雪也不怕，我得把它们交给困在茫茫的麦肯齐河冰块当中的北极捕鲸船。除了我们自己的育空河——万河之母以外，我从来没见过这样的大河。

"这都不提了，因为我要讲的，跟捕鲸船或我在麦肯齐河边度过的严冬都没关系。后来，春天来了，白昼长了，雪面融成了一层冰，我们——我同帕苏克，就向南走，要走到育空河一带。这路可难走了，不过总算有太阳给我们指路。我说过，当时这儿还是一片平川，我们就撑起篙，划着桨，溯流而上，一直划到四十英里站。又瞧见了白人，这可让人兴奋，因此我们上了岸。那个冬天很难熬。阴森的天和寒气逼得我们扛不住，同时又闹饥荒。公司的代理人分给每个人四十磅面粉、二十磅腌肉，没有豆子。狗嗥个不停，大伙的肚子都凹进去了，脸上全是一道道的褶皱，壮汉成弱人，弱人就归天了。害坏血病的也不少。

"后来一天夜里，我们都来到商店里，货架上空空如也，使我们更感饥饿。借着炉火我们低声谈起来，蜡烛已藏好，要留给活到春天的人。我们商量着，决定派一个人到海边去，把我们的境况告诉外面的人。这时大家的目光全射到我身上来，因为每个人都清楚我是个行路高手。当时我就说，'沿海岸到汉因斯教区，一共有七百英里路，而且每一英里路都要套上雪鞋来走。把你们最好的狗和最好的粮食给我，我愿跑一趟。同时，帕苏克也得跟我一道走。'

"这些条件他们全答应了，可是有一个人站了起来，他叫作杰夫，是个美国佬，身高体壮，口气不小。他说他也是个卓越的行路老手，生来就善于在雪中行走，而且是吃水牛奶长大的。他愿意跟我一起去，要是我在路上不行了，他会把信带到教区。当时我还年轻，对美国佬还不大了解。我哪里知道说大话的人都不行呢？我哪里知道雄心勃勃的美国佬都金口难开呢？于是我们三个人——帕苏克、杰夫和我，就带着几只最好的狗和最好的粮食一起上路了。

"好吧,你们都在雪地里当过开路先锋,扳过雪橇的舵杆,见惯了壅塞的冰块;我就不必谈路上的艰险了。我们有时一天走十英里,有时一天走三十英里,不过多半是一天十英里。所谓最好的粮食也不好,而且我们一开头就得省着吃。同样的,那些挑出来的狗也都不中用,我们得花很大的力气才能使它们前进。到了白河,我们的三辆雪橇变成了两辆,可我们只走了两百英里路。好在我们没浪费什么;那些没命的狗全进了活命的狗的肚子里。

"一路上,我们既没听到一声问候,也没看到一缕炊烟,我们一直走到佩利。我本来想在这儿补充一点粮食;还打算把杰夫留在这儿,因为他老是喘个不休,他已走累了。可是这儿的公司代理人咳嗽、气喘得很厉害,病得眼睛放绿光,而且他的地窖也几乎空了;他让我们瞧了一下传教士的空粮窖和他的坟,为了防狗去挖,那上面堆满了石头。那儿还有一伙印第安人,不过没有小孩和老头,不用说,他们没几个能挨到春天。

"我们只好肚子空空,揣着一颗沉重的心上路了,前面还有五百英里,而在我们和海滨的汉因斯教区之间,是一片死寂。

"那是一年里的极夜时期,即使在正午,太阳也没冒出南方的地平线。不过冰块少了一点,路好走了一点,我们驱使着狗,从早走到晚。我说过,在四十英里站,每一英里路都要套上雪鞋来走。雪鞋把我们的脚磨烂了几大块,冻疮破了,结了疤,怎么也好不了。冻疮搞得我们越来越受不了,有天早上,我们套上雪鞋时,杰夫像小伢一样哭了。我叫他在一辆轻一点的雪橇前面开路,可是他为了舒服,脱下雪鞋。这样,路就不平整了,他的鹿皮鞋踩得雪上尽是大窟窿,害得那些狗全陷到窟窿里打滚。狗的骨头已快要戳破它们的皮了,这当然不好。因此我说了几句狠话,他答应了,可并没有做。后来我就用狗鞭子抽他,这样才解决了问题。他简直是个小孩,是煎熬和一身肥肉改变了他。

"可是帕苏克!每当这个男人躺在火旁哭时,她总是忙着做饭;早晨她总是帮我套上雪橇,晚上又解开雪橇。她很爱护狗。她总是走在前面,提起套着雪鞋的脚,踩在雪上,让路可以平整一点。帕苏克——我该怎么说才好呢？——我只觉得这是她分内的事，我一点也没放在心上。因为我脑子里有许多别的事情在打转，再说，当时我还年轻，不懂女人的风情。后来事情过去，回头一想，才懂了。

"那个男人后来差不多一无是处。那些狗已经没有什么劲了，可每逢他掉队，就要偷乘雪橇。帕苏克说她愿意驾一辆雪橇，这样那小子就没事干了。早晨，我公正地分给他一份粮食，让他一个人先行。然后由帕苏克跟我一同拆帐篷，把东西装上雪橇，把狗套上。等到中午，太阳和我们捉迷藏时，我们就会赶上那个男人，看见泪水在他脸上结成了冰，接着，我们就赶过了他。晚上，我们搭好帐篷，把他那份粮食放在一边，替他把皮毯子摊开。同时我们还要点起一大堆火，引他前来。几个钟头后，他才会一颠一晃地走来，边哼边哭边吃饭，然后入睡。这个男人没病，他不过是走长了，累了，饿软了。不过我跟帕苏克也是走长了，累了，饿软了；我们啥事都干，他却啥事也不干。可是，他有我们的老前辈贝特斯讲过的那一身肥肉。所以我们总是很公平地分给他一份粮食。

"一天，我们在死寂的荒原上碰到两个鬼魂般的路人。一个大人和一个少年，都是白人。巴尔杰湖上的冰已解冻了，他们的大部分行李都掉到了湖里。他们每人肩膀上背着一条毯子。晚上，他们点起篝火，在那儿一直蹲到早晨。他们只有一点面粉。他们把它调在水里当糊喝。那个男人拿出八杯面粉给我瞧——他们所有的粮食全在这儿了，可是佩利也在闹饥荒，而且远在两百英里外。同时他们还说后面有一个印第安人；他们分给他的粮食很公平，可他跟不上他们。我可不相信他们分得公平，否则那个印第安人一定跟得上。但我不能分给他们食物。他们想偷走我的一条狗——最肥的一条，实际上也瘦得很——我拿手枪对他们的脸一晃，叫他们赶快滚。他们只好走了，像醉鬼一样，摇晃着，融入死寂的荒原，向佩利而去。"

"这时，我只剩下三条狗和一辆雪橇，狗饿得皮包骨头。柴少火不旺，房间里自然冷得厉害。我们吃得少，冻得更够呛，脸冻得发黑，连我们的亲妈也不会认出我们。还有，我们的脚也很疼。早晨上路时,我一套上雪鞋就疼得要命,我竭力忍着不哼。帕苏克从来不哼一声,她总是在前面开路。那个男人呢,他只会号啕。

"三十英里河的水很急,河水正从下面把冰化开,那儿有许多空洞和裂口,还有大片暴露在外的水面。一天,我们照常赶上了杰夫,他正在那儿歇脚,因为他每天早晨总是提前上路。不过我们之间隔着水。他是从旁边的一圈冰桥绕过去的,那些桥很窄,雪橇过不去。后来我们找到了一座宽冰桥。帕苏克身体很轻,先走,她手里横拿着一根长竿,打算万一压碎了冰掉下去,用它救急。但是她很轻,雪鞋又大,总算走过去了。接着,她就招呼那些狗。可是它们既没有竿子,也没有雪鞋,都掉下去给水冲走。我在后面紧紧抓住雪橇,直到冰破了,狗掉到了冰底下去。它们身上的肉很少,可是照我原先的打算,它们够我们吃上一周,现在没这个指望了。

"次日早上,我把剩下来的一点粮食分成三份。对杰夫说,他可以跟着我们,也可以不跟着,一切都随他自便;因为我们要轻装快进。他号哭起来,抱怨脚疼和苦难,说了许多不中听的话,指责我们不义气。可帕苏克的脚跟我的脚也很疼——唉,比他的还疼得厉害,因为我们还得给狗开路;同时,我们也很困难。杰夫赌咒发誓地说他快死了,再不能走了。于是帕苏克就拿了一条皮毯子,我拿了一个锅和一把斧头,准备动身。可她瞧了瞧留给那个男人的一份粮食,就说:'把粮食糟蹋在没用的人身上可不对。他还是死了的好。'我摇了摇头,说不能这样——一旦成了伙伴,一辈子都是伙伴。可她提起了在四十英里站的人;她说那儿有许多人,都是好人;他们都指望我到春天能给他们送粮食去。我仍然说不成,不料她马上抢出我皮带上的手枪,朝杰夫打了一枪,而杰夫也就像我们的老前辈贝特斯说的一样,年纪轻轻就已魂归天国。为了这事,我骂了帕苏克一通;可她并不难过,也不懊悔。同时,我心底也赞同她的做法。"

查理停下来,又捡了几块冰,扔到炉子上的淘金锅里。大家一言不发,外面,狗群悲号起来,好像在诉说冰刀雪箭之苦,每个人的背上蹿起一股寒气。

"我们日复一日地走过那两个鬼魂睡过的地方——而我们,帕苏克和我,也知道在走到海边之前,能够像他们那样过夜,就觉得很快活了。后来,我们遇到了那个印第安人,他也像幽灵一样,他的脸朝着佩利方向。他说,那个男人和少年对他很不公平,他已三天没吃到面粉了。每夜,他只能把鹿皮鞋撕下几块,放在杯子里煮熟了当晚餐。可他的鹿皮剩得也不多了。他是海边的印第安人,这些话都是帕苏克翻译给我听的,因为她会说那儿的话。他对育空河一带不熟,他不认识路,可他正在朝佩利走。有多远呢?两夜路吗?十夜吗?一百夜吗?——他一点都不清楚,不过他要走到佩利。眼下,回头已晚了,他只能前行。

"他没向我们讨东西吃,他看得出,我们也陷入困境。帕苏克看了看那个人,又看了看我,变得忐忑不安了,犹如母鹧鸪见到受折磨的小鹧鸪的神情。我就对她说,'这人受了不公平的待遇。我们分一份粮给他,好吗?'她的眼一下充满光彩,仿佛进入了极乐之境;不过,她直视了那人很久,又看了看我,咬紧牙关,说:'不。海还远远的,我们随时会死掉。还是让这个异乡人去死,让我的男人度过危险。'那个印第安人朝佩利方向而去,消失在死寂的雪原里。那夜,她的眼泪滴了一夜。我从未见过她流泪。不是火堆里的烟熏得她流泪的,因为木头是干的。她如此难受,我有点奇怪,心想,她的心灵可能因为走黑路,受够了苦,已变得多愁善感了。

"人生真荒唐。我思考了很久,可是日复一日,荒诞感不仅没减少,反而愈演愈烈。为何要这样苦苦地挣扎下去呢?人生这场赌博,人是赢不了的。活着就是劳苦,受压迫,直到岁月压垮我们,把双手放在死火堆的冷灰上。生活很难。小崽子吸第一口气时很苦,老人吐最后一口气时也很苦,人生充满了不幸和痛苦;可当他滑向死神时,仍不甘心,翻滚折腾,不断回望,唉,将挣扎进行到底啦。但死神为人和善。只有生存才会让人难受。然而我们热爱生命,仇恨死亡。这可真怪。"

"后来的日子里,我俩——帕苏克和我,很少言语。晚上,我们像死尸挺在雪里;早上,我们前进,像两具行尸,死气沉沉。没有松鸡,没有松鼠,也没有雪鞋兔——一切精光。河水在白外套下默流着,莽林里的树汁都上了冻。天气奇冷,和我们眼下一个样;晚上,夜星近极了,大极了,跳跃着;白天,阳光从林子间贴着地平线射过来,我们行进着,阳光就在林子间闪个不停,使我们觉得眼前好像有无数太阳。

"整个天空灿烂辉煌,积雪幻化成了亿万颗闪烁的、细小的钻石。可是既没热气,也没有声音,只有死寂的冻原。我说过我们前进犹如行尸,仿佛梦游,这梦乡里,时间已软化、融解了。脸,朝着远方的海,心,渴慕着远方的海,脚,奔向着远方的海。

"我们在塔基纳过夜,可一点也不觉得那是塔基纳。我们瞧着白马村,可是一点也没瞧出那是白马村。我们的脚踩在深谷里的地上,可是一点也不觉得。我们什么都不觉得。我们不停地跌倒,但我们的脸是朝着远方的海摔下去的。

"最后一点口粮光了,我俩——帕苏克和我,总是平分着吃,不过,她摔倒的次数越来越多,到麋鹿口,她就站不起来了。清晨已来到,我们仍在一条皮毯子下面躺着,不走了。我准备停在这儿,跟帕苏克手拉着手,一起迎接死亡的到来;就在这段时期,我变得成熟了,懂得了女人的爱情。此时我们离汉因斯教区还有八十英里,中间横着险峻的大奇尔古特山,山上常年刮着风暴。当时,帕苏克为了让我听得见,嘴唇贴着我的耳朵,说了很多话。现在她不再怕我生气,说出了心底的话,告诉我她如何爱我,以及我从未注意的许多事。

"她说:'你是我的男人,查理,我是你的好妻子。我一直给你生火,给你做饭、喂狗,帮你划船、开路,我从无怨言。我从未说过,我爸爸的家里更暖和,或在契尔凯特吃的东西更好。你说,我就听,你吩咐,我就做。是吗,查理?'

"我说:'对呀。'接着,她就说:'你第一次到契尔凯特来时,没正眼瞧我一下,就把我买下来,像买条狗,带着就走,当时我心里恨极了,还害怕。不过那已过去很久了。因为你对我很好,查理,就像一个好男人待他的狗一样。你的心是冰冷的,那里没有我的位置,可你对我很公平,你为人很正直。每逢你做出勇敢的事情,干出伟大的事业时,我都和你在一起,我常把你跟别的种族的人相比,觉得你在当中光彩熠熠,你的话是真的,你从不失信。慢慢地我为你自豪了,后来,你就占据了我整个心灵。我也一心一意只想着你。你犹如盛夏骄阳,总是亮闪闪地打着转,不离高高的天空。无论我朝哪儿瞧,我都会看见这个太阳。可你的心总是冰冷的,查理,那儿没有我的地位。'

"我接着说:'是啊。我的心是冰的,那儿没有你的地位。不过现在不是这样了。如今,我的心就像春阳下的雪,在融化,在酥软,那儿有溪流声,有爆出嫩芽的烟柳,那儿有松鸡拍翅之声,那儿有知更鸟鸣啭,那儿有宏伟的音乐,因为冬已远去了,帕苏克,我领悟女人的爱了。'

"她笑了笑,做了个娇媚的手势,叫我把她抱紧一点。于是她说:'我快乐极了。'说完了,她安静地躺了很久,把头贴在我的胸口,轻喘着。后来,她悄声细语着:'路已到尽头,我累极了。不过,我要先说点别的事。很久以前,我还是契尔凯特的一个小女孩时,我在放着一捆捆兽皮的小屋里玩,男人全出门打猎去了,女人和男孩子都在把肉拖回家来。那是春天,我孤身一人,一头大棕熊睡了一冬才醒过来,它一下把头伸到了小木屋里,"噢!"地叫了一声,它饿极了,瘦得皮包骨头。这时,我哥哥刚拖着一雪橇肉跑回来。他从火里抽起烧着了的柴去打那头熊,那些狗也带着挽具,拖着雪橇向熊扑了过去。他们打得很激烈,四处轰响。他们滚进火堆,一捆捆皮子打得满处飞舞,后来连木房也打翻了。不过最后那头熊还是给打死了,我哥哥也给它咬掉了几根指头,脸上被它的爪子抓了几条印子。先前那个到佩利去的印第安人,在我们的火旁烤手时,你注意到他的手套没有?那上面没有拇指。他就是我哥哥。可我没有给他东西吃。而他也就肚子空空地离开了,进入了死寂的雪原。'

"弟兄们,这就是帕苏克的爱情,她死在麋鹿口的雪堆里。这是伟大的爱情,她为了我,牺牲了自己,非但如此,连哥哥也奉献了。而我干了什么?把她带出来,受尽苦难,最终惨死。这个女人的爱情就是这么惊天地,泣鬼神。在她魂归天国之前,她拉着我的手,把它放到她的松鼠皮外套里面，让我摸她的腰。我摸到了一个装得很满的袋子，这才明白了她的身体为何会垮。我每天都把粮食分得很公平，谁也不少一点；可每天她只把她那份吃掉一半。另外的一半全放进了这个装得很满的袋子。

"她说：'帕苏克的路走到尽头了；可是你的路，查理，还要向前延伸，越过奇尔古特山，到汉因斯教区，再到大海，而且还要向前，在众多的太阳下，越过异乡的土地和陌生的海洋，要这样过很多年，年年充满了荣光。它会领你走到有许多女人的地方，而且都是好女人，不过它再也不会使你得到比帕苏克的爱更深广的爱了。'

"我知道我老婆说的是实话。可我急疯了，一下子把那个装得很满的口袋扔得远远的，对她发誓，说我的人生之路也到了尽头，她那双倦极了的眼里盈出两颗眼泪。她说：'在所有的男人里面，查理一生走的路都是光闪闪的，他说的话永远算数。难道现在他会忘了荣誉，在麋鹿口犯浑吗？难道他忘记了四十英里站的人吗？他们把自己最好的粮食和最好的狗都给了他。帕苏克一向认为她的男人是值得她自豪的。振作起来，套上雪鞋走吧，让我仍旧觉得他值得我自豪。'

"等到她在我怀里变得冰冷坚硬之后，我就起来，找着那个装得满满的口袋，套上我的雪鞋，晃晃悠悠地前进；这个时候，我腿软了，颈子上像顶着一个天大的头，耳朵里有一种轰鸣声，眼前红光一闪一闪。童年的情景来到了眼前。我仿佛坐在节日的筵席上唱着歌，一会儿又随着男人和姑娘们的歌声，在海象皮鼓的咚咚声中跳起舞来。而帕苏克握着我的手，在身旁走着。每当我趴下来眯上眼时，她就跑来叫醒我。每逢我栽倒下去时，她就把我扶起来。要是我在风雪里迷失了方向，她就会把我引回路上。我就像一个梦游的人，幻象丛生，头脑就像醉了似的，轻盈极了，当时，我就这样一直走到了海边的汉因斯教区。"

查理拉开了帐篷的门，是正午时分。南面，在荒凉的亨德尔森山峰顶上，挂着一片冰凉的太阳，两旁的幻日闪闪发光。大气闪烁着，像霜花织就的轻纱。帐篷前的路旁，立着一条狼狗，竖起沾满了霜花的密毛，头上的长吻，指向那片冻日，悲号着。

这个女人的爱情就是这么惊天地、泣鬼神。

面对意外

眼前之物,容易一见。想好之事,不难对付。人人都爱安适的人生,所谓一动不如一静。人类愈文明,生活也愈安适,因此在文明社会里,条理清晰,绝少意外,不过一旦出了意外,问题就严重了,那些不善适应的人就没命了。他们看不见阴影里的事物,不善应对意外,也无法调适自己的习惯,融入新的、陌生的生活。一句话,他们习惯的生活无法延续时,死路就在前面展开了。

不过,也有一些善于生存的人,要是他们迷失方向,或不得不离开一向熟悉的环境,走上一条新路,他们就能使自己顺应新的生活。伊迪茨就是这样。她生长在英格兰的一个乡村里,那儿的生活,向来都是萧规曹随,越轨之举不仅令人莫名惊诧,甚至会被认为是有伤风化的。她很早就工作了,按照当地的传统,她还是一位少女时,就成了一位贵妇的侍女。

文明的效力就在于迫使环境服从人类,令它变得跟机器一样听话。意外之事不会有,一切尽在掌握之中。人甚至能雨淋不湿,霜冻不冷,就是死,也不是那样恐怖而不可捉摸,随时潜伏在你周围;它已成了一幕事先安排妥当的戏剧,会顺顺当当地演到进入家族坟墓的高潮,非但不会让墓门上的铰链生锈,连空气里的灰尘也要不断地打扫干净。

伊迪茨身处的环境就是这样。一路平安。二十五岁那年,她陪女主人到美国旅游了一趟,可是这也不算什么。路仍然是一帆风顺。只不过调了个方向。这条横跨大西洋的水路,一路平稳,因此,船也不成其为运输工具,只好算是一座宽广的、满是走廊的活动旅馆。它在海里迅捷而平稳地移动,凭着它那笨重的体格,把波涛压得服服帖帖,使海洋变成了一个安静单调的磨坊水池。到了大西洋彼岸之后,这条路就在陆地上继续延伸——这是一条有条不紊的体面之路,在每一个落脚点都有许多旅馆,而且在那些落脚点之间,还有许多装上了轮子的旅馆。

住在芝加哥时,女主人看到了夜生活的一面,伊迪茨看到了另一面;她向女主人辞掉差事,变成纳尔逊太太,她的才华才焕发出来,也许只稍稍露了一手,表明她不仅善于应付意外,而且能掌控意外。纳尔逊是个移民,原籍瑞典,是个木匠,身上充满了条顿人的奋发精神。正是由于这种精神,这个民族才不停地向西进行伟大的冒险事业。他是个四肢发达、头脑简单的人,虽然缺乏想象力,却有无穷的进取心,他的忠诚和他的爱情,跟他的体格一样坚实有力。

"等我苦干一段时间,攒点钱,我就到科罗拉多去一趟。"婚礼的第二天,他对伊迪茨说。一年之后,他们真的到了科罗拉多。纳尔逊在那儿头一次采矿,就染上了采矿的热病。他到处勘探金矿银矿,走遍了南北达科他、爱达荷,同俄勒冈州的东部,然后又进入了英属哥伦比亚的崇山峻岭里。无论宿营、走路,伊迪茨总是和他同甘共苦,一块操劳。她在做侍女时走惯了的小步,已变成了跋山涉水的大步。她学会了用冷静的眼光和清醒的头脑来对应危险,再也不至于像过去那样吓得手足无措了。那种出于无知的畏惧,是生长在都市里的人的通病,它会使他们变得跟笨马一样愚蠢,一受惊就僵在那儿听天由命,而不去搏斗,要不然,就吓得盲目奔逃,彼此拥挤,把生路也堵塞了。

伊迪茨一路上意外不断,眼光也锻炼出来了,她不仅能看到山光水色里打眼的一面,也看到了隐蔽的一面。她这个从没有进过厨房的人，居然学会了不用葱花、酵母或者发面粉就可以做面包的本事；用普通的锅子，在火堆上烘面包。遇到连最后一块腌猪肉也吃完之时，她能当机立断，用鹿皮鞋或者行李里硝得比较软的皮子，做成代食品，让他至少可以保全性命，挣扎前进。她学会了套马，套得跟男人一样好——这可是无论哪个城里人干起来都要灰心丧气的，她清楚哪种行李该用哪种方法捆扎。她还能够在倾盆大雨里用湿木头生火而不大发怒火。总之，不论在什么环境里，她都能够搞定意外。

但最大的意外还是姗姗来迟，这样的考验，她还没有经受过。当时，淘金热正在向北涌到阿拉斯加，因此，纳尔逊同他的妻子也不免卷了进去，奔向克朗代克。一八九七年秋天，他们到了黛牙，因为没钱，不能带着行李穿过奇尔古特大山，再由水路到道森。于是，这年冬天，纳尔逊就重操旧业，为广大淘金人建设这个应运而生、供应行李用品的史盖奎镇。

他仿佛滞留在黄金国的边缘之上，一个冬天，他总觉得整个阿拉斯加都在深情地呼唤他，其中，以拉图亚湾的呼声最高。于是，到了一八九八年夏天，他同他的妻子就乘着七十尺长的西瓦希木船，顺着弯弯曲曲的海岸线摸索前进了。跟他们同路的，还有许多印第安人和三个白人。那些印第安人把他们和他们的给养运到离拉图亚湾一百英里左右的一个荒凉之地，登陆之后，就回到史盖奎镇去了；那三个白人留下来了，因为他们跟纳尔逊夫妇是合伙的。费用由大家公摊，以后赚的钱也由大家平分。在这段时间里，纳尔逊负责给大家烧饭，将来也可以跟大家一样，分到一份好处。

首先，他们砍下了许多枞树，造了一幢三间房的木屋。伊迪茨的任务是操持家务。男人们的责任是去找金矿，而且要找到金矿，他们都办到了。这并非什么了不起的发现，它不过是一个贮量很低的冲积矿床，一个人一天要苦干上很多钟头才能得到十五到二十块钱的金砂。这一年，阿拉斯加的"印第安之夏"比往年长得多，为了抓住这个机会，他们一直把回史盖奎镇的时刻往后推。等到他们想走之时，已来不及了。他们原本与当地的几十个印第安人约好，趁他们秋天到沿海一带做生意的机会,跟他们一块走了。那些西瓦希人等着他们,直到不能再等了才动身走。现在,这伙人除了等偶然的机会搭船以外,已经无路可走。在这段时间里,他们就把金矿挖了个底朝天,又砍了许多木柴贮存起来过冬。

安适的晚秋犹如梦境,绵延不断。突然间,阵阵凌厉的呼号中,冬天来了。一夜之间,天气骤变,几个淘金者一觉醒来,窗外已是北风怒号,千里冰封,万里雪飘。暴风雪纷至沓来,间断之日,一片空寂,只有阵阵海潮填补这一片空寂,浓霜般的盐花在海滩上镶了一条白边。

木房子里面的一切都很好。他们的金砂已经称过了,大约值八千块钱,谁也不能说不称心。几个男人都做了雪鞋,打一次猎就可以带回许多鲜肉,贮藏起来;在长夜里,他们不停地打牌,有时玩惠斯特,有时打到五点钟。现在,既然淘金已结束,伊迪茨就把生火洗盘子的活交给男人们去做,自己来给他们补袜子、补衣服。

小木屋里从没有发生过指责、吵架,或无谓的打闹,大家的运气还行,他们常常彼此庆贺。纳尔逊头脑简单,性情随和,伊迪茨待人接物的手腕,让他甘拜下风。哈尔基,这个高瘦的得克萨斯州人,虽然少言少语,性格怪僻,可非常和气,只要没人来反对他那种金子会生长的理论,他总和大家相处融洽。这一帮人中的第四个,叫邓宁,他给这所木屋子里的欢乐添加了爱尔兰情调。他是个大块头有大力气的人,容易为一点小事突然发怒,可遇到大事时,他的脾气却又很好。其中的第五位,也就是最后一位,名字叫达基,他是一个甘心充当小丑的人,为了使大家乐一乐,他甚至会拿自己来开玩笑。他一生为人,仿佛就是为了逗乐。在这伙人的平静生活之中,从没发生过大吵大闹之事。他们只干了短短的一个夏天,每人就得到一千六百元,这所木屋子里自然充满了富裕满足的欢乐气氛。

接着,意外来了。他们刚坐下来准备吃早餐。这时候,已经八点钟了(淘金停止以后,早餐自然而然地推迟了),可是还得点着那支插在瓶口里的蜡烛来吃饭。伊迪茨同纳尔逊面对面坐在桌子两头。哈尔基同达基背朝着门,坐在桌子的一边。他们对面空着一个位子。

邓宁还没有来。

纳尔逊瞧了瞧那个空椅子，慢慢地摇摇头，打算卖弄一下他那笨拙的幽默，就说："平常吃东西，他总是第一个到。这可太奇怪了。也许他生病了吧。"

"邓宁到哪儿去啦？"伊迪茨问。

"他比我们起来得早一点，到外面去了。"哈尔基回答。

达基脸上露出滑稽的笑容。他假装知道邓宁为什么没来，故意装出一副神秘的样子，好引得他们都来向他打听。伊迪茨到男人们的卧室里看了一下，回到桌子边来。纳尔逊看看她，她摇了摇头。

"他以前吃饭，从来不迟到。"她说。

"我可不懂，"纳尔逊说，"他的胃口一向大得像马一样。"

"太糟啦！"达基悲伤地摇着头说道。

一个伙伴没来，他们却借此开起了玩笑。

"这可真是太不幸了！"达基先开了个头。

"什么？"他们一齐问道。

"可怜的邓宁呀。"他凄惨地回答道。

"邓宁究竟出了什么事？"哈尔基问道。

"他再也不会饿啦，"达基悲伤地说，"他不想吃啦。他不欢喜这种吃法了。"

"不欢喜？他吃起来，连耳朵也会浸在饭盆子里。"哈尔基说。

"他那样做，是为了对纳尔逊太太致敬，"达基马上反驳道，"我懂了，我懂了，糟透啦。为什么他不在这儿呢？因为他出去了。出去干什么呢？因为他要开开胃口。怎么才能开胃呢？他光着脚在雪里走路。哎呀！难道我还不明白吗？富翁遇到胃口不好时，就用这个法子来开胃。邓宁有一千六百块钱。他是个富翁，他就没胃口了。所以呀，这就是因为他正在绞尽脑汁开胃。你们只要把门打开，就会看见他光着脚在雪里走路。不过，你们可看不见他的胃口。这就是他的麻烦。等他找到了胃口，他就会抓住它回来吃早饭啦。"

达基的笑话引得他们哄然大笑。笑声未完，门就开了。邓宁进来了。大家全都回头来瞧他。他手里提着一支猎枪。就在他们瞧他时,他已把枪举到肩头,开了两枪。第一声枪响,达基就倒在桌子上,撞翻了他的咖啡,他那一蓬黄发就浸在他那盆玉米粥里了。他的前额压在盆子边上,使盆子翘起来,跟桌面构成一个四十五度的角。哈尔基跳了起来,身子还在半空,第二枪又响了,他就脸朝下,栽倒在地板上。

"上帝啊!"在他喉咙里只咕噜了一下,就没声了。

大大的意外。纳尔逊同伊迪茨都吓呆了。他俩僵在桌子边,眼睛像中了魔法,瞪着那个杀人犯。从淡蓝的烟雾里,隐隐约约地看到了他。此刻,一片沉寂,只有达基那杯倒翻的咖啡滴在地板上的嗒嗒声。邓宁拆开猎枪的后膛,抽出了子弹壳。他一手端着枪,用另一只手伸到口袋里去掏子弹。他正要把子弹装上膛时,伊迪茨清醒了。他分明是要打死纳尔逊和她。这件意外之事来得太凶猛,太叫人不明白了。她神志昏蒙,待了大约三秒钟。她就跳起来,冲过去。像一头猫一样,蹦到凶手面前,两手抓住他的衣领。她这一撞,使他踉跄了几步。他打算把她甩开,可又不肯放弃手里的那支枪。这可难了,因为她那健壮的身体犹如猫般灵活。她掐住他的脖子,用全身的力量向旁一拽,几乎把他摔倒在地。他立刻站直了,猛转起来。她因为掐得很紧,身体旋转起来,双脚离地。她更用力地掐紧他的脖子,悬空飞转,一下撞在一把椅子上。这一男一女就在疯狂的拼搏下,一齐摔倒在地板上。

纳尔逊碰到这种意外,也开始行动了。但比他妻子迟了半秒钟。他的神经和头脑都比他的妻子反应慢。他的感觉比较迟钝,要多用半秒钟才能明白情况,拿定主意,开始行动。伊迪茨已扑到邓宁面前,掐住他的脖子,纳尔逊才跳起来。可他没有她那样冷静。他气疯了,就像古时喝醉了酒混战的武士那样怒气冲天。他从椅子上一跳起来,嘴里就轰出一种半像狮吼半像牛鸣的巨声。伊迪茨同邓宁的身体已经旋转起来了,他还在那儿咆哮嘶吼,接着,他就在房间里到处追赶这股旋风,直到他们摔在地板上了,他才追到。

纳尔逊一扑到那个躺平了的男人身上,拳头便像冰雹砸向他,这些拳头跟打铁的锤子一样。后来,伊迪茨觉得邓宁身上没劲了,就松开手,一翻身滚到一边。她躺在地板上,一边喘气,一边观察。冰雹般的拳头仍不停地砸下去。邓宁仿佛毫不在意。甚至连动也不动。这时,她才想到他已昏过去了。她连忙大叫纳尔逊停手。接着她又喊了一遍。可是任凭她怎么喊,他也不理。她抱住他的胳膊,他还是不理,只不过使他挥起巨拳来不大方便罢了。她只好把自己的身体挡在她丈夫和那个不再抵抗的凶手之间。她这种举动,并非出于理智,也不是出于怜悯,更不是为了服从宗教的戒律,这可以说是出于一种法律精神,这是她从小养成的道德观念驱使她这样干的。纳尔逊直到发觉自己是在打自己的妻子时才停手。他驯服地任凭伊迪茨把他推开了,犹如一条听话的大猛犬给主人赶开了似的。这种比喻还可以再用一下。纳尔逊的喉咙里,和野兽一样哼着一种余怒未息的狺狺之声,有好几次,他都仿佛要跳回去,扑到他的俘虏身上,幸亏他的妻子飞快地用身体挡住了他。

伊迪茨一步接一步地把丈夫向后推。她从没见过他这种模样,她觉得他的神情比邓宁跟她拼得最凶时还恐怖。她几乎不能相信这只狂怒的野兽就是她的纳尔逊;她哆嗦了一下,恐惧从本能深处升了上来,担心他会跟发狂的野兽一样来咬她的手。至于纳尔逊,他虽然不想伤害她,却不肯罢休,仍然要回过去再打。有好几秒钟,他总是忽而往后退,忽而向前扑。因此,她就坚决地拦住他,直到他恢复了理智,平静下来。

他们挺立起来。纳尔逊晃晃悠悠地回到墙边,靠在那儿,脸上的肉抽搐着,喉咙里仍发出浓重的嘶吼,但声音已低下去,几秒钟之后就停止了。现在,反过来了。伊迪茨站在房间中央,绞着手,喘起粗气,全身上下都在猛烈地颤抖。纳尔逊什么也不瞧,可是伊迪茨的眼睛却狂热地在房间里瞟来瞟去,瞧着眼前的一切。邓宁躺在那儿,一动不动。在飞转之中撞翻了的那把椅子,就倒在他身边。那支猎枪一半压在他身下,后膛仍然是拆开的。那两颗没有装上膛的子弹,已滚出了他的右手,他本来是捏得很紧的,直到被打昏了过去才松手。哈尔基脸朝下,扑在他摔下去的那个地方;达基向前伏在桌子上,乱蓬蓬的黄发浸在他那盆玉米粥里。那个盆子仍然翘起一边，跟桌面构成一个四十五度的角。这个翘起来的盆子使她感到怪诞极了。它为何这样立着呢？居然不倒，这太不合乎情理了。即使躺着几具死尸，一只盛粥的盆子这样翘立在桌子上，也是奇异极了。

她回头瞟了邓宁一眼，双眸又马上回到了那个翘起的盆子上。这真是太不合乎情理啦！她感到一种想笑一下的歇斯底里的冲动。接着她留意到了房间里的寂静，她期望发生点什么事，以便把那个盆子忘掉。从桌子上滴下去的咖啡，声音那么乏味，使这一切更寂静了。为何纳尔逊一动不动呢？为何他不说话呢？她盯着他，想说点什么，这才发现自己的舌头早已僵住了。她嗓子里有一种疼得怪怪的感觉，嘴里又干又苦。她只能盯着纳尔逊，纳尔逊也在盯她。

一声锐利的金属响动，这一片寂静被击碎了。一声尖叫冲口而出，她马上掉转眼光瞅向那张桌子。那个立着的盆子终于倒下了。纳尔逊叹息了一声，仿佛才从梦里醒来。盆子"回归正常"的声音，使他们想到了今后将要生活在一个新的世界里。而这所木房子，就是今后他们要生活行动的那个新世界了。原来的木房子中的生活已经粉碎了。眼前全然是新的、陌生的生活。

这个意外之事，在事物的表面施了一层魔法，更换了它们的远景，改变了它们的价值，把现实和梦境交织起来，弄得人不知所措。

"我的上帝呀，纳尔逊！"伊迪茨终于喊出了第一句话。

他没有回答，只是满脸恐怖地瞪着她。他的眼睛慢慢地把房间扫视了一遍，才全明白。接着，他就戴上帽子，朝门口走去。

"你要到哪儿去？"伊迪茨极其担心地问着。

他已抓住了门上的把手，转了一半，回答道："去刨几个坟。"

"纳尔逊，别把我一个人扔在这儿，跟这些——"她向整个房间扫视一遍——"跟这些待在一起。"

"迟早总是要刨的。"他说。

"可是你不知道该刨几个坟，"她拼命地反对。她看他犹疑不决，又说道，"再说，我也要跟你一块去，帮帮忙。"

纳尔逊于是走到桌子旁边，不假思索地吹灭了蜡烛。接着，他们就一块来检查房间里的情形。哈尔基同达基已经死了——死得可怕极了,猎枪的射程太近了。纳尔逊不愿意走到邓宁身边,伊迪茨只好一个人去进行这一部分的检查。

"他没有死。"她对纳尔逊说。

他走过去,低下头瞧了瞧那个凶手。

伊迪茨听见她丈夫在含含糊糊地咕噜着,就问道:"你说什么?"

"我真丢脸,居然没把他打死。"这就是他的答复。

伊迪茨正在弯腰检查邓宁。

"你走开!"纳尔逊非常粗暴地命令着,声调有点怪异。

她突然惊慌起来,瞧了他一眼。他已抓起邓宁丢下的猎枪,把子弹塞了进去。

"你要干吗?"她一边喊,一边马上挺直了腰。

纳尔逊没有回答,可她看出猎枪正举向他的肩头,她连忙用手抓住枪口,把它向上一推。

"别管我!"他怒喝道。

他打算把枪从她手里夺过来,可她靠得更近了,已把他抱住。

"纳尔逊!纳尔逊!醒醒吧!"她喊道,"别发疯啦!"

"他杀死了达基同哈尔基!"这就是她丈夫的答复,"我要打死他。"

"可是这样做是不对的,"她反对道,"还有法律。"

他冷笑了一声,他不相信在这种地方法律会有什么作用,他只是固执地、冷漠地重复着那句话:"他杀死了达基同哈尔基。"

她跟他争论了很久,这不过是一种单方面的争论,因为他很固执,总是一再地重复那句话:"他杀死了达基同哈尔基。"而她又摆脱不开她小时候所受的教训和她本身的民族传统——这是一种守法的传统,对她来说,正确的行为就等于守法。她看不出还有什么更正确的路。她认为纳尔逊这种把执法权揽到自己手里的行为,并不比邓宁干的事来得正当。用错误来对待错误,是错误的。现在要惩罚邓宁,只有一个办法,应当按照社会的规定,依法处理。最后,纳尔逊终于给说服了。

"好吧,"他说,"随你好了。说不定明天或者后天,他就会把你我都打死的。"

她摇了摇头,伸出手要他交出猎枪。他刚伸手要交,又缩了回去。

"最好还是让我打死他吧。"他恳求道。

她又摇了摇头,于是他又准备把枪交给她。

这时,门开了,一个印第安人没有敲门就进来了。随着他刮进了一阵猛烈的风雪。他们转过身子,面对着他,纳尔逊手里仍然抓着猎枪,这个不速之客看到这番情景,一点也不慌乱。他眼睛一瞟就看清楚了有死的,也有伤的。他脸上一点也没有吃惊的神情,甚至连好奇的样子也没有。哈尔基就躺在他脚旁边,可是他理也不理。对他来说,哈尔基的尸首并不存在。

"风很大呀,"这个印第安人说了这么一句,算是问候,"都好吗?都很好吗?"

纳尔逊手里仍然抓着那支枪,他觉得那个印第安人一定以为摊满一地的死尸都是他干的好事。他用恳求的眼光瞧着他的妻子。

"早安,尼古克,"她说,声音像是拼凑起来的,"不好,很不好。出大麻烦了。"

"再见,我走了,我很忙。"那个印第安人说完了,就镇定自若、细心审慎地跨过地板上的一摊血渍,打开门,走出去。

纳尔逊夫妇你望着我,我望着你。

"他以为是我们干的,"纳尔逊喘起粗气来,"他以为是我干的。"

伊迪茨一言不发,过了一会,她用简洁干练的口气说:"他怎么想,不用管,那是以后的事。现在我们要挖两个坟。不过我们得先把邓宁捆起来,别让他跑了。"

纳尔逊连碰一碰邓宁都不愿意,可伊迪茨一个人硬是把邓宁的手脚捆紧了。后来,她同纳尔逊走到门外的雪地里。地已冻硬了,锄头凿不进去。他们于是弄来许多木柴,扫开积雪,在冻地上生起一堆火。烧了一个钟头之后,才烧化了几寸深的泥。他们挖出这些泥,又生了一堆火。按照这样的速度,一个钟头只能挖下去两三寸。

这是一桩苦事。暴风雪刮得火总是烧不旺,冰风又"射"穿了他们的衣服,冻得他俩像两根冰棍。他们很少谈话。风不容他们开口。除了偶尔猜测邓宁犯罪的动机以外,他们总是抿紧嘴,心头压满这场悲剧带来的恐怖。到了下午一点钟时,纳尔逊瞧着木房子那边,说他饿了。

"不行,现在还不行,纳尔逊,"伊迪茨回答道,"屋子里搞成那个样子,我可不能一个人回去做饭。"

两点钟时,纳尔逊主动提出要陪她回去;可是她非要他干下去;到了四点钟,两个坟才挖好。坟坑很浅,不过两英尺深,可是也够了。到了晚上,纳尔逊拉出雪橇,黑夜里,暴风雪咆哮着,两个活人拖着两个死人,走向那两个已上冻的墓穴。这简直不像出殡。雪橇深深地陷在风刮成的雪堆里,难拖极了。夫妇俩从昨晚起一点东西也没有吃过,他们又饿又累,身体已十分衰弱。他们没有抵抗风的力气了,有时甚至给风吹倒。有几次,雪橇也翻了,他们只好把这批恐怖的货物再装上去。走到离坟坑一百英尺时,他们要爬上一个陡坡,两个人只好趴下去,像拖雪橇的狗一样,把胳膊当成腿,把手插到雪里。即使这样,有两次,他们还是给沉重的雪橇拖倒,从山坡上滑下来,弄得活人同死人、绳子同雪橇,恐怖地纠结在一块。

"明天,我再来插上两块木牌,把他们的名字写上。"他们把坟堆好以后,纳尔逊说。

伊迪茨抽泣着。她所能做的,只不过是断断续续地祷告几句,就算完成了葬礼,现在,她的丈夫只好扶着她回到木房子里。

邓宁已醒过来了,他在地板上滚来滚去,徒劳地想挣脱捆住他的皮带。他两眼放光,盯着纳尔逊同伊迪茨,不作声。纳尔逊仍不愿碰一下这个凶手,他郁闷地瞅着伊迪茨把邓宁从地板上拖到男人的卧室里。可是她费尽力气也无法把他从地板上弄到他的床上。

"给他一枪是最好的,那就省心了。"纳尔逊最后一次请求。

伊迪茨摇了摇头,又弯腰去搬邓宁。她感到惊奇,这一次,邓宁很轻松就被搬上了床。原来纳尔逊拎起了那一端,她明白他心软下来了。然后,他们就清扫餐厅。可地板上的两摊血渍怎么也洗不净,让人触目惊心,纳尔逊只好把那一层刨掉,把刨花放在炉子里烧掉。

一天过去了,又一天过去了,多数时间,他们都是在阴沉和死寂里度过,唯有暴风雪和海潮声打破这种死寂。纳尔逊对于伊迪茨真是唯命是从。他那种惊人的奋斗精神已全没了。她要用她的方式来处置邓宁,因此他就一切让她去伤脑筋。

这个凶手是个随时存在的危险。不知何时,他会挣脱捆着的皮带,因此,他们只好日夜监视着他。纳尔逊或伊迪茨,总是坐在他旁边,拿着那支子弹上膛的猎枪。最初,伊迪茨规定八小时一班,可是这种监视太耗人心力了,后来她同纳尔逊就每隔四小时换一次班。由于要轮流睡觉,看守邓宁,他们差不多连做饭和砍柴的时间都没有了。

自从尼古克那次碰了个正着以后,当地的印第安人就再也不到木屋这里来了。伊迪茨于是叫纳尔逊到他们的木屋里去一趟,要他们用一只独木船把邓宁送到沿海最近的白人村落或者贸易站上,可是交涉没有结果。伊迪茨只好亲自去拜访尼古克。他是这个小村子的首领,完全清楚他的职责,几句话就把他的观点说得明明白白。

"这是白人的乱子,"他说,"不是西瓦希人的乱子。我们要是帮助了你们,这件事就成了西瓦希人的乱子。等到白人的乱子跟西瓦希人的乱子搅在一块,那就会变成一个扯不完的大乱子。闹乱子可没好处。我们没做错事,为什么要帮助你们,给自己添麻烦呢?"

伊迪茨只好回到恐怖的木屋里,忍受那无休无止的煎熬。有时,轮到她值班,她坐在囚犯旁,腿上搁着上膛的猎枪,时常会闭眼打盹。每逢此时,她总会一惊而起,抓紧枪,盯紧邓宁。这完全是神经过敏,情形当然不妙。她极其怕他,甚至在她清醒时,要是他在被子里动弹一下,她也会忍不住地吓得一跳,马上握紧猎枪。

她清楚如此下去她非疯了不可。首先是眼珠子跳,她只好闭上眼,它们安定下来。但过一会儿,眼皮又会跳起来,怎么也止不住。

可最使她受不了的是,那幕惨剧始终在她眼前晃荡着。那个意外早晨产生的恐怖,在她身上始终持续着。每逢她给那个凶犯喂饭时,她就不得不咬紧牙,挺起身,壮起胆。

这事,对纳尔逊的影响不一样。一个念头缠住了他:打死邓宁是他的天职;每逢他去服侍这个给捆住的人,或者在他旁边监视时,伊迪茨就万分紧张,生怕这木屋子里又有一条命归西。他总是狠狠地骂着邓宁,举止粗暴。纳尔逊为了掩饰他的杀心,有时还会对妻子说:"过不了多久,你会叫我宰掉他的,到那个时节,我可不愿动手了。我不想弄脏我的手。"不过,有好几次,在她不值班时,她悄悄溜进那间屋子里,总是发现这两个男人,像一对野兽一样,凶恶地你盯着我,我盯着你。纳尔逊的脸上杀气腾腾,而邓宁犹如一只给逼到角落的老鼠,神情恶毒。于是,她就会大喊一声:"纳尔逊!你醒醒!"他的神情缓和下来,吃了一惊,一脸尴尬,可是并不懊悔。

因此出了这桩意外之后,纳尔逊也成了伊迪茨要解决的问题。起初,只有一个要用合法方式对待邓宁的问题,至于所谓的合法方式,在她看来,也就是要把他看守起来,直到把他交给正式的法庭受审。可是现在还得考虑到纳尔逊,她觉得他的神志是否清醒,灵魂能否得救,都是个问题。接着,她又发现自己的精力和耐心也成问题了。由于神经太紧张,她的身体要崩溃了。她的左臂会控制不住地抽动。她用汤勺时会把食物泼出来,她的左手已不听使唤了。她认为身上的神经出问题了,她担心病情会急剧发展。要是她垮了,会怎么样呢?她一想到将来这所木房子里只剩下邓宁同纳尔逊时,心里就压上更沉重的恐怖。

三天后,邓宁开口了。第一句话是:"你们想把我怎么办?"

他每天都问这句话,一天问几次。伊迪茨总是说,一定要依法办事。同时,她也天天问一句:"你为何要这样干?"对这句话,他从不回答。他一听这句话就火冒三丈,拼命想挣脱捆在他身上的皮带,并且威胁她说,等到他挣脱了,他会怎么处置她,他说,早晚他会挣脱的。每逢这时,她就扣住枪上的两个扳机,准备在他挣脱皮带时打死他，可是由于紧张过度和震惊，她自己又会全身发抖，心慌意乱。

日子一长，邓宁变得老实了。在她看来，他好像厌烦了捆着的生活。他开始恳求她放了他。他发了很多毒誓，说绝不伤害他俩。他会一个人沿着海边走下去，向法庭自首。他愿意把自己的那份金子送给他们。他要一直走向莽原深处，永远与文明世界隔绝。只要她放了他，他甘愿自杀。通常，他恳求到后来，会满嘴胡话，直到她觉得他快要疯了，不过尽管他这样发狂似的求她，她总是摇摇头，不肯释放他。

又过了几周，他变得更老实了，但精神却萎靡下去。他常会像一个古怪的小孩，把头在枕头上滚来滚去，口里念叨着，"厌了，真厌了。"不久，他就异常激动地要求处死他，一会儿求伊迪茨杀了他，一会儿又求纳尔逊让他解脱，使他起码可以安眠而去。

这种形势迅速恶化。伊迪茨的神经绷得愈来愈紧，她知道自己随时都有可能精神崩溃。她没有睡过好觉，一直提心吊胆，生怕在她睡觉时，纳尔逊发狂把邓宁枪杀。这时虽已到了正月，做贸易的双桅船还要过几个月才可能靠岸。他们本来没有想到要在这所木房子里过冬的，现在粮食正在一点点地少下去；纳尔逊又不能出门打猎，添点肉食。为了这个犯人，他们简直给囚禁在这所木屋里了。

伊迪茨也知道，非得尽快解决问题才行。她不得不重新考虑了。她还是摆脱不了她那个民族的正统观念，以及她那种一半得自血统、一半得自教化的守法精神。她明白不管如何做，她都得依法办事。

每当猎枪搁在膝盖上，紧张的凶手躺在她旁边，暴风雪在屋外肆虐，她要一连看守几个小时时，她就发挥创见来思考社会问题，自己弄出一套法律的演化体系。她认为所谓法律不过是一群人的判断和意志，至于这群人的人数多少，那倒不重要。照她的理解，其中有小如瑞士的人群，也有大如美国的人群。依此推理，这个人群无论小到什么程度都没有关系。也许，一个国家只有一万人，可是他们集体的判断和意志，仍然会成为那个国家的法律。照这样看，为什么一千个人不能算一群人呢？她向自己提出了这个问题。如果一千个人可以成为一群,为什么一百个就不可以呢?为什么不可以是五十个呢?为什么不可以是五个呢?为什么不可以是一两个呢?

这个结论令她吃惊,她把这个问题对纳尔逊谈了一下。起初纳尔逊弄不懂,后来他领悟了,就举出了一个令人信服的例子。他谈起了淘金人的会议,每到开会时,当地的淘金人都要聚在一起,制定法律,执行法律。据他说,有时,总共也不过十个到十五个人,可是对于这十个或者十五个人来说,多数人的意见就是法律,谁要违反了多数人的意见,谁就会受到惩罚。

到了这一步,伊迪茨才搞清楚了她的问题。邓宁必须受到绞刑。纳尔逊也很赞成。在他们这一群里,他们两个占了多数。根据集体的意志,邓宁必须受到绞刑。为了执行这个决定,伊迪茨很认真,一定要按照习惯上的形式办事。可是这个群体太小了,纳尔逊和她,只好一会儿充当证人,一会儿充当陪审人,一会儿充当法官——然后还要充当行刑人。她正式控诉邓宁。邓宁犯了谋杀达基和哈尔基的罪,那个躺在床上的囚犯,先听了一遍纳尔逊的证词,然后又听了一遍伊迪茨的证词。他既不肯认罪,也不说自己无罪,等到伊迪茨问他有没有什么为自己辩护的话时,他还是不作声。于是她同纳尔逊也没有离开席位,就宣布了陪审人认为犯人有罪。然后她就充当法官,当庭宣判。尽管她的声音颤抖,眼皮直跳,左臂抽搐,可是她到底读完了这份判决书。

"邓宁,在三天之内,就要把你绞死。"

这就是判决书。

那个人不由自主地松了一口气,接着轻轻一笑说:"不错,这张硬床不会再磨痛我的背,我舒服了。"

宣判之后,三个人仿佛都解脱了。特别是邓宁的脸上流露得最清楚。那种阴森凶野的神情消失了,他跟看管他的人侃大山,甚至还像昔日那样,说些才气横溢的俏皮话。伊迪茨给他读《圣经》,他也很满意。她读的是《新约》,读到浪子和十字架上的贼的时候,他好像听得津津有味。

执行绞刑的前一天,伊迪茨又提出那个老问题来问他:"你为何要这样干?"邓宁答道:"这很简单。我想……"

可她马上拦住了他,叫他等一会再讲,然后匆匆地走到纳尔逊的床边。这时,正轮着他休息,他从梦里醒来,揉揉眼睛,埋怨了几句。

"你出去一趟,"她对他说,"把尼古克找来,另外再找一个印第安人一起来。邓宁要招供了。你要逼着他们来。把枪带去,万一不行,就用枪逼着他们,把他们带来。"

半小时之后,尼古克和他的叔叔哈狄克万就给领进了这间死过人的屋子。他们并非自愿,是纳尔逊用枪押着他们来的。

"尼古克,"伊迪茨说,"这件事不会给你同你的人惹乱子的。我们一点也没有别的要求,只不过请你坐在这儿,听一听,了解一下情况。"

于是邓宁在被判处死刑之后,终于公开地招认了他的罪行。他一边说,伊迪茨一边记录下他的口供,那两个印第安人在一旁听着,纳尔逊因为怕证人逃走,就守在门口。

据邓宁说,他已有十五年没回老家了,他一直在打算,将来要带上很多钱回去,让他的老妈安享晚年。

"可这一千六百块能顶什么事呢?"他问道,"我的目的是要把所有的金子,把那八千块钱的金子全弄到手。这样,我就可以衣锦还乡了。因此,我就想,这还不容易吗?我可以先杀死你们,再到史盖奎镇去报告,说你们是给印第安人杀死的,然后一家伙逃回爱尔兰去。于是,我就动手来杀死你们,不过,这正像哈尔基从前常说的,我太野心勃勃了,等到我要把它吞下去时,却噎住了自己。这就是我的口供。我既然干了这种鬼事,现在只要上帝愿意,我也愿意向上帝赎罪。"

"尼古克,哈狄克万,你们都听见了这个白人说的话,"伊迪茨对那两个印第安人说,"他的口供现在都写在这张纸上了,现在该你们来签字了,就签在这张纸上,这样,等到以后再有别的白人来的时候,他们就会知道有你们旁听为证了。"

这两个西瓦希人在他们的名字后面画了两个十字之后,伊迪茨给了他们一张传票,要他们明天带着他们部落里所有的人再来做一次见证,然后允许他们回去。

他们把邓宁的手松了一下,让他能在文件上签个字。接着,屋子里一下死寂了。纳尔逊满脸不安,伊迪茨仿佛难受极了。邓宁仰面朝天地躺着,两眼直直地盯着屋顶上长着苔藓的裂缝。

"现在我就要向上帝赎罪了。"他念念有词。接着,他就掉过头,瞧着伊迪茨,"为我读一段《圣经》,"他说,然后,他又开了一句玩笑,"这样或许会让我忘了这床有多硬。"

绞刑日到了,天气晴朗寒冷。温度表上指着-25℃,寒风直往人衣服里的皮肉和骨头猛扎。在这几周里,今天邓宁头一次站起来。他的肌肉一直没有活动过,已不能正常直立了,因此,他几乎站不稳。他摇摇晃晃,走起路来一冲一拐,只好用那双捆着的手抓住伊迪茨,免得摔倒。

"真的,我真有点晕头转向了。"他挤出点笑容。

过了一会儿,他又说:"很不错,总算都过去了。我想,那张硬床也会要了我的命。"

伊迪茨把皮帽子戴在他头上,要帮他放下护耳时,他哈哈笑了,说:"你为何要把它们放下来呢?"

"屋外冷极了。"她答道。

"再过十分钟,造孽的邓宁就是冻坏了一两只耳朵,又有何妨呢?"他问道。

她原本鼓起了勇气,来迎接这最后的考验,这句话打碎了她的信心。直到这之前,一切都仿佛梦幻泡影,可他刚才一句冷酷的真理,戳醒了梦中人,让她睁开眼睛,看透了正在发生的现实。这个爱尔兰人也看出了她心如刀绞。

"对不起,我不该用这句蠢话伤害你,"他懊悔地说,"我并非有意的。对我邓宁而言,今天是个伟大的日子,我真是快活得像云雀。"

他马上吹起了快乐高亢的口哨,可是一会儿就滑向阴郁苦涩的深谷,不响了。

"我希望这儿能有一位牧师,"他若有所思地说着,然后又很快地添了一句,"不过,像我邓宁这样的老兵,在出发时,就是没有这些享受,也不会难过。"

他的身体已垮了,加上长期没有走路,门一开,他才跨出去,就几乎给风吹倒了。伊迪茨和纳尔逊,只好一边一个地架着他走,他就对他们开玩笑,竭力使他们快乐起来。后来等到他告诉他们,怎样把他那份金子,寄到爱尔兰他老母亲那里时,他才不说不笑了。

他们爬上一座小山,到了林中的一片空地。在一个竖立在雪里的圆桶周围,站着一群人,神情肃穆,其中有尼古克、哈狄克万,以及当地所有的西瓦希人,甚至连孩子同狗也来了,他们要看一看白人是怎样实施法律的。附近还有纳尔逊烧化冻土,掘好了的一个坟穴。

邓宁眼光老到,瞧了瞧备齐的东西,他看到了那个坟穴,那个圆桶,那根绳套和吊着绳子的那根大树枝,还注意到绳子和树枝的粗细。

"说真的,纳尔逊,要是叫我来给你准备这些东西,我绝不会办得比你更周全。"

他说了句笑话,不由得大笑了,可纳尔逊阴沉沉的,铅云浓重的脸仿佛只有世界末日的号角才化得开。同时,纳尔逊也觉得很痛苦。他到现在才明白,要把一个同胞处死是一个多么艰苦的任务。伊迪茨倒是早料到了;不过,料到了也没有使这个任务变得轻松一点。现在她已丧失信心,不知道自己能否支持到底。她感到心里翻腾着一个欲望,她想尖叫狂喊,想扑在雪里,想用手蒙住眼睛,转过身狂奔而去,跑进森林或海边。

她能挺起胸,走在最前列,做她必须做的事,完全是靠了心灵上的一种崇高的力量。她觉得这一次自始至终都得感谢邓宁,因为他帮助她度过了这一切。

"扶我一把。"邓宁对纳尔逊说,然后就借着纳尔逊的力量,勉强登上了那个木桶。

他弯下腰来,让伊迪茨能够把绳子套在他的脖子上。接着,他就站起来,这时,纳尔逊已经拉紧了头顶上那根套在树枝上的绳子。

"邓宁,你还有什么话要说吗?"伊迪茨的声音很干脆,可仍有点颤抖。

邓宁在桶上挪动了一下他的脚,腼腆地望着下面,就像一个人第一次发表演说一样,然后清了清嗓子。

"我很高兴,一切都要过去了,"他说,"你们始终拿我当作一个基督徒来看待,我衷心地感谢你们对我的好意。"

"上帝会收下你这个悔过的罪人。"她说。

"是呀,"他说,他那沉重的嗓子好像响应着她尖细的声音,"上帝会收下我这个悔过的罪人。"

"永别了,邓宁。"她喊道,声音中突然充满了绝望。

她用全身的力量来推那个木桶,可是怎么也推不倒它。

"纳尔逊!快!帮我一下!"她软软地喊道。

她觉得最后一点力气都快用完了,可是那个木桶纹丝不动。纳尔逊连忙跑到她旁边,一下子把木桶从邓宁脚下推开。

她立刻背转身,把指头捅进耳朵里。接着,响起一阵金属摩擦般的尖音,那是她在凄厉地狂笑,纳尔逊吓了一跳,他虽经历了这场悲剧,可眼前的惊吓比这更厉害。伊迪茨终于崩溃了。即使在她神经错乱之时,她也清楚自己崩溃了,令她宽慰的是,不管怎样她总算挺过来了,而且完成了一切。

她飘飘荡荡地来到纳尔逊面前。"扶我到屋里去,纳尔逊。"她强撑着吐出了这几个字。"让我睡吧,"她接着又说,"就让我睡吧,睡吧,睡睡吧。"

纳尔逊于是搂着她的腰,架着她,引导着她那瘫软的脚步,把她从雪地上拖了回去。

那些印第安人仍然留在那儿,肃穆地瞧着:白人的法律如何迫使一个人在暴风雪的半空中荡过来,又荡过去。

快！生一堆火

天，阴冷得出奇，那汉子从育空河上转了个方向，向高堤爬去，那边有一条阴暗的、少人行走的小径，往东直穿过一片茂密的云杉林。高堤陡峭，他爬到顶上时，停下来喘气。他看了一下手表，正好九点，天空无云太阳也踪影全无。天是晴的，可万物仿佛罩上了一层什么玩意，因为没有太阳，天空灰蒙蒙的，这些倒没有令这汉子不安。他已习惯了这一切，太阳有好几天没露脸，不过他明白，再过上几天，就能在南边看到这个让人快慰的天体，当然，它不过是在地平线上露个脸，马上又会缩回去。

这条汉子朝来路看了一眼。在他身后，育空河展开了一英里的宽度，它躲在三英尺厚的冰层下，冰上还有好几英尺的积雪。好一派清寂的纯白，触目所及，全是白茫茫的大地，宛如波浪般起伏着，但一瞬间被凝固了。只有一条暗色的细带，蜿蜒绕过杉树林覆盖的小岛向南伸去，其另一端蜿蜒向北，绕到另一个杉树林岛后面，消失不见了。这条暗色的细带就是路——干道——它向南五百英里直通奇尔古特隘口、黛牙和海洋；向北七十英里通向道森，再向北一千英里是纽拉图，终点是白令海上的圣邓宁，距此一千多英里。

这一切——漫长的、细带般的神秘之路，没有太阳的晴空，出乎意料的阴冷，这些陌生与怪异——没有令这汉子惊奇，并非他早就习惯了这些,他是新来之人,初次在此地过冬。他的糟糕之处是没有想象力。他对常规之事反应敏捷,但仅是对于事物自身而言,他并不明白这事情将意味着什么,-50℃,意味着冰点以下八十度,他对这一事实的感觉就是寒冷和不快,仅此而已,这一事实未能使他想到作为一个对气温有要求的生物的脆弱之处;也未想到人的脆弱,一般情况下只能生存于起伏幅度不大的气温之间;也并没有使他由此而想到人们想象中的上帝之城和人类在宇宙中的位置。-50℃表明一点儿冻伤就能使你的生命受到威胁,你必须戴手套、护耳,穿保暖的鹿皮靴和厚袜子。对他来说-50℃就是-50℃,由这一事实而引发的任何连锁反应他连想都没想过。

  他继续前行,一口唾沫让他的脑子转了起来。一声清脆的爆裂声吓了他一跳。于是他又吐了一口。这口唾沫仍然是还没落到地上便在空中冻住了,发出爆裂声。他知道-50℃时唾液落到地上才会冻住,而刚才他吐出的在空中就冻住了。毫无疑问现在的气温要低于-50℃——低多少,他不清楚。但气温在他看来是小问题。

  他是来重申他对哈德森河的左支流上那片土地的所有权的。他的那帮小伙子现在已经到了,他们是从印第安湾老家穿过分界线过来的。而他则绕了弯,为的是去看看能否在开春时把育空河那些岛上的圆木运出来。他将在下午六点以前赶回营地,是呀,六点时天已黑下来了,但那帮小伙子会在哪儿,他们会生好火,并准备好热气腾腾的晚饭。至于午饭嘛,他用手摸摸上衣鼓起的部分。它在衬衣里面,用手帕包紧放在贴身的地方,只有这样,他带的软饼才不会冻上。想到这些软饼,他快乐地微笑了,每块饼中间都浸透了腌肉油,还夹着一片厚厚的煎腌肉。

  他低着头,在高大的杉树林中赶路。小路的痕迹不明显。最后一次雪橇走过后又降了一英尺厚的雪。他庆幸自己没带雪橇,轻松自在。实际上,除了包在手帕里的午餐,他什么也没带。现在,他对这奇寒有点惊诧了。当他用戴着手套的手摩擦毫无感觉的鼻子和面颊时,他断定这天气真冷。他是条满脸大胡子的汉子,但这满脸的胡子也无法保护高高的颧骨和挺在胡子外的高鼻子。

一只狗跟在他脚后,这是一只健壮的本地爱斯基摩犬,一身灰毛,从神态上看,与它的哥们——野狼——没什么不一样。由于天气奇冷,它显得萎靡不振。它明白这可不是出门的时节。它的直觉比这汉子的判断要准确。事实上,并不是只比-50℃冷一点儿,而是比-60℃、-70℃还要冷。今天的气温是-75℃。

既然冰点是华氏-32℃,这就相当于华氏冰点-107℃。狗对温度计一无所知。在它的头脑里,对奇寒这个概念恐怕不及那男子明确,但这牲畜有它的直觉。它感到一种隐隐的危险和恐惧,这使它情绪不佳,默默地跟在主人脚后。对主人每一个反常的举动,它都急于搞个明白,看看是否要宿营了或是到哪儿该找个避风处,或生堆火。这狗已懂得火是个好东西,它希望有堆火,再不然就钻到雪层底下,与寒气隔开以保存自身的热气。

狗呼出的热气在它的皮毛上凝成一层细细的冰粉,特别是在它的颚骨和凸出的口鼻周围、眼睫毛上挑着亮亮的冰晶。那汉子的胡子和唇髭也同样冻上了,而且冻成了更结实的冰坨,它们随着每一股热气而增大。这与他在咀嚼烟草也有关系。他嘴巴周围的冰弄得嘴唇发僵,在往外吐烟汁时,无法很利落地完全避开下巴上的胡须,结果那冰胡子越冻越长,而且渐渐变成烟草的琥珀色。要是他跌上一跤,那冰胡子会像玻璃一样粉碎。但他并不在意这挂在下巴上的累赘。凡是在雪原上嚼烟草的人都得吃这个苦。他已有过两次在寒流袭击时的外出体验。不过那两次都没有这次冷,上两次他在迈尔看到酒精温度计显示的是-50℃和-55℃。

他在林中前行了几英里,穿过一片宽广的、暗淡的河滩地,走下河堤,来到一条封冻的小溪的河床上。这里是哈德森湾。他知道离河汊还有十英里。他看了看表,十点整。他正以一小时四英里的速度前行,他计算着到十二点半准能走到河汊。他决定到那儿再吃午饭,以示庆祝。

狗从堤岸上下来,仍然跟在他的脚后,当主人轻快地在河床上行走时,它耷拉着尾巴,怏怏不快,旧的车辙印虽依稀可辨,但上面已盖上了一英尺多厚的雪。这条空寂的河,已有一个月无人行走了。那条汉子前行着。他不爱思索，那一时刻也没有什么好想的，他只想到将在河汊吃午饭，傍晚六点钟，他将在营地与那伙人会合。

没人可以说说话，即便有，也没法说，因为嘴周围都被冰冻住了。他不停地机械地嚼着烟叶，并且任其琥珀色的胡子越来越长。偶尔，一个念头又从脑中浮现出来。天真的太冷了，他第一次体验到这么冷的天气。他一边行进一边用戴着手套的手背摩擦脸颊和鼻子。他不时地换着手，无心地做这个动作。尽管他不停地摩擦它们，但就在动作间歇的瞬间，脸颊又麻木了，接着鼻子尖也没有了感觉。他明白脸颊冻伤了，心中一阵懊恼，后悔没做一个像巴德在寒流时戴的那种鼻罩，它还能遮住面颊，保护它们不受冻，不过这也没什么。冻伤了脸颊又算什么？有点疼而已，不会很严重的。

他脑子里尽管空空荡荡的，但对事物的观察却很敏锐。他看得出河湾的变化，那些弯道和弧度，还有木材堆，脚该落在哪儿，他总是十分留意的。一次，当他绕过一条河的弯道时，突然警觉起来，躲开他正在走的地方，顺着小路后退了几步。他知道这条河是整个冻到底的——北极的冬天没有哪条河还能有水——但他也知道山坡下有一些泉水冒出来，在雪下面贴着河在冰面上流淌。他还知道，这些泉水在最寒冷的时候也不会冻上，同时对它们的险恶也清清楚楚。那是些陷阱。在雪下面隐藏着一洼洼的水塘，那雪可能有三英寸厚，也可能有三英尺厚。有时水面上有一层半英寸的薄冰，上面盖着雪。有时冰、水相间有好几层，因此当有人不小心踩到上面时，会连续下陷好几层，有时水会一直湿到腰部。这就是他惊骇得向后退的原因。

他刚才已感到脚下的松动，并听到雪下薄冰的坼裂声。在如此奇寒下，要是弄湿了脚，那麻烦就大了，甚至有性命之忧。至少也要延误时间。因为他将不得不停下来，点燃篝火，在火的保护下他才敢脱光鞋袜并将它们烤干。他站住脚打量着河床和河堤，认准水流来自右面。他摩擦着鼻子和脸颊，动了一会脑筋，然后转向左面，谨慎地蹑步前进，每一步都用脚先试探一下冰面的虚实。一旦险情解除，他就嚼上一把新的烟叶，甩开步子，恢复到一小时四英里的速度前行。

在之后的两小时行程中,他遇到了几处相似的陷阱。下面藏有水洼的雪通常看上去有些凹陷,并且像砂糖结晶似的,能让人看出危险来。不过他还是差点儿上当。还有一次,他怀疑有危险,强迫那只狗在前面走,那狗不愿意,一直躲到后面,直到主人把它推上前去,于是它快步穿过洁白平整的雪面。突然,雪面塌陷,它踉踉跄跄着歪向一边,跳出水坑,寻找坚实的落脚点。狗的前爪和腿都湿了,沾在腿上的水几乎马上就结成了冰,它反应很快,舔掉腿上的冰,然后倒在雪地上,开始咬掉爪趾上的冰块,它是出于本能这么干的。若让冰留在爪趾间,脚会疼痛。狗并不考虑,不过是它的腺体会分泌出的一种神秘的刺激促使它这样做。但这汉子会思考,他能对眼前之事做出判断,他脱去右手手套,帮助狗除掉冰碴。他露出手指还不到一分钟,就惊异地发现手已经麻木了。天真的是太冷了。他赶忙戴上手套,拼命在胸前敲打这只手。

十二点,是一天中最亮的时辰。然而在冬季,太阳的轨迹在遥远的南方,无法越出这里的地平线。鼓凸的大地挡在太阳与哈德森河之间,正午时分,那汉子走在晴空下,却没有阴影相伴。

十二点半,一分不差,他来到了河汊。他为自己的行走而自豪。要是照这个样子,六点以前与他的人会师是不在话下的,他解开衬衫扣子,掏出午饭,全过程还不到十五秒钟,在这么短的时间,裸露出的手指就麻木了,他没有戴上手套,而是用力在腿上敲打手指,连敲十几下。然后坐在一个落满雪的圆木上吃饭,由于敲打而产生的刺痛感一下子就消失了,这使他非常惊异,连咬口软饼的机会都不给他,他又连续敲打手指并戴上手套,摘下另一只手套以便吃饭。他试着咬一口吃的,可满脸的冰胡子使他吃不进口。他忘了生火把它们烤化,他笑了,自己真蠢,边笑边感到麻木已悄悄爬上裸露的指尖。同时,他也发现刚坐下时脚趾还有的刺痛感现在也没有了。他想知道脚趾是否冻僵了。他在鞋里活动它们,于是明白它们是冻僵了。

他连忙戴上手套站了起来。他开始怕了,上下跺着脚直到感觉到刺痛为止。此刻,他想的是,天气真的太冷了。从硫黄河来的那家伙曾告诉过他,这地方有时会冷到何种程度,看来不假,当时他还嘲笑过那个人!这说明一个人不能太自信。没错,天真的是太冷了。他跺脚,甩手,徘徊着,直到确信暖和过来为止。这时,他才掏出火柴,准备生火。他从林子里的灌木丛中找到柴火,那是些春天雪融时冲到一起的小枝杈,现在都干透了。他小心地先点燃一小堆火,很快燃成熊熊大火,他在火上烤化了满脸的冰胡子,开始在火旁进餐,此刻,看来天地间的寒冷已被人的智力击退了。篝火燃起来,狗也十分满意,伸开身子,尽可能近地挨着火取暖,但又要保持起码的距离以免被火燎着。

那条汉子吃完饭,烟叶装满烟斗,享受地抽了一通,戴好手套,把帽子上的护耳紧紧地扣在耳朵上,顺河面小道的左河汊前行。那狗失望极了,惦记着身后那堆火。这人不明白冷,或许他的祖辈不知何谓冷,没经受过真冷——冰点-107℃的冷。但这狗明白,它所有的父辈都清楚,这是遗传本能。它清楚在这种冰天是不该行路的,这种时候应该蜷缩在雪洞中,等待积雪把外界隔绝开来,挡住天地间的酷寒。再者,这狗与主人间也没什么特别感情,它不过是他的苦力,唯一体验到的"抚爱"是鞭打和从那恶猛的喉咙中吼出的恐吓声。因此这狗也无须让主人知道它对寒冷的恐惧。它留恋身后的篝火是出于对自身的考虑并非替主人着想。可这时主人吹起口哨,模仿出鞭子的抽打声,狗撵上来,但仍走在主人身后。

男子咬上一口新烟叶,琥珀色的胡子又冒尖了,他呼出的热气使唇髭、眉毛和睫毛一下结满白霜。哈德森河的左河汊看来没那么多泉泡,走了半个多小时,不见任何可疑痕迹。但,事情发生了。在一片柔软平整的雪面,看来表明下面是坚实的大地,汉子却一脚陷了进去,水并不深,他慌忙跳到硬冰面,这时,膝下小腿部分已湿透了。他懊恼之极,诅咒着噩运,他本想六点到达营地,这下他将耽搁一个小时,他不得不点堆篝火烤干他的鞋袜。在冰天雪地中必须这么做——这一点不容置疑。他折回河堤,爬了上去。在河堤顶部,几棵小树围绕的低矮的杂树丛中,有涨潮时冲积的干柴堆,主要是小树枝,也有大一些的干树权和去年的细枯草,他在雪地上架起几根大树枝,在它们上面生火可以防止刚燃起的小火被烤化的雪浸灭。他从衣兜里取出一小片桦树皮,用一根火柴引着,这比纸还容易点燃。把火引子放在用大树枝搭的柴架上,再往小火苗上添一把把干草和最细小的干枝杈。

他谨小慎微地生起火,清楚自己危险了。火渐渐燃起来,他往火堆里放些大的树枝,他蹲在雪地上,从缠在一起的树丛中抽出小树枝投入火里。他明白这火必须生起来。在-75℃中,一个人要是打湿了脚,他必须一次成功,把火点燃。要是脚干的话,第一次若没成功,他还可跑上半英里便恢复血液循环。但是在酷寒下,打湿并冻木了的脚,即使跑步也恢复不过来。不管他跑得多快,打湿的脚还是越冻越硬。

这些情况他都知道。入冬前,硫黄河那儿的一位"智叟"向他传授过这些,现在他知道感激这些忠告了。他的两脚已麻木了。为了生火,他不得不摘掉手套,手指很快冻僵了。当他保持一小时四英里的速度时,心脏可以把血挤压到身体表面和所有的末端,可是一旦停下来,心脏的挤压就变弱了。

高天滚滚寒流急,大地上的微渺生命承受着它全部的凶残。他全身的血液,在酷寒面前畏缩了,血液和那只狗一样,是有感觉的,也像狗一样,在奇寒面前想躲藏起来,把自己包裹起来。只要一小时走四英里,不管他愿不愿意,心脏都能把血液输送到身体的各个部位的表皮,但是现在热血后退了,缩进身体里面去了。四肢最先尝到缺血的味道。尽管还没完全冻僵,他那打湿的双脚却越来越冻得受不住了,露在外面的手指也越来越麻木。鼻子和脸颊已没感觉了,而全身的皮肤也因缺血而变得冰凉。还好,他还平安,脚趾、鼻子、面颊的冻伤不会太重,因为火已大了。他又往火里添些手指般粗细的小树枝,再过一会儿,就能续上手腕粗的树杈了。然后就可以脱掉湿鞋袜,在烘干之前,裸脚不会受冻,当然先要用雪把脚搓得血液循环。火燃着了,危险被赶开了。他想起硫黄河那位"智叟"的忠告,微笑了。那"智叟"严峻地下了断语,-50℃以下,任何人都不能在喀隆堤一带独行。瞧。他不正是在这一带吗？他刚出了点麻烦；他独身一人；可他自己拯救了自己。那些上了年纪的人难免婆婆妈妈的，他认为如此，起码有些人是这样。一个男子要临危不惧，他不缺这一点。只要有这一点，任何硬汉都可以单独行动。但脸颊和鼻子这么快就冻住了，这使他有点诧异，而且手指在这么快就麻木也令他意外。它们没感觉了，他差不多无法令它们合拢起来去抓树枝，十个手指就在眼前，可他感觉与它们相隔千山万水。当他摸到一个树枝时，他不得不用眼去看，自己是否拿住它了。他与指间的神经传导系统没有阻塞，但没有感觉了。

　　这没什么大不了。这堆旺旺的篝火，噼啪作响，熊熊的火焰升腾着生命的希望，他解开鹿皮鞋。鞋子已成了冰坨子；德式防寒袜像铠甲似的差不多箍到膝盖，鹿皮鞋带像钢条盘结在一起，他用麻木的手指折腾一番才明白这是白费劲，他拔出鞘中的刀。没等他割断鞋带——事情发生了。这是他自己的过失，或者说考虑欠周而酿成的灾难。他不能在杉树下生火。尽管从树丛中扯出树枝并把它们直接投到火堆中要省事——他应在空地上点火。篝火上方的杉树枝上承受着重重的积雪。已有几周没起风了，每根树枝上都积着沉沉的雪。每当他从树下抽出一根树枝都会引起一次微渺的抖动——对他而言，毫无感觉，然而这抖动却使一场灾祸从天而落。高处的一个树枝上的雪震下来了，落到下面的树枝上，下面树枝上的雪也被打落，这一连锁反应迅速扩展，波及整棵树。汉子和篝火没得到一丁点的警示，积雪便像雪崩一样塌下来，火被扑灭，刚才燃着篝火的地方，现在罩着一堆软酥酥的雪。

　　汉子惊呆了，好像听到一声死刑判决，有那么一会儿，他呆着，瞪着刚才还烈火熊熊的地方。然后，他头脑冷静下来。大概硫黄河的那位"智叟"是对的。眼下要是还有一个旅伴，他就不会有危险。那个旅伴将点燃另一堆火。好吧，现在只有靠自己再生一堆火，这第二次点火绝不能失败。但即使这次成功了，他也很可能会丧失几个脚指头。这会儿脚一定已冻得不行了，在第二堆火燃起之前，还得忍一阵呢。这就是他脑子里的念头，但他不是坐着在想。当这些念头一闪而过,他就动起来。他重又搭起一个点火的基础。这次是在空地上。树,再休想扑灭他的篝火。他从涨潮时漂来的残枝中收集干草和小树枝。他无法用手指把它们挑拣出来,只能一把把地抓出来。这样,里面就混杂着许多不助燃的烂枝和青苔,但他也只能这样做了。他有条不紊地干着,甚至备好了一捆大树枝,那是在火旺时,才用得上的,狗一直蹲在那儿,看他忙过来忙过去。狗眼中流露着一种渴望,它知道他是能为自己生火的人,这火还得等一阵才盼得到。

万事俱备,那汉子伸手到兜里去掏第二张桦树皮,他知道树皮在那儿,虽然他的手指没感觉,当他翻寻时,听到那清脆的沙沙声,但不管他如何费力,也拈不起这薄薄的树皮。同时,他清楚,脚上的冻伤正一下一下地严重,这想法使他恐慌,他竭力驱赶围攻着他的恐慌,保持镇定,他用牙把手套戴上,前后使劲地甩动胳膊,用尽全力在身体上敲打双手,他坐着做这些动作,又站起来重复做这些动作;这期间,那狗一直蹲在雪里,它那毛茸茸的大尾巴弯到面前,暖暖地盖在前爪上,当它看着那汉子时,它那尖尖的狼一样的狗耳专注地向前耸着。汉子呢,在他甩胳膊拍手时,一阵剧烈的妒忌涌上心头,在他看来,这畜生由于天然的保护温暖安适。

过了一会儿,被敲打的指尖,有一丁点感觉回来了,这微渺的感觉似乎来自远方。细微的针刺感变大了,刺痛开始折磨他的神经,而这汉子却满意极了。他把右手手套摘掉,去拿桦树皮。暴露在外的手指马上又麻木了。接着他又掏出一束硫黄火柴棍。但奇寒已使手指僵硬了,他想从中取出一支火柴棍,结果,一整束都掉在了雪里,他想把它从雪里捡起来,但是不能。木然的手指既无触感,也无法弯曲。他小心翼翼,不去想冻麻的脚、鼻子和脸颊,注意力全集中在火柴上,他谨慎地看着,用眼力代替触感,当他看到手指放到了火柴束的两边,便合拢手指——也就是说,他想合拢手指,这个意念已传导下去了,可手指一动不动,他把手套戴到右手上,使劲儿地在膝盖上拍打它。再用戴着手套的双手把那束火柴,连同夹带着的雪一起捧到大腿上。然而情形并未好转。摆弄一通之后,他

这是他自己的过失，或者说考虑欠周而酿成的灾难。他不能在杉树下生火。

总算用戴着手套的双手把火柴束夹在了两个手掌之间,把它送到嘴边,他艰难地张开嘴,唇边的冰胡子咔嚓响了,他收紧下腭,翘起上唇,露出上牙插入火柴束以便把它们分开。用这办法,他拔出了一根火柴棒,丢在大腿上。情况仍不妙,他不能拿起来。一计不成,又生一计。他用牙叼起火柴棒在腿上划着打火,划了足有二十下才划着,火苗蹿起来,他用牙叼着去点燃桦树皮,可是燃烧的硫黄烟直冲到鼻孔和肺里,呛得他咳起来,火柴棒掉到雪地上,灭了。

　　一阵绝望涌上来,硫黄河的"智叟"说得没错。他拼命驱赶绝望情绪,他还是想到了"智叟"的忠告:-50℃以下,必须两人以上才能出行。他拍打双手,但没有产生任何感受,突然,他用牙齿咬掉手套,露出双手,用手掌后侧夹起整束火柴,胳膊肌肉没有冻僵,使他能够用手掌夹紧火柴。他用整束火柴在腿上划火。七十多支火柴棒同时燃起,闪出耀眼的火苗,什么风也吹不灭它。他把头偏向一边,躲开呛人的硫黄味,他夹着燃烧的火柴束去点燃桦树皮。当他这样夹着火柴束时,他感到手上有了知觉,手上的肉烧着了,他闻到了气味,在表皮以下的深层部位也有了感觉,这感觉发展成疼痛而且变得很强烈。他忍受着,笨拙地夹着燃烧的火柴凑近桦树皮,却不容易点燃它,因为他烧着的双手太碍事,大部分火苗在他手掌内燃烧。

　　他终于受不了了,双手痉挛地弹开了,燃烧的火柴掉在雪地上吱吱地响着,不过树皮已点着了。他往火苗上放干草和细小的树枝,他没法儿挑拣,因为他只能靠手掌根儿把它们举起来。树棍儿里夹带着烂木碴和青苔,只要做得到,他都用牙齿把它们咬出去。他谨慎又笨拙地呵护着这团火苗,这就是生命,它不能熄灭。热血从身体表面收缩,奇寒令他打起寒战,动作更加变形,一大块青苔把小小的篝火砸个正着。他想用手指把它拨开,可身体剧烈地抖着,一下子拨得太重,把小火堆拨散了,燃烧着的干草和小树棍儿也散开了,他竭力把它们拢到一起,尽管全神贯注,寒战令他无法做到这一点,小树棍儿无望地散落开来。每一段小树棍儿都腾起一缕青烟,灭了。

生火的汉子,失败了。他漠然四望,目光碰在那只狗身上,它隔着灭了的小火堆残迹,坐在他对面的雪地里,不安地弓着身子前后摇晃着,两只前爪交换着稍稍抬起,有一种期待的神情。

看见了狗,他脑子里蹿起一个疯狂的念头。他想起一件事:一条汉子被暴风雪困住了,他杀死一头小牛,钻进牛尸内,侥幸逃生。他要宰了这只狗,把手埋进它暖和的体内去恢复知觉。这样他便能再生起一堆火。他开始唤狗,叫它过来;但他声音里有一种异样的东西令狗畏缩,它以前从未听到他这样唤它。这总是有缘故的,它本能地感到了危险——它并不知道是什么样的危险,但它对这汉子心存疑惧。它放平双耳听着那汉子的呼唤,然后弓起身,来回挪动着前爪,不安的样子表露无遗;它不愿靠拢那汉子。他趴下来,用双手和双膝向狗爬去。这一反常的举动也引起了狗的疑心,它侧身小跑着避开。

那汉子在雪地上坐了一会儿,竭力使心潮平静下来,然后他用牙齿戴上手套,站起来。他首先向下看了一眼,以确信自己真站起来了——脚已没有感觉,感受不到和地面的接触。他一站立,狗的疑心就没了;他又开始恐吓它,嘴里模仿着鞭打声,狗恢复了原有的忠心,向他走来。狗挨近那汉子,他失去控制,猛地向狗伸出胳膊,却发现双手无法抓捏,手指既不能弯曲也没有感觉。

这一瞬间,他从心底爆发出最强烈的惊奇。那一刻,他忘记了手已冻坏,冻伤正在深入。这一切只在瞬时,狗还没来得及跑开,汉子便用双臂圈住狗身,他就这样拥着狗,坐在雪地上,而狗则狂嗥,哀号,挣扎。

他全部的努力也只能如此——用胳膊抱住狗坐在那儿,他清楚这狗已杀不了。他没有任何办法杀死它,他无法靠这两只不听使唤的手抽出刀或握住刀,也无法掐死这畜生,这一点,他清楚极了。狗从他的臂弯里拼命挣脱开,狂吠着,夹着尾巴,跑出四十英尺才站住,耳朵直冲着前方耸立,探究地观察着那汉子。

死亡的黑影,沉重地从四面向他爬来。他明白了,现在不再是冻掉几个手指和脚趾的问题了,甚至不是冻掉双手和双脚的问题,现在已到了生死存亡的关头，恐惧猛烈地从心头喷发出来。他整个人陷入惊慌之中。他转身向河床奔跑，沿着原先那条暗色的小路跑下去，狗紧跟上来。他双目茫然，奔跑着，这恐惧从未有过。当他慢下来，在雪中踉跄前行时，景物才重现眼前——两岸的河堤，陈年的木材堆，光秃秃的白杨树，还有灰灰的天空。这阵狂奔使他感觉放松不少。他不发抖了。要是继续跑下去，或许脚会恢复过来；而且，要是跑得足够长的话，他能回到营地见到小伙子们。当然，他肯定会冻掉几个手指和脚趾，还会冻伤一部分脸；不过当他跑回营地时，小伙子们会照料他，并拯救他。但脑海里还有另一个念头沉浮着，这个念头对他说，他肯定回不到营地和孩子们身边。路漫漫其修远兮，他身上的冻伤太重了，会很快冻僵，死掉。他把这个念头抛出脑海，不去理它。可这念头又从脑海浮出来，强迫他听它说，他又把它抛出脑海，只想些别的事。双脚已冻得如此严重，以致当它们踏在地上，支撑着身体的重量时，他一点儿也感觉不到它们，令他惊异的是，他居然能用这样一双脚奔跑，他感到自己是贴地在飘，浮在天地间。他曾在哪儿看到过长着翅膀的墨丘利神，他想弄明白当这个信使之神掠地飞行时是否和自己的感觉一样。

  他盘算一直跑回营地，与小伙子们会师，但这计划有一点破绽，他没有这样的持久力。好几次他跌跌撞撞快要跌倒，最终他还是步子散乱，累得栽倒在雪中。他想站起身，却站不起来。他知道必须坐下来休息，而且再行路时，也只能走着前进了。当他坐在地上缓过气来时，感到身体暖意融融，不再战栗了，甚至好像有一团暖烘烘的热气充盈着身体，但当他触摸鼻子和脸颊时，仍无感觉。跑步也无法使它们恢复，手脚也一样，他想到冻伤的面积正在身体上扩大，他努力不去想它，希望忘掉它去想点儿别的事儿；他知道这会引起他的惊恐，他害怕这种感受。可这念头倔强地从脑海里浮现出来，在他眼前描出一个惨景：他硬邦邦地仰面死在雪地中。他不敢再想下去，只能顺小路拼命狂奔。他一度曾放慢速度改为行走，但一想到冻伤正在蔓延，又不得不奔跑起来。

  那狗一直跟在他脚后跑着。当他再次摔倒在地上，狗面对着他蹲下来,毛茸茸的大尾巴弯到前面,盖住前爪,好奇地看着主人。狗的温暖与安适激怒了他。他咒骂起它来,直到狗不再感到好奇,把两只耳朵平放下来为止。

这一次,抖动马上又控制了他。与奇寒的拼搏,他已败定了。奇寒从身体的各路向内部长驱直入,意识到这一点,他又爬起来向前跑,跑了也就一百米左右,便站立不稳,一头栽倒在地上。这是他最后一次感到惊恐了。他喘着气,镇静地坐起身,脑子里跳出一句话:面对死亡,要有尊严。不过这一句话并非抽象而来。而是源自他想到的一个比喻,他刚才那副尊容一定蠢透了,就像一只被砍掉了头的鸡在乱跑。是呀,不管怎样,冻死已是注定了的,还不如坦然地面对它。这样想着,他便进入了一片澄明之境,他初次感到一股睡意,他想到,这等涅槃倒不错,在梦中告别人世,就像服一剂鸦片一样。冻死并不像想象中那么可怕。有很多死法比这要痛苦得多了。他想象着伙计们第二天看到他尸体的情景。感到自己正混在他们中间,一路过来寻找他自己。和小伙子们一起顺路转弯,发现自己趴在雪地里。他已经不是他自己了,在那一刻他超脱了肉身,而和伙计们站在一起,瞧着雪地里自己的尸体。天真的太冷了,他想。当他回到美国时,可以告诉亲朋们什么是奇寒无比,他的思想飘游开了,仿佛看到了硫黄河的"智叟",非常真切,"智叟"穿得暖暖的,一副适意的模样,吧嗒吧嗒地抽着烟斗。

"你,对了,老家伙,你说对了。"男子对硫黄河的"智叟"喃喃低语。之后,那条汉子入睡了。对他来说,这仿佛是有生以来最舒服、最满意的一觉。狗面对汉子坐着,等着。短暂的白天已经过去,漫漫黄昏开始了。没有一点儿要生火的迹象,而且这狗从未见过一个人那样坐在雪地里却又不生火。暮色苍茫,对篝火的渴望使它无法再沉默下去了,它跳起身子,交替移动着前爪,低低地哀号着,然后垂下耳朵,等着主人对它的责骂。可那汉子一言不发。过了一会儿,狗尖声呼号起来。又过了一会儿,它悄悄走近那男子。死气,沉沉地包抄过来,狗竖起毛,惊慌地后退。它又逗留了一会儿,在颗颗寒星下嗥叫起来。

星汉灿烂，闪烁着熠熠光彩。狗掉转头，向着原来营地的方向，顺着小径，急奔而去。远方，会有人给它吃的，还会有一堆温暖的篝火。

没脸见人

完啦。

苏比安科一直在长征,闯过了苦难,越过了恐惧,像信鸽飞回欧洲的家乡一样。而这一次,他比任何一次都走得更远,来到了俄属美洲,那根漫长的旅途之线被斩断了。

他坐在雪里,五花大绑,等待受刑。他诧异地盯着面前的哥萨克,那人身量巨大,倒在雪地上,喘息声声。那帮家伙已处置过了这个巨人,又把他交到了一伙女人手里。他的号叫表明,女人比男人更毒辣。

苏比安科在旁边耳闻目睹,浑身哆嗦。死,他并不畏惧,从华沙到努拉托,一路凶险,他已一路闯了过来,纯粹的死,他不会发抖,但他厌恶酷刑。那将触犯他的人格。这种污辱,并非因为他不能承受剧痛,而是剧痛将导致一些可怖的精神扭曲。他清楚自己将祷告、求饶,甚至会像巨人伊万和那些受折磨而死的人一样——死得很难看。

面带笑容,口吐妙语,视死如归,这才是一条好汉。要是让肉体的剧痛主宰了你的人格,控制不住嘴巴、动作,像个猿猴一样嘶嚎、满嘴乱说,沉沦为一头纯粹的牲口——那就太可怕了!但是逃掉,绝无可能。

从一开头，命运就玩弄着他，他曾追求波兰的独立。从那一刻开始，不管是在华沙，在圣彼得堡，还是在西伯利亚的矿穴；不管是在凯姆恰特卡，还是在海盗船上，命运一步步把他拖向这个终结点。不用说了，天地早已定好了这么一个下场——为他这类人——这些多愁善感的精英。他的神经敏感到仿佛没有皮肤遮盖，就可感受许多精微之妙。他，一个梦想家，一个诗人，一个艺术家，以前完全没料到，命运不可抗拒。他这个全身布满敏感神经的精英将在粗野、荒蛮之中讨生活，最终死在这铅云浓重的雪原中心，一片远离文明的、愚昧落后的黑暗大地。

　　他叹息了一声。看来，眼前这一摊肉就是巨人伊万了——巨人伊万简直是个巨无霸，是钢铁打造的，没有痛感神经。这个哥萨克人当了海盗，迟钝得像头牛，他的神经系统如此原始，以至于常人感到的剧痛，对他只是隔靴搔痒。但就是这个巨人伊万，这帮努拉托人也挖出了他的神经，并沿着这些神经追根溯源，剥离出让他灵魂战栗的主根源。毫无疑问，他们正是这样做的。一个人经受了如此的折磨后还活着，简直匪夷所思。巨人伊万为他那低下的神经系统付出了代价。他临终的时间、所受的折磨是他人的两倍。

　　观看对哥萨克人所施的酷刑，让苏比安科感到受不了了。伊万怎么还不死呢？他再不停止号叫，苏比安科会发疯的。不过，这号叫一停止，就该轮到他自己了。在那边，亚卡嘎正等着他呢，一阵阵阴笑冲他飞来，那家伙早已不耐烦了。亚卡嘎，是他上周才从要塞踢出去的，苏比实科还在他的脸上挂上了一道狗鞭抽的伤痕。亚卡嘎会来"侍候"他的。亚卡嘎肯定会为他"奉献"上更精细的残忍，更"无微不至"地探究他的神经。噢！伊万一声号叫，那痛苦一定够呛。围着伊万的那些印第安女人向后散开，拍手大笑。苏比安科看见了她们的残酷，开始神经质地狂笑起来。印第安人的目光纷纷向他扫来，不明究竟。然而苏比安科却狂笑不止。这样不行，他控制住自己，一阵阵抽搐渐渐消隐。他竭力去想别的事，回顾自己的一生。他想起了父母，那匹斑点小马，还有那位教他舞蹈课的法国家庭教师，有一次他还偷偷塞给他一本翻卷了边的《沃尔塔瓦》。他仿佛又看到了浪漫的巴黎,雾沉沉的伦敦,流曳着旋律的维也纳,还有罗马。他又看见了那个狂热的青年团,和他一样,他们梦想着波兰独立,拥有自己的国王,坐在华沙的王位上。是啊,后来漫长的跋涉就开始了。他挺得最久。起初,他们之中就有两个人在圣彼得堡被处决了。那之后,一个又一个,他默数起那些为国捐躯的英灵。这里有一个被狱警殴毙了,那边,在血迹斑斑的放逐路上,他们无休止地走了几个月,被哥萨克监管、虐待、殴打,又一个倒在路边再也没爬起来,除了野蛮,就是残忍,兽性的残忍。他们有的在矿井死于高烧,有的死于鞭笞。最后两个是在逃出来的路上与哥萨克的搏斗中被打死的,只有他一个人逃到了凯姆恰特卡,身上带着偷来的证件和那个旅行者身上的钱,他把那个旅行者杀倒在雪地里。

到处都是野蛮和凶残。这么多年来,他在蛮荒之中生活,内心里仍眷恋着画室、剧院和宫廷。他的手上也沾染了他人的鲜血,以换取自己的生命。每个人都杀了人。他为了通行证杀死了那个旅客。杀他前,他知晓此人不好对付。这人曾在一天里同两个俄国军官决斗。他必须证明自己不是胆小鬼,才能在海盗中赢得一席地位,他必须争得那席位。在他身后是贯穿西伯利亚和俄罗斯大地的流放之路,那条路是无望的。唯一的出路在前方,穿过阴沉、封冻的白令海,到阿拉斯加去,这条路只能把人们从荒蛮引到残忍之地。在偷猎海豹的海盗船上流行败血病,没有吃的没有水,飓风一个接一个。此种境地,人都被还原成了兽类。他从凯姆恰特卡出发,向东航行过三次。每一次,都由于受不了航行中的种种苦难,幸存者们又回到了出发地凯姆恰特卡。没有其他的出路,他绝不能返回原路,那里有矿井的奴役和凶残的鞭笞等候着他。

他第四次,也是最后一次向东航行。他和那些首先找到传说中的海豹岛的人们一起越过大海;但没有和他们一起回去分享盗卖皮货发的财,他们回到凯姆恰特卡后便花天酒地、纵情作乐。他则发誓绝不回头。他明白,若要抵达那些他为之向往的欧洲都会,他必须向东,向东,再向东。因此,他换了几次船,留在这片正在开垦的处女地上。他的同伙有斯拉夫猎人和俄罗斯探险者、蒙古人、鞑靼人和西伯利亚土著人,他们在新大陆的荒蛮中开创出一条血路,他们屠杀了整村整村的土著人,只为他们拒绝向他们进贡皮毛;反过来,他们自己也被皮货贸易公司的人屠杀。他和一个芬兰人,侥幸在一次这样的大屠杀后活了下来。之后,在冰天雪地的阿留申岛,他俩度过了一个与世隔绝的饥饿之冬,第二年春天,一艘运皮货的船把他俩救了出来,这样的机遇实在是千载难逢。

但是,他们总也摆脱不了野蛮的包围。换了一条又一条的船,他总是不肯走回头路,后来遇到了一条去南部探险的船。从阿拉斯加海岸南下,一路上遇到的全是成群结队的野蛮人。每一次停泊,不论是在海岬上还是在大陆的悬崖下,总是遇到战斗或是风暴,不是暴风骤雨,船要沉没,就是大群土著人驾着独木舟呼啸而来。他们领教了海盗们火药的厉害,所以涂成大花脸,自以为能防弹。他们不断地向南航行,直驶到了加利福尼亚那块神秘之地。听说这里是西班牙探险者的地盘,他们从墨西哥一路打到这里。他对那些西班牙探险者寄予希望。先逃到他们那儿去,其他的就好办了——花上一年或两年,时间长点儿短点儿又有什么关系?他将抵达墨西哥,然后,搭上一艘船,欧洲就在眼前了。然而,他们遇到的不是西班牙人,挡住去路的仍是那难对付的野蛮人。住在化外之地的土著人,脸上涂抹了迎战的图案,把他们从海边赶了回去。最后,有一条船被阻截,上面所有的人都丢了命,这时,带队的指挥官只好放弃探险的目的,驾船驶回北方。

岁月流逝。在修造米开罗夫斯基要塞时,他在台本科夫手下工作,在库斯科克维姆地区度过两年。有两个夏天,都是在六月份,他设法登上了考茨布埃海峡的海岬。每到这个时候,这里汇集了各个部落的人,进行着易货贸易。人们会在这里找到来自西伯利亚的梅花鹿皮、迪奥米兹的象牙、来自北冰洋海岸的海象皮、奇形怪状的石头灯。这些东西在交换中从一个部落传到另一个部落,没人知道它们是从哪儿来的。有时,你还会看见一把英国造的猎刀;苏比安科知道,这里是了解地理的大课堂。因为他遇见了来自各地的爱斯基摩人,有从诺顿海岬来的,有从国王岛和圣劳伦斯岛来的,还有的来自威尔士亲王海岛和巴罗海岬的。这些地方还有别的名字,它们的距离是用行程的天数来计算的。

这些来赶集的土著人来自广大的北极圈,而他们的石灯、钢刀,在反复的贸易中来自更远的地方。苏比安科在贸易中也运用威吓、哄骗和贿赂等手段。每个远道而来的、陌生部落的人都会来到他面前。总有人提起旅途中遇见的野兽,怀有敌意的部落,难以穿越的森林和雄伟的群山,还有旅途中的危险,真是数不清也想不到;然而,说来说去,总少不了要提起来自远方的流言和传说,都是关于白人的,他们长着蓝眼和金发。他们战斗起来像恶魔,并到处搜寻皮毛。他们在东方,遥远的东方。没人亲眼见过,他们只是相互传言。在这个课堂里学习可不简单,你要通过千奇百怪的各种方言来学习地理,很头痛。那些没受过文明训练的头脑把事实和传说混成一团,根据"睡多少个觉"来估算距离,而这种算法会受到旅途难易的影响。然而最终有人传来的悄悄话,使苏比安科大受鼓舞。在东边有一条很长的河,那一带有那些长蓝眼睛的人。那条大河叫育空河,在米开罗夫斯基要塞的南方。这条大河汇入另一条大河,俄罗斯人叫这条河奎克帕克。人们悄悄地议论说,这两条河汇成了一条河。

苏比安科又回到了米开罗夫斯基要塞。花了一年的时间,四处游说去奎克帕克远征。终于,他说动了马拉科夫,这是一个有一半俄罗斯种的混血儿。他同意带领他那些最粗野、凶残的混血夜叉去远征,他手下的这些人从凯姆恰特卡航海过来,苏比安科给他当副手。他们穿过迷宫一般的奎克帕克大三角洲。然后选择了北岸的低矮丘陵山路,走了约五百英里,又把货物和火药装上兽皮做的独木舟,在流速为五节的河水中破浪前进。这条河的河道有二至十英里宽,水深好几寻。后来马拉科夫决定在努拉托这个地方修建要塞。一开始,苏比安科不同意,劝他再向前走。但他很快服从了这个决定。漫长的冬季即将来临,最好停下来等一等。等到来年夏初,冰消雪融,他将不辞而别去奎克帕克,然后再设法去哈德逊海湾公司的贸易站。马拉科夫从没听到关于奎克帕克就是育空的传言,苏比安科也没有告诉过他。

接下来便是修建要塞了,这是一种奴役。那一层层原木搭成的墙,累得努拉托的印第安人吐血。皮鞭抽在他们身上,而那皮鞭是握在海盗们残酷的铁掌中。一些印第安人逃跑了,抓回来后则被吊挂在要塞前。在那儿,他们和他们的部落明白了何谓鞭子,有两个印第安人死于鞭下;其他的几个则终身残废;剩下的都吓住了,不敢再逃。要塞还没竣工,雪花飘飘而来,这时节便需要兽皮了。要塞的人向印第安部落强征大批兽皮。交不出兽皮,就拳打鞭抽,就把妇女儿童抓去做人质。他们遭受的暴行,只有那些皮货盗贼才干得出。

唉,那一切使印第安人血泪交融。现在轮到盗贼们吞咽下自己种的苦果了。要塞灰飞烟灭,在熊熊烈火中,有半数的皮货盗贼被砍杀,另外一半则死于酷刑。现在只剩苏比安科了,或者说还剩下苏比安科和巨人伊万——要是那摊在雪地上哼哼叽叽的一堆肉还能叫作巨人伊万的话。苏比安科瞅见亚卡嘎在向他奸笑。对此,他无话可说。那道鞭伤仍挂在亚卡嘎脸上,苏比安科无法抱怨,但苏比安科可不愿意去想象亚卡嘎将会采用什么酷刑。他想到过向部落首领霸王求饶,但理智告诉他这样的乞求无济于事。他又想到过挣脱绳索,战斗而死。这样将很快死去。可他又挣不脱捆绑,鹿皮条比他的筋骨要结实。他绞尽脑汁,一个点子出现了。他打着手势要见霸王,一个会说沿海方言的翻译被带了过来。

"噢,霸王,"他说,"我并不怕死。我不是一个凡人,要我去死是很愚蠢的。事实上,我是永生的,我和这些东西可不一样。"

他看着曾经的巨人伊万,现在仅是一摊怪叫着的肉堆,满不在乎地用脚指头蹬了蹬他。

"我聪明得很,死不了的。听着,我有一种怪药,这是我一个人的秘密,我反正不会死,我想拿这药和你做笔交易。"

"这是种什么药?"霸王问。

"这药怪极了。"

苏比安科故意装出一副犹犹豫豫的模样，停了一下。

"告诉你吧。把这药涂在皮肤上，皮肤就会像岩石一样结实，像钢铁一般坚硬，任何一种利刃都伤不了它。剁骨头的刀砍上去会成一坨烂铁，我们给你们的那种钢刀的刀口都会卷起来。现在我已讲了这药的功效，你能给我什么呢？"

"我将饶你一命。"霸王通过翻译回答。

苏比安科不屑地笑笑。

"就让你做我的家奴，直到老死。"

波兰人大笑了。

"先把我手脚松绑，咱们再谈。"他说。

酋长打了个手势。苏比安科松绑后，他自己卷了支烟，点上火。

"你在说蠢话，"霸王说，"没有这样的药。这不可能。利刃比任何药都更厉害。"

酋长不肯轻信，却又有些犹豫。他见识过这些皮货盗贼的许多怪东西都很有用，因此他半信半疑。

"我饶你一命；你也不用当奴隶。"他宣布道。

"那也不成。"

苏比安科克制着内心的激动，继续表演下去，做出一副抬高价码的样子。

"那药非同小可，因为它我多次逃过生死之劫。我要一辆雪橇和几只雪橇狗，还要六个猎手跟我一起到河的下游，从米开罗夫斯基要塞出发，保证我一天一夜行程的安全。"

"你得待在这儿，把你所知道的法术全教给我们。"酋长回答。

苏比安科耸了耸肩，不开腔。把烟喷向空中，心想着，巨人哥萨克现在不知怎么样了。

"一条伤疤！"马尔穆克指着波兰人的脖子，突然说。他脖子上有一道深色的印记，那是他在凯姆恰特卡的一次争斗中留下的刀疤。

"你在撒谎。刀刃比药厉害。"

"那是一个巨人砍的，"苏比安科边想边说，"比你还壮，比你最强壮的猎手还要强壮，比他还要高大。"他又一次隔着鹿皮鞋，用脚

"我将饶你一命。"霸王通过翻译回答。

趾碰了碰那个哥萨克——一幅残酷的景象，他已不再有感觉了——然而在这具四分五裂的躯体中仍有一丝生命残存着，不愿离去。

"那些草药的药力也不够。因为在那个地方找不到一种浆果，而我注意到你们的土地上有很多那种果子，这里的草药药力一定更强。"

"我同意让你去河的下游，"霸王说，"给你装备雪橇和狗，还有保证你安全的六个猎手。"

"你同意得太迟了，"苏比安科冷静地说，"你没有立即答应我的条件，你怀疑了我的药的效力，不诚心。听着，我的条件又涨了。我要一百张水獭皮。"霸王冷冷地一笑，"我要一百磅干鱼。"霸王点了下头，鱼嘛，他们这儿有得是，便宜得很。"我要两辆雪橇——一辆我用，另一辆装皮货和鱼。你必须把我的来复枪还给我。要是你不同意我开的价，一会儿还得涨。"

亚卡嘎向酋长交头接耳了一番。

"你怎样证明这药是真的?"霸王问道。

"这很简单。首先，我要到树林里去——"

亚卡嘎又对酋长交头接耳一番，酋长略带疑虑地盯着苏比安科。

"你可以派二十名猎手跟我去。"苏比安科说下去，"你瞧，我得采掘浆果和根茎，用它们来制作那种药。之后，你要准备好两辆雪橇，上面装好鱼和水獭皮，还有我的来复枪。当一切干好，我会把药抹在我的脖子上，然后把脖子搁在那根原木上。这时，让你最强壮的猎手持斧子在我脖子上砍三下。当然你自己也可以砍这三下。"

霸王不由得张大了嘴，站了起来，对这魔药的魔力开始真有点信了。

"但首先，"波兰人赶忙补上一条，"在每砍一下之前，我必须再涂上一层药，因为斧子又沉又锋利，我可不希望出差错。"

"我答应你所有的要求，"霸王急忙喊道，"你可以出发去采药了。"

苏比安科克制不住，笑了。成败在此一举，绝不能有一点大意，于是他一脸倨傲地说下去。

"你又晚了一点，对我的药不诚心。心诚则灵，为了弥补你的过错，你得把女儿送给我。"

他指了指那个姑娘，病恹恹的，一只眼睛有点歪斜，一颗尖牙从嘴里暴出来。霸王真火了，波兰人却沉住气，卷起一支烟，点上火。

"快答应吧，"他吓唬道，"要再不快点儿，价码又涨了。"

一切声音沉寂下去。在苏比安科眼前，雪原淡了、远了，祖国的那片热土，还有法国，显现了，近了。当他瞟着那个暴起尖牙的姑娘时，脑海里浮起了另一个少女的倩影，那是一个能歌善舞的姑娘，是他初次到巴黎时见到的，那时他还是个小伙子。

"你要我女儿做什么？"霸王问。

"跟我一起到下游去，"苏比安科审视着她，"她会成为贤妻良母的，再说，和你结为亲家，也能给我的药增光啊，这事值得。"

那个少女在他脑海里轻歌曼舞，他随口哼起了一首她曾教他唱过的歌，他享受着已逝去了的生活，他沉醉其中。场景一幕接一幕，而他超然得像个旁观者。

酋长的声音突然响起来，把他惊醒了。

"我同意了，"霸王说道，"我女儿将和你一起去下游。但是我们得讲清楚，将由我本人用斧子在你脖子上砍三下。"

"不过，每次我都得再涂抹一次药。"苏比安科答道，故意表现出一种控制不住的担心。

"允许你每次抹一回药。这些猎手是防止你逃跑的。你们到森林中去采药吧。"

由于波兰人的贪婪索价，霸王真相信了这魔药。他想这药必定非常神奇，否则他的主人不会在死到临头才肯说出来，而且还"他妈的"忘不了拼命讨价还价。

"还有，"当波兰人和他的看守们已消失在杉树林中时，亚卡嘎又低声说，"等你学会使用这药以后，就可以很容易地把他弄死。"

"怎么能弄死他呢？"霸王问道，"他的药将使我没法儿弄死他。"

"总会有一些部位他没抹上药的，"亚卡嘎回答道，"我们就在那些部位下手。也许是他的耳朵。好极了，就用长矛从耳朵刺穿他的头。也许是他的眼睛。这药一定太刺激，不能抹在眼睛上。"

酋长点点头，"你很聪明，亚卡嘎。要是他没有别的魔法，我们就能干掉他。"

苏比安科并没有用多少时间去采集草药。他顺手而采，品种有杉树针叶、柳树内皮、一条桦树皮，还有一堆苔藓、浆果，等等。浆果是他让猎手们从雪下为他挖出来的。最后又挖了些冻硬的根茎，算是品种齐全，于是他前呼后拥地回来了。

霸王和亚卡嘎在他身边弯着腰观看，一一记下他往一口大锅里投下的草药数目，那口锅里的水沸腾着。

"注意，要先放苔藓浆果。"他解释道。

"接着……噢，对了，还有少了一样东西——一个男人的手指头。来吧，亚卡嘎，我要剁下你一根手指头。"

亚卡嘎忙把手藏在身后，怒气冲冲地瞪着苏比安科。

"就要一根小手指。"苏比安科哀求道。

"亚卡嘎，给他一根手指。"霸王命令道。

"这儿遍地都是手指头。"亚卡嘎嘀咕道，指着雪地上遍地狼藉的残尸，有二十多具，全都是受尽酷刑而死的。

"必须是从活人手上剁下的指头。"波兰人强调着。

"好，就给你根活人的手指头。"亚卡嘎眼珠一转，飞快跑向那个哥萨克，割下了他的一根手指头。

"他还没死呢。"他宣布道，说着便把这个血淋淋的战利品扔到波兰人脚边的雪地上。"这个手指更棒，个儿大多了。"

苏比安科把它丢进锅下面的火堆中，然后咿咿呀呀地唱了起来。这是一支咏叹男欢女爱的色情小调，他无比庄严地对着那口大锅唱着。

"不对着它唱出这些话，这药就没魔力，"他解释着，"这些话是这药的魔力来源，瞧，总算熬好了。"

"你慢慢说一遍，好让我记住这些字。"霸王命令道。

"得等到试验完了再说。等斧子从我脖子上弹回去三次之后,我会告诉您这些歌词的奥妙。"

"要是你的药不像你说的那么神呢?"霸王一脸忧心如焚。

苏比安科怒气冲冲地喊道。

"瞧,你又来了,这药从来都是心诚则灵。如果它这次不灵验,你可以像处置其他人那样处置我好了。凌迟处死,就像你们一刀刀地割他那样。"他指指那个哥萨克,"现在我的药凉了。我该往脖子上抹药了,要恭恭敬敬地称它是'神爷爷的药'。"

于是他神圣至极地吟诵了一行《马赛曲》的歌词,与此同时往脖子上反复涂抹那黏糊糊的药汤。

一声大吼,从身后滚滚轰来。打断了他那煞有介事的法事,他一下面色如土,瘫坐在地。身后———一片惊叫,一片大笑,一片掌声。他转头看去——巨人哥萨克,那顽强的生命力使他再次苏醒过来,他跪了下来,强烈地抽搐着,在雪地上乱滚乱撞,那片喧哗与骚动是巨人伊万和努拉托人的一次合作伴奏。

这景象使苏比安科感到懊恼,但他控制住自己,装出一副气势汹汹的样子。

"这可不行,"他说,"干掉他,然后我们才能开始进行试验。你,亚卡嘎,要让他不再出声了。"

生命,最终从巨人伊万的躯体里翩翩而去。

苏比安科转向很是听话的霸王。

"切记,狠狠地砍下去。这可不是闹着玩,来,您拿起斧子砍砍这段原木试试,这样我才相信你是个好刀斧手。"

霸王服从了,砍了两次,既精准又沉猛,砍下了一大块原木。

"真棒。"苏比安科看了看周围一圈野蛮人的面孔,充满象征的意味,代表着荒野的氛围。那氛围自从他在华沙初次被沙皇的警察逮捕后,就一直包围着他。

"拿起你的斧子,霸王,站好。我要躺下了,我一举起手来,你就竭尽全力,猛砍下去。要当心你身后有没有人,这药劲道十足,这斧子会从我的脖子上弹起来,然后飞出你的掌心。"

他看了看那两辆雪橇，拉橇的狗都套好了绳索，雪橇上装满了皮货和干鱼。他的来复枪放在水獭皮的顶部。六个做保镖的猎手也都已站在雪橇旁。

"你的女儿呢？"波兰人要求道，"在我们进行试验之前，把她带到雪橇那儿去。"

当这一要求被满足后，苏比安科在雪地上躺下，把脖子搁在原木上，就像一个玩累了的孩子要上床睡觉似的。

很多年了，他一直在悲凉的荒野中挣扎前进，他真累了。

"你的力气还不够，噢，霸王，"他说道，"砍，猛砍，让斧头来得更猛烈吧。"

他举起一只手。霸王挥起了斧子。这是一把劈砍原木的阔边宽斧。它在冷气中划出了一道寒光，在霸王的头顶上稍停片刻，然后向苏比安科僵硬的脖子飞奔直下。斩过血管、颈肉、气管和脊椎骨，直入原木，深深地切进原木中。吃惊的土著人眼巴巴地瞪着：一腔热血从躯干上喷溅而出，那颗头颅蹦出去，有一码远。

人们的大脑停止了转动，全都一声不响，慢慢地，大脑里有个念头在蠢蠢欲动，他们都悟出了真相，根本没有神药，皮货贼给他们开了个大玩笑。所有的俘虏中，只有他逃脱了酷刑。这个江湖骗子，折腾半天，葫芦里卖的就是这个药——死得爽。人们全都哄然大笑，只有一个人没笑。霸王低下头，那小子耍了他，让他在全族人面前出丑卖乖。狂笑此起彼伏，震耳欲聋。霸王转过身，低着头，大踏步走了。

他明白从此以后他不再是人们心目中的霸王了。他丢了脸；这一耻辱将伴随他一生，直至死去；而且当各部落的人们搅在一起时，不管是春天大家一块捕鲑鱼，还是在夏天的集市上，这件事都会当作篝火旁的笑谈而远近驰名，有人会说皮货贼是如何"狡猾狡猾地"赴死，只一斧子就被砍死了，是"没脸见人"亲自动手。

"'没脸见人'是谁？"

他仿佛听见，某个愣头愣脑的后生在发问。

"噢,'没脸见人'呀,"有人回答,"他在剁掉那个皮货贼的头之前,叫作霸王。"

一块牛排

老金叉住最后一小块面包,把盘子里的肉汁面糊擦拭得一点不剩,然后细细地、冥思般地咀嚼着这最后一口食物。

他从桌旁站起来,肚子里仍是空空荡荡,尽管这样,家里也只有他进了点食。隔壁房间里,两个孩子被早早打发上了床,好让他俩在梦乡中忘记自己还没吃晚饭。他妻子更是颗粒未进,静坐一隅,忧虑的目光湿湿地黏在他脸上。他妻子脸上还残存几分昔日的风韵,但已是一个瘦弱大嫂的模样。做面汤的面粉是她从门厅对面的邻居家借来的,面包倒是买来的,家中仅剩的两个半便士就此花了出去。

他来到窗旁,沉重的身躯朝那只颤颤巍巍的椅子压了下去,椅子徒唤奈何地尖叫起来。他顺手把烟斗塞进嘴里,另一只手在上衣插袋里掏来掏去。里面没有一丝烟叶,这才使他意识到自己的动作,忍不住为自己的健忘而恼怒,他从嘴里拔出烟斗,搁在一边。他动作迟钝,甚至有些笨拙,仿佛全身鼓凸的肌肉让他不堪重负。他结实极了,有点儿呆头呆脑,一眼看去,实在难有好感。那地摊货的衣衫已饱经风霜了,皱巴巴的。脚底那双鞋,换过鞋底后又被苦难的旅程折磨得死去活来,鞋面已磨损得快拽不动鞋底了。再看看他那件棉布衬衫,在商家声声血泪般的"跳楼价,跳楼价"叫喊中,花两先令买下的,领子已磨得破破烂烂,前襟上斑斑点点是洗不掉的油污。

在这些吸引眼球的刺目之处外,还是老金的脸透露了昔日的一切。这是一张经典的职业拳击手之脸。这张脸的主子肯定在拳坛上晃荡多年,这张脸具备一切斗兽的特点。它不流露任何表情,刮胡刀把脸刮得青光瓦亮的,脸上的五官暴露无遗。嘴已看不出形状,歪歪扭扭,像是横过脸上的一条未愈合的紫癜创口。下颚弯凸冲前,恶猛、沉实。在毛乎乎的浓眉掩藏下,在厚重的眼皮盖里,一双醉眼缓缓地转动,不泄露一丁点表情。这是一头纯种的野兽,这双醉眼展现了一切猛兽的精髓。这双眼懒洋洋的,犹如沉睡初醒的狮眼——斗兽之眼。他脑门后倾,塌进矮矮的发丛,头发剪得短短的,犹如排排短桩,头上的肿包一个摞一个,犹如坟堆,一看上去就像个恶棍。再说说鼻子吧,鼻骨两次粉碎,在无数次的击打下,这个鼻子已一塌糊涂了。至于耳朵,青肿得像花椰菜,完全变形了,扩充成以前的两个大,在如此夸张的五官之外,锦上添花的是那个总是透着青黑色的腮帮子,尽管刚刚刮过脸,皮里的胡碴又蹿了出来。

总之,在黑暗的小巷深处,或者踽踽独行时,这张脸足以引起恐慌尖叫。然而,老金并非一个罪犯,他也从未干过什么出格之事。在拳击之外——这是他们这一行的家常便饭——他没伤害过任何人,他也从未惹过事端。他以拳击为生,那些撒手锏要到正式比赛时才耍出来。在拳击场外,他是个行事不紧不慢、性情随和的人。年轻时,钱来得快,去得也快。他对人无歹意,因此也没有什么宿敌。拳击是他的职业。一旦站在拳击台上,他出拳就是为了使对方伤残、直至丧失战斗力;但他绝对不怀歹意,这只是职业道德。看客掏出钱,汇集于此就是为了看拳击手们搏杀的,一方击垮另一方。胜者赢得大部分奖金。二十年前,老金遇到高治尔时,他了解到高治尔的下巴在纽卡斯尔的一次拳击赛中被打断,四个月前刚刚长好。他就瞄准了他的下颚出击,在第九个回合中,使它又一次断开了,这并不是由于他对高治尔有什么歹意,而是因为这是把高治尔打趴下、赢得大把奖金的最聪明的一招。高治尔并没有因此而记仇。比赛就是如此,双方都照规矩行事。

老金是个不爱开口的人，他坐在窗边，陷入深度郁闷。他瞅着自己的双手，手背上爬满蚯蚓般的青筋，那些血管凸胀起来；手指骨节被击碎，捶烂，又歪歪扭扭地长上了，看到它们就知道老金是怎样出拳的。他从不知道一个人的寿命，就相当于他血管的寿命，不过他很明白这些凸起的粗大血管意味着什么。他的心脏曾以最狂猛的搏动把超量的血液冲压过这些血管。可现在它们不中用了。由于使用过度，它们已失去了弹性，而他本人的承受力也已随着膨胀的血管而流逝了。他很容易疲劳。不再能闪电般地打完二十回合，那时他像铁锤和钢钳般地出击、出击、出击，从开场到扫尾，每个回合都组织起一浪高过一浪的攻势，一会儿被对手逼到围绳边上，一会儿又把对手也逼入绝境。然后，在最后一回合，第二十回合，他放出最猛最快的招数，在台下看客的狂叫声中，他冲、击、闪。拳头冰雹般砸向对方，对方的拳头也冰雹般地砸过来。自始至终，他的心脏都在全力拼搏地通过他强韧的血管向全身输送着汹涌的血流。那些血管呢，膨胀过后，总要再收缩回去的。但每次都无法收缩回原来的状态，总比前一次要粗一些，尽管起初不大看得出来。他审视着这些血管和那些打坏的指关节，恍惚间看到了它早年时的完美之态。后来，在他打击琼斯——外号"威尔士恶煞"的头骨时，指节骨初次粉碎了。

饥饿感，又一次从胃中翻上来了。

"怎么，难道我连一块牛排也吃不到吗？"他高声咕哝着，握紧了那双大拳头，瓮声瓮气地骂了一句。

"伯克和索莱这两个铺子我都去试过了。"他的妻子有些歉疚地说。

"他们不肯赊账吗？"他问。

"半个便士也不肯。伯克说——"她吞吞吐吐。

"说下去！他说什么？"

"他说今晚桑德会打败你，还说你在他的店里赊欠的已够多的了。"

老金闷哼了一下，没再作声。他想起了青年时代，他养的那条狗从来没断过吃牛排。那时候,就是赊一千块牛排,伯克也会二话不说。而现在,已无当年的气势了。老金已是廉颇老矣;一个在二流俱乐部击拳的老将,是无法指望生意人再让你赊欠的。

一大早起床,他就巴望能吃到一块牛排,这种食欲一直没有减退。对于这次比赛,他没有充分准备。澳大利亚今年遭了旱灾,经济不景气,连临时工都难找。他没有陪练的对手,伙食也不佳,有时还吃不饱。一有机会,他就去工地干几天粗活,他常在清晨围着陶门公园打转以保持双腿有力。但他的环境太糟了,没有对手陪练不说,还拖家带口。当他和桑德开赛的消息传出,他在那些店主中的信用稍微好了那么一丁点儿。过把瘾俱乐部的秘书预支了他三英镑——这将是输家挣得的报酬——再多就不肯了。他常常设法从老朋友那儿借几个先令,由于旱灾,他的朋友们也自身难保,否则,他们会借给他一些钱。不正视现实是不行的——他的训练很不理想。他应该吃得更好而且不该忧心忡忡。此外,人到中年,四十岁一过,他比二十岁时更难进入状态。

"几点了,丽兹?"他问。

他的妻子穿过门厅去邻居家里打听,然后告诉他:"八点差一刻。"

"还有几分钟第一场就要开始了,"他说,"那不过是选拔赛。然后是迪勒维尔斯和格里德里的四个回合赛,接下来斯达莱特和一个什么水手要赛十个回合。再过一个多小时才轮到我上场。"

两人沉默了,时间一分一秒地过去,过了十分钟,他站起来。

"丽兹,说真的,我没有练好。"

他拿起帽子,走向门口。他没有去吻她——他出门时从不与她吻别——但今晚,她却鼓起勇气去吻他,伸开双臂环抱他的脖子,迫使他把头低下来,凑近她的脸。与这壮实的男子站在一起,她显得那么纤弱。

"祝你好运,老金,"她说,"你一定要打败他。"

"是呀,我要摆平他,"他重复道,"我要摆平他,这就是一切。"

他装出一副快乐的模样,笑了一下,她更拥紧他的身躯。他从她的肩头扫视着空屋子（还没交房租），妻子和孩子，这就是他在世上所拥有的一切。今夜，他走出家门，为自己的配偶和幼仔觅食——不是像工人那样在机器旁苦熬，而是以荒原搏杀的野兽方式去掠食。

"我要摆平他，"他又重复了一遍，声调里多了点拼搏的口气，"要是赢了，就是三十英镑——我就可以还清所有的欠账，还能剩下不少钱。要是输了，我什么也得不到——连坐电车回家的钱也没有了。秘书已把输家该得的那份早预支给我了，再见吧，我的老太婆。要是赢了，我会直接回家来。"

"我等着。"她奔到门厅向他喊道。

"过把瘾俱乐部"在远远的两英里外，他一面走一面回想起巅峰时代——那时他赢得了新南威尔士的重量级冠军——时常是坐马车去比赛，常有一些在他身上下了大赌注的拥趸陪他一起乘车去拳击场，并替他付车费。像伯恩斯和那个美国佬约翰逊——他们坐着汽车到处跑。而今他却步行去比赛！谁都知道，拳击赛之前，两英里的步行，可不是个好开头。

他已老了，这世界对老东西可不太尊重。他现在除了干干重体力活，没有其他出路，即便如此，他的伤鼻肿耳还常常给他添乱。他真后悔当初没学门手艺，从长计议，学门手艺比现在这种境况要好。可当初没人给他点拨一下，再说，他心里也明白，即使有人提醒他，他也听不进去。那时，他的生活太过瘾有味了。大把大把的钞票——激烈、辉煌的拼搏——然后便是休息和游览——总是前呼后拥。走到哪里，都有人与他拍肩、握手；社会名流纷纷宴请他，跟他攀上关系，并以此为荣——真快活啊，欢呼声震耳欲聋，冰雹般的快拳收场，裁判员高喊："金得胜！"而他的名字总会出现在次日的体育栏目中。那真是流金年华！不过现在细想，他顿悟了，他击败的都是些老人们。而当时正是他红日东升，蒸蒸日上之际；他们却是老之将至，日薄西山。怪不得他赢得轻松——他们长久拼搏后一个个已是血管肿胀，指节破碎，筋骨疲软。他记起了那次在拉什卡特斯湾，在第十八回合里，他击败了老比尔，后来老比尔在更衣室里哭得像个孩子。也许老比尔拖欠了人家的房租，也许他家里也有一个老婆和两个孩子要负担。也许就在赛拳的那一天，比尔一直渴望能吃到一块牛排。比尔拼搏却遭粉碎性打击。在老金自己经历了种种苦难后，他终于懂了。二十年前的那个晚上，比尔是为了挣得一些钱而搏击的，而他，年轻的金，是为了炫耀而战，钞票嘛，随之滚滚而来。怪不得比尔赛后在更衣室里那样痛哭了。

是呀，一个人一生能打多少场拳击赛是有定数的。这点很重要，是这一行颠扑不破的法则。有的人也许能打一百场拉锯拳击赛，而有的人打二十场就不中用了；这取决于各人的身体素质和性格气质，各人有各人的定数，当他打完了这些定数，他就报废了。不错，他打的场数比他大多数的同行都多，而且他经历了太多残酷磨人的苦斗——那种惨烈的拼搏使你的心、肺都要迸裂，使你的血管失去弹性，使你的肌腱不再拥有青春的圆润和柔韧，它损伤你的神经系统并耗尽你的耐力，由于过度的拼搏和长期的亢奋刺激，精力和体力都走下坡路了。是的，他超越他的同行。他那个时代的拳击伙伴都退役了，他算硕果仅存的一个。他眼看着他们一个个退出拳击场，有些就败在他的手下。

与老拳手们较量时，他可谓过五关斩六将——当他们，如老比尔在更衣室埋头痛哭时，他却因胜利而仰天大笑。现在他变成老拳手了，拳坛新手将通过闯他的"关"而获得晋升。

桑德就是这样一个闯关人。他来自新西兰，在那儿成了冠军。但在澳大利亚，没人知道他，所以让他和老金打一场。要是桑德获胜，会安排他与更强的拳手较量，赌注也会水涨船高；可以断定，他今晚会放手一搏。他会收获很多——金钱、荣誉和前程；而老金则是横在这前面的一块绊脚石。老金除了三十英镑以外，不指望能赢得别的什么，有了这笔钱便可以还清积欠的房租和店铺里赊账。老金思绪翻腾，他那不善想象的头脑中竟浮现出自己年轻时的形象。那时的他，从一个胜利走向一个胜利，陶醉于欢呼和鲜花中，圆润的肌腱，白玉般的皮肤，强健的心、肺，精力充沛，对"极限"一笑了之。看来，青春是冤冤相报。他在摧枯拉朽之时，根本没料到，在打垮老东西的同时,他也在摧残他自己。他的血管不断膨胀,指节骨创伤累累,于是青春也就流到别处去了。青春永远生机勃勃,而老的只是岁月。

走到卡斯尔瑞大街向左拐,又走过三个街区就到了"过把瘾俱乐部"。门口挤着一堆花花公子,闹个不休,见他来了,便尊敬地闪开一条路,他听见一人对另一人说:"是他!他就是老金!"

进去后,在去更衣室的路上,他遇见了俱乐部的秘书,这是个目光敏锐、相貌精明的年轻人,他握了握老金的手。

"感觉如何,老金?"他问道。

"好得很。"老金回答道,他知道自己在说假话,他清楚,要是他有一百英镑,他肯定会马上去买一大块牛排吃。

他从更衣室大步迈出来,助手们紧随其后,穿过看客席的通道,向大厅正中央的方形拳击台走去,等候的人群中爆发出欢呼声和掌声。他向左右挥手,这里面只有几张面孔他认识。他们中的大多数人在他初次赢得拳击台上的荣耀时还没出生呢。他敏捷地跳上高台,钻过围绳,向自己的角落走去,然后在一张折叠凳上坐下。裁判鲍尔走过来同他握手。鲍尔是个退役的老拳手,十多年前他就不再充当拳击台上的主角了。今晚他当裁判,老金很高兴。他俩都是老一辈的拳击手。他明白,要是比赛中他对桑德略有犯规的话,鲍尔会装作没看见的。

摩拳擦掌的青年重量级拳击手,接连登上拳击台,由裁判向看客们依次介绍,并宣布他们提出的挑战。

"帅哥普朗多,"鲍尔大声宣布道,"他来自北悉尼,向这场拳击赛的胜方挑战,赌注不小,五十镑!"

看客鼓起掌来,当桑德跳过围绳在对面的角落坐下时,看客又一次鼓掌。老金从自己的角落里盯着桑德,再过几分钟,他俩将展开一场残酷的搏杀,双方将紧紧扭打在一起,每人都在拼搏,以期将对方打得昏倒在地。不过,他看不到什么,因为桑德跟自己一样,在拳击服外面罩着裤子和毛衣。他的面孔生气勃勃,一头金黄鬈发。健壮的脖子表明他的身体状态正处于巅峰时期。

帅哥普朗多从拳击台的一角走向另一角，与这场比赛的拳击手一一握手，然后跳下拳击台。挑战继续进行。总是有年轻人不断爬进这围绳——虽属无名之辈，却跃跃欲试，他们向人们大声宣称，自己有能力与胜方一决雌雄，前些年，在老金如日中天之时，他还对这些选拔赛感到不屑和好笑。可现在，他坐在那里，像中了魔法似的，无法赶走眼前走马灯般的青春幻影。拳击场上总是不断涌现出这些年轻选手，他们跃过围绳跳进场地，大声喊出他们的挑战；而且总是有老手在他们面前被打趴在地。他们踩着老拳手的身体走向荣耀的地毯。这些青年人一拨又一拨地涌现，愈来愈多——青春是压制不了的抵抗不了的——然而，一旦他们击倒老手，他们自己也步入了老手的行列并开始走下坡路了。而他们的身后总是源源不断地涌出新人，永远是年轻人——这些新生的婴儿，长壮实了就去打倒他们的长辈。而在他们身后又有更多的新生婴儿。循环往复，永远如此。青春充满着欲望，这欲望亘古常新。

老金扫视了一下记者席，向摩根和柯贝特点点头，他俩一个是《运动员》报的记者，一个是《仲裁者》报的记者。之后，他伸出双手让助手萨利文和贝茨帮助戴上拳击手套，并扣紧，与此同时，桑德的一个助手一直在细细观察，他刚才还仔细地检查过老金指节上的胶布。他自己的一个助手站在桑德那个角落边，正做着同样的观察。助手们帮桑德脱下裤子，当他站起身时，他身上的毛衣也被从头上脱了下来。这时老金便看见了青春的化身，厚实的胸部，发达的肌肉，那肌肉在白玉似的皮肤下来回滑动，就像是个活物在里面动。整个身躯充满活力，老金明白这是一个怎样的生命，它还从未在漫长的拳击赛中透过热汗淋漓的毛孔耗散它的青春活力，当它在这样的角逐中不断付出青春的活力时，青春也就渐渐远去了。

从各自的一方，两个男人走向对方。锣声一响，双方助手带着折叠凳退出拳击台，两人握一下手，马上进入战斗状态。

桑德像一个钢和弹簧组成的机械装置，一刹那，被一根头发丝那么细的触发器一牵而动。退，进，又退，一记左平拳直击对方之眼，一记右手拳戳向肋骨，低头闪过对方的一拳反击，一下轻灵地跳开，一下又飞快地逼近来。动作敏捷，拳路机巧，一时间令人眼花缭乱。看客满意地欢呼起来。然而老金没有被这些天花乱坠的招式迷惑。他参加的比赛太多了，较量过的年轻对手也太多了。他知道那些花拳的分量——太快、太灵巧以致没有威力可言。很显然，桑德打算速战速决，这是意料之中的事。年轻人就是这样，总想先发制人，急于交手，想凭借精力旺盛和强烈的求胜心来取胜。

桑德时进时退，忽儿左，忽儿右，跳过来，蹦过去，脚法轻快，心情急切。看上去，就是活力在展现自己，白玉的皮肤和坚实的肌肉在编织一张炫目的进攻网套，上蹿下跳，像一只玉梭千百次地穿来穿去，这一切动作只有一个目的，打趴老金，他阻塞在桑德和成功之间。老金则忍耐着。他知道怎么做，他知道年轻人的想法，尽管他已青春不再。现在先损耗对方的精力，这就是他的算盘，他有意把头低一下，于是挨了一下重击，他暗暗地笑了，这有点阴损，但按规则，又正大光明。一个拳手应懂得保护自己的指节骨，但如果他坚持要击打对方的头，那就只好自咽苦果了。老金本可以把头再低一些，闪开这一拳，谁也伤不着，但脑海中闪出了他早期拳击的一幕：他是怎样在击打"威尔士恶煞"的头部时首次击碎了自己的指节骨。他现在不过是按江湖规则办事而已。这一"温柔"的俯首，让桑德付出了一个指节的代价。现在，桑德对此满不在乎。他不会把这个伤指节放在心上，而会像以往一样继续猛捶猛打，直到比赛结束。但是日后，在经历了漫长的战斗之后，这个受伤的指节就开始给他添乱，那时他会懊悔，回想起来，便记起了他是如何在老金的头上把它敲碎的。

第一回合桑德出尽了风头，全场看客为他旋风般的快拳喝彩。他以山呼海啸般的花拳包围了老金，而老金则无还手之力。他没进攻一下，只是遮挡、躲避或与对方扭抱在一起，避免挨打。偶尔，他也佯攻一下，当拳头落下时，他却摇摇头，他在场上笨笨地移动换位，绝不跳来跳去或浪费一丝气力。一定要等桑德耗损青春的锐气，经验丰富的老拳手才会出手。老金的全部行动都慢条斯理，他沉重的眼皮盖和慢慢转动的眼珠使人感到他仿佛在打瞌睡或已老眼昏花了。不过,这双眼睛什么都没漏掉,二十多年的拳击生涯,它们已被训练得明察秋毫。这双眼睛即使面对打过来的拳头也不会眨一眨或转动一下,而是冷静地盯着并估算着距离。

这一回合结束时,有一分钟的休息,老金仰坐在他那个角落,把腿向前伸直,双臂搭在他那个直角的两边围绳上,当他吸进助手用毛巾扇进的空气时,胸、腹部深深地起伏着。他闭目静听来自看客席上的声音,"你干吗不出击呀,老金?"许多人叫喊着,"你不会怕他,对吧?"

"肌肉没弹性了,"他听见一个坐在前排的人喋喋不休,"想快快不了啦。我押的赢家是桑德,赌注二比一,按金镑算。"

一声锣响,两个人各自从自己的角落向场中走去。桑德足足走过了四分之三的拳击台,求战心切;老金很满意自己只走了四分之一的距离。这正是他的省力策略。他既没好好地训练,又没吃饱肚子,因此每走一步都得算计。再者,到拳击场来,他已步行了两英里路。

第二回合重复着第一回合,桑德旋风般的进攻和看客愤愤地指责:老金为何不拼上去。他不是阻挡、拖延和扭抱,就是佯攻和打几下慢拳。桑德希望速战速决,而老金很聪明,不按他的节奏来。积年击打下已歪扭的脸上,浮荡着世事沧桑的冷笑,他保存着体力,心里阴燃着老人对小毛头的嫉妒。桑德还很生嫩,他大把大把地挥洒着青春的光彩。要谈拳击台上的谋略,还得瞧老金的了,这谋略是在漫长、熬人的拳击中完备起来的。他头脑清醒,目光冷静地观察着,慢慢地消耗着桑德的锐气。

大部分看客认定,老金已成死老虎,他们大声谈论着,并把押在桑德身上的赌注增加到三比一。但也有些老手,为数不多,他们知道老金是什么角色,他们赌得比较小心。

第三回合一开场似乎仍重复着前两回合的故事,一边倒,桑德一路领先,得尽了点数。半分钟之后,桑德心浮气躁,疏于防范,一个漏洞出现了。老金的眼闪出一道白光,同一瞬间,右臂向前一闪。这是他第一次重拳出击——一记勾拳,手臂拧成弧形以使它分量更猛,而且把旋转半圈的整个身躯的重量全凝结在这一拳上。看上去犹如快睡着的狮子电光火石般地挥出一爪。这一拳砸在桑德的下巴边,他像头阉牛似的倒在了地上。全场看客都倒吸一口冷气,一片死寂。过了一会儿,四处才发出嗡嗡嘤嘤的感叹声。这个人的肌肉并没有僵硬,他的拳头居然还能像铁锤一样迅猛。

桑德颤抖着,他翻过身准备爬起来。"不……"他的助手喊出了一大串"不"字,令他停了下来,等待读秒。

裁判站在他身旁,向他弯下腰去,冲着他的耳朵大声读着秒数,他一条腿单跪起,准备好站起来的姿势,同时等待着。数到第九下,他站了起来,马上投入战斗。这时的老金,面对着他,很是懊悔,刚才那一拳要是离下巴尖再近一寸就好了。那对手就会晕厥过去,而他则可以带上三十英镑回家看老婆孩子了。

这一回合打满了三分钟,桑德开始重视他的对手了,而老金仍慢慢移动,仍是一副没睡醒的模样。老金从眼角瞟到助手们在绳子外面蹲下来,准备马上便跳进场,他明白这一场快结束了,便把较量引向他那个角落。锣声一响,他马上坐在已放好的凳子上,而桑德不得不穿过整个场地的对角线,走回自己的角落。这虽只是一个细节,但正是这种种细节,联系在一起,决定了事情的成败。桑德被迫多走许多步,消耗体能,失去一切宝贵的休息时间,只有一分钟的休息时间啊。在每一场的开始,老金都是慢慢地向场中踱去,逼迫他的对手走更多的路。结尾时,他总把较量引向他那一方,这样他可以马上坐下来。

双方又打了两个回合,老金仍是惜力如金,而桑德则是四处挥洒着青春。后者旋风般的快拳使老金不得不苦熬,因为那冰雹般的拳头有不少是击中了的。任凭那些热血青年大喊大叫,要老金拼搏,他顽固地以慢制快。在第六回合中,桑德再次粗心大意,老金的重拳再次砸向对方的下巴,而桑德也就再次被数到九才站立起来。

到了第七回合时,桑德已优势不再,他决定沉下心来进行较量。他明白了:这将是他有生以来最艰难的一场拳击。老金是个老拳手。但比与他交过手的任何老手都老辣得多——一个时刻清醒的老江湖,善于防护，拳头像结满树疤的棍棒一样坚硬尖锐，左右开弓，都能把对手打翻在地。然而，老金不敢频频出击。他时刻不忘他伤残的指节，他明白，若想坚持到最后的胜利，他的每一拳都必须掂量掂量。当他坐在他那一角。瞅着对面的对手，脑海里升起一个念头：要是将自己的谋略和桑德的青春融合在一起，那将产生一个世界重量级拳王。麻烦就在这里，桑德绝不可能成为世界拳王。他不够聪明、没有谋略，赢得智谋只能用青春做交易；而当他拥有了智谋时，他已不再活力四射。

老金调动了他所有的经验。一有机会，他就和对方扭抱在一起，为在扭抱中损伤对方，他用肩头猛撞对方的胸肋。以拳击理论而言，这种伤害与一记重拳相等，就体能消耗来说，则省力得多。在扭抱中，老金还把身体压在对方身上以求休息片刻，并且不轻易放开对方。这就迫使裁判上前干涉，把他俩分开，桑德每次都努力帮助裁判把老金拉开，他还不懂得怎样休息。他忍不住要打出那些漂亮的快拳，调动浑身滚动的肌肉，当对方扑上前扭抱住他，用肩头顶他的胸肋，脑袋靠在他左臂下休息时，桑德几乎总是从自己背后挥动右臂，去揍那个臂弯下露出的脑袋。这一招很潇洒，令看客们赏心悦目，但它没有威力，相当消耗体能。不过桑德是不懂疲倦和极限的，老金阴笑着，顽强地承受着打击。桑德用右手拳攻击对方的身体，这种拳仿佛让老金很是难熬，但行家看得出里面的门道，在每拳击到身上之前，老金总是用左拳套揍一下桑德的二头肌。的确，桑德这些右拳次次命中；然而每次都由于二头肌被揍而落拳无力。

在第九回合中，一分钟内有三次，老金的右勾拳拧成弧形，猛击对方的下巴；于是桑德的身体三次重重地、直挺挺地倒在了地上。每一次他都在数到第九下时站了起来，虽然步履有点飘忽，但仍强劲有力。他的动作慢多了，不再浪掷体能了。他打得很艰苦，但他仍有本钱，这就是他的青春。老金的本钱是经验。当桑德的威力慢慢消退，活力开始委顿，老金便开始运用多年的经验施展手腕，谨慎地保存不够充沛的体力。他不仅绝不做多余的动作，而且诱使对方消耗体能。他的手、脚和躯体不断放出假动作，引得桑德后跳、低头，或出拳。老金自己以逸待劳，可他令桑德动个不休。这是老手的策略。

  第十个回合一上来，老金施展左直拳攻击对方的脸部，以此阻止对方的快攻；这时桑德变得聪明了，面对这样的攻势，他收回左拳，低头闪开来拳，同时挥出一个右手勾拳，砸在老金的头侧。打高了，没能真正奏效。但老金一挨到这一拳，眼前顿时一片漆黑，这感觉很熟悉，瞬间，或者说一刹那，他的生命消失了。在这之前的一刻，对手一下不见了，对手身后一大片看客的面孔也不见了；而一瞬之后他又复活了，他看见了桑德和后面的面孔。犹如刚一入眠又睁开眼睛，失去知觉的瞬间是如此短暂，没等他倒下去便又苏醒过来。看客只见他晃了一下，双膝一坠，然后就见他一下挺起来，用左肩紧紧地护住下巴。桑德的右勾拳连连砸在老金身上，使老金处于半昏迷状态。但老金迅速反攻。他用左拳佯攻，却后退半步，右拳猛力上捅。他这一拳非常精准，桑德低头躲过左拳，岂料右拳迎面击了个正着，他被打得腾空而起，向后缩着翻转过去，头和肩重重着地。老金故伎重演，桑德再次中招。老金又用一连串散拳把对方打到围绳边上。他不留给桑德一丁点喘息和调整之机，一拳拳地砸下去，全场看客轰地站起来，群情沸腾，欢声雷动。可桑德的体能和承受力非凡，他仍挺立着。看上去他是注定要被打昏过去的，一个警官被这可怕的暴打场面吓坏了，跑到拳击台边来制止比赛。

  一声锣响，这一回合结束了，桑德跌跌撞撞地回到他那一角，反对警官终止比赛，说不在话下。为证明这一点，他向后跳了两下，警官只好同意继续比赛。

  老金向后仰坐在角落里，猛喘着气，他感到很失望。要是终止比赛，那么裁判就得做出判决，奖金便是他的了。和桑德不同，他并不是为荣誉和前途而战。他不过是为了那三十镑钱。而桑德会在这一分钟的休息中复原。

  年轻无极限——老金突然想起这句话，他还记得初次听见这句话是在他打败老比尔的那个晚上。赛后那个请他喝酒的老玩家，拍着他的肩膀，说出这句话：年轻无极限！那家伙说得对。多年以前的那个夜晚,他是个年轻人,而今夜,坐在对面那一角是个年轻人,而他已是老人了,又已进行了半个小时的拳赛。要是他像桑德那样打,连十五分钟都挺不住。眼前的问题是他无法复原,那些鼓起的血管和过劳的心脏无法在短暂的场间休息中使他恢复体能。而且从一开始他就觉得力不从心。两腿如灌铅一般,现在还开始抽起筋来。他真不该在赛前步行那两英里的路程。还有那块从早晨一起床就渴望能吃到的牛排。对那些不肯赊账的肉店老板们,他心里突然升起一股强烈的仇恨。一个老拳手,还没填饱肚子就进行拳赛,这真是太够呛了。一块牛排微不足道,顶多值几个便士,可对他来说,却是三十英镑啊。

第十一回合开赛的锣声响了,桑德发动攻势,尽量显示他仍精力充沛,而事实却相反。老金对这一花招很清楚——这些小伎俩同拳击运动本身一样源远流长。他先与桑德扭抱在一起以节省体能,然后松开手,让桑德重新摆好架势。这正是老金求之不得的机会。他以左拳佯攻,使对方低头躲避,然后退后半步,一个上手勾拳,击中整个面门,打得桑德蜷着身子跌在地上。在这之后,便不让他有喘息机会,尽管老金自己也吃了不少重拳,但他的回击更猛,把桑德直打到围绳边,他施展出各种拳法不停地砸向桑德,从他的扭抱中挣脱,或者用重拳打得他无法上前扭抱,而每当桑德要倒下去时,他便用一只手向上撑住他,另一只手立即把他打靠在围绳上,让他倒不下去。

此时全场沸腾了,成了老金的天下,几乎每一个人都在狂呼:"加油,老金!""打垮他!打垮他!""你赢啦,老金!你赢啦!"比赛即将以这旋风式的猛攻来收场了,而这也正是拳击台旁的看客花钱要看的东西。半小时以来一直惜力如金的老金,此刻他的全部体能一下子倾泻出来。这是他唯一的机会了——现在不拿下这场比赛,就没有得胜的机会了。他的体能在迅速消耗着,他希望在最后一点力气耗完之前能把对手打得爬不起来。但当他拳的头倾泻在对方身上,盘算着这些拳头的分量和对对方的打击程度,他意识到要打垮桑德很难。他有着非凡的持久力与承受力,由于他年轻,身体还没有经历多少磨损。可以肯定,桑德是位拳坛新星。他拥有这一素质。只有强健、坚韧的坯子才能被培养成优秀的拳击手。

桑德眼冒金星,东摇西晃,而老金则双腿发抖,手指节也不听使唤了。但他仍强撑着打出重拳,每一拳都使他受伤的手痛得钻心。虽然眼前他吃拳不多,但体能的衰减却不亚于桑德。尽管他拳拳命中,但这些落下去的拳头却不再威猛,只不过是他的意志拼命努力的结果。他的双腿沉重地拖来拖去,仿佛它们不属于自己;桑德的拥趸看到这一迹象便欢呼起来,给他们的偶像鼓劲加油。

老金拼命迸发出一股劲儿,两记重拳接连出击———一记左拳击向太阳穴,稍微偏高了一点儿,一记右拳打在下巴上。这两拳的分量都不够,可桑德已是头昏眼花,他倒在地上抽动着。裁判向他俯下身去,对着他耳朵大声数着关键性的秒数。要是数到第十秒他还站不起来,他就输了。全场一点声音也没有,只有裁判的读秒声在回荡。

老金站在那儿,两腿颤抖。眼前晕眩起来,那些看客的脸,像海潮般在起落动荡,裁判读秒的声音仿佛从远方袅袅飘来。不过他认为胜局已定了。一个人被打成这样是不可能再站起来了。

但年轻无极限,桑德站了起来。数到第四秒时,他翻身趴着,用手摸索着绳栏,数到第七秒时,他撑着身子跪了起来,以这个姿势休息着,脑袋像喝醉了似的在肩上东摇西晃。当裁判喊出"九"时,桑德呼地一下站了起来,并摆出挑战的架势,他用左臂护脸,右臂护住胃部。他就这样保护着要害部位,摇摇欲坠地向老金靠拢。指望靠和他扭抱在一起来拖延时间以缓过气来。

桑德一站起来,老金立刻双拳出击,但这两拳都被胳膊挡住。对手一下和他扭抱在一起,当裁判拽开他俩时,桑德死不松手,老金则奋力从扭抱中挣脱出来。他清楚年轻人体力恢复很快,他明白要是能阻断对手的恢复,这场比赛他就是胜者。只消一记迅猛的重拳,这个问题就烟消云散了。桑德会倒在他的拳下,败定了。他已在战略上占了风,在战术上占了上风,击中的点数也比他多。失去了扭抱的依托,桑德在拳击台上飘来飘去,他就在成败之间的那根毫发之细的界线上左右摇晃着。此时，只要补上一记像样的重拳，他就会向颓败的那一方向直飘远去。

一阵酸楚，猛地涌上老金的心头。他想起了那块牛排。要是能有这块牛排在自己肚子里垫着的话，那就一"锤"定江山了。这一拳，凝固了他此刻所有的力量挥了过去，不猛，也不快，落在桑德身上。桑德晃了晃，没有倒下。他东摇西晃地飘到围绳边，用手抓住了绳子。老金脚步虚软地尾随上去，全身仿佛吱吱作响，各个部件要散落开去。他又挥出了一拳，然而身体已不听使唤了，仅有打击的意志而没有打击的力量，连这意志也由于体能上的衰竭而面目不清了。打向下巴的拳头却飘到了肩头，他本想让这一拳高点儿，但淤泥般的肌肉已无法服从他的意志。而且，由于这一拳的反弹力，老金自己向后仰去，差点儿摔倒。他又打了一拳。这拳头穿过空气，没击中任何东西，太虚弱了，他扑倒在桑德身上，就势与他扭抱在一起，他抱住桑德，免得自己倒在地上。

老金不想从扭抱中摆脱出来。他已尽力了。他垮了。年轻无极限。就连扭抱在一起时他都能感觉到这一点，桑德的体能正渐渐充沛起来。当裁判把他俩拉开时，他眼前站着的已是一个正在复原的青年，桑德每时每刻都变得更为强劲。出拳，开始软弱无力，逐渐变得准确有力。

透过蒙眬摇晃的双眼，老金看见一只戴着黑手套的拳头向下巴冲来，他想抬起胳膊来护住下巴。他看到了，意识到了，命令下达了；但自己的那只胳膊却有千万斤重。胳膊纹丝不动，而意志无可奈何。接着，那戴黑手套的拳头击中要害。犹如触电，他垮了下去。两眼一黑，什么也不知道了。睁开眼时，他已躺在自己的那个角落里。

周围居然是阵阵海浪拍击声，他眨了眨眼，才明白那是全场的喧哗声。一块湿海绵塞进脑后，一个人正向他的脸上、胸口喷出冰冷的水，那是萨利文在让他苏醒过来。他的拳击手套已被摘了下来，桑德弯下腰来握手。他对这个劲敌不怀任何敌意，因此友好地以握手回报，这一握使他那些打伤了的指节痛到心底。然后桑德走到拳击台中央,看客不再骚动,静下来听他宣布接受年轻的普朗多的挑战,并提出把已经不小了的赌注增加到一百英镑。老金面无表情地看着这一切,同时,助手们擦去他身上流淌着的汗水,揩干他的脸,做着他退场的准备。

饿——不是通常那种细细地啃啮,而是一种空荡荡的虚无感,一种来自胃底并扩散至全身的抽搐。他回想起刚才的情景。当他把桑德打得东飘西飘,就要一去不复返的瞬间。唉,那块牛排——就是决定性的支点!决定胜负的这一拳里,就缺这点东西,现在他输了。这都是因为——那块牛排。

当助手们半搀扶着帮他钻出围绳,走出拳台时,他甩开他们的搀扶,自己弯腰钻了出去,沉重地跳到了地板上。助手们在拥挤的过道上为他开路,他跟在后面。

他离开更衣室往外走时,在通向门厅的入口处,一个小毛头向他喊道:"你刚才已把他攥在手心里了,干吗不一鼓作气打倒他?"

"行啦,见鬼去吧!"老金说着,走下台阶,来到人行道上。

街角上的酒馆门大开着,他看得见里面的灯影和面带笑容的女招待,听得见人们在议论刚才的比赛和柜台上不断进钱的叮当声。有人喊他进去喝一杯。他犹豫了一下,然后拒绝了,继续走他的路。他兜里一分钱都没有,回家的两英里路显得特别长。真的是老了,穿过陶门公园时,他突然在一条长凳上坐了下来,想到妻子在等他,等待得知比赛的结果。失败的滋味一下在心中化开了,一会儿苦,一会儿辣……这比任何把他击昏在地的重拳都难以承受。

他觉得浑身像泡在酸液里,伤指疼痛不止,他明白,即便能找到工地的粗活干,他的手也要一周后才握得住锄头或铁锨。胃部由于饥饿产生的悸动使他直想呕吐,他被自己的不幸压倒了,眼中涌出大颗大颗的泪水。他用双手遮住脸,一边哭,一边想起老比尔,想起多年以前的那个夜晚,他是如何打败他的。造孽的老比尔!此刻,他才深切地感受到——老比尔为何在更衣室里痛哭。

基斯的传说

那个时代,悠远极了。基斯住在北极的海边上,是那个村落的酋长。经过多年的繁荣以后,他带着荣耀离开人世,他的名声代代相传。他的时代过去很久了,只有老翁才记着他的名字;老翁们从更早的老翁们那儿听到他的名字和传说,老翁们又讲述给他们的儿女听,儿女们又讲给他们的孩子听,时间流逝着,这个故事流传着。

当极夜来临、暴风雪横扫冰天雪地、千山万壑杳无人迹时,人们躲在屋里,偎在火堆边,听着基斯是怎样从村中最简陋的圆顶茅屋里,上升到万人之上的权力巅峰的。

老翁们说,他是个智慧的少年,健壮而又明理。他见过十三个太阳,人们就是用他的方式来计算岁月的。每个冬天,太阳沉入黑暗的大地之下;在下一年中,又有一个新的太阳出来,这样他们就能再次体验温暖,看清彼此的面孔。

基斯的父亲是位勇士,死于一个荒年。那年他与一只巨大的北极熊展开搏杀,想以熊肉拯救饥饿的人们。急战中,他抱着那只熊拼杀,骨头全断了,熊吃了很多他的肉,但他的性命最终拯救了人们。基斯是他的独子,他死了之后,家中只剩下了基斯母子俩。不过,人们易于忘恩负义,他们忘却了他父亲为何牺牲。他还只是个孩子,他的母亲也只是个女人,母子俩很快为大家视而不见,不久,他们就住进了最破落的茅屋。

一个夜晚,在酋长科万的大茅屋中,召开了村务会,基斯在会上表示,他已是条汉子了,他以大人的样子站起来,等嗡嗡声静了下去,才开口说:"肉食的确是按比例分配给了我,但常常是又老又糙,骨头尤其多。"

灰白头发和黑亮头发的猎手们都愣了,这样的场面,他们可是第一次碰到,一个少年居然像个大人那样发言,而且当着他们的面,直击人心隐秘处。

基斯沉稳而严峻地接着说道:"我知道我的父亲勃克是一位杰出的猎手。我敢于这样讲,是因为据说他带回家的肉,比两个最优秀的猎手的还要多;他用自己的双手,参加了肉食的分配;他用自己的双眼,看着最老的妇女和最老的男人,拿到了公平的份额。"

"不!不!"男人们喧嚷起来,"把那小伢轰出去!""上床睡觉去!""他怎么能向男人和白胡子们说话!"

基斯稳稳地等待着人们平静下去。

"你有一位妻子,乌赫,"他说,"你是在为她说话;还有你,马苏克,也有一位母亲,你们是为了她们说话。而我的母亲,除了我之外,什么人也没有,因此我要讲话。我要说,由于勃克为了大家而牺牲,我,作为他的儿子,伊基伽,我的母亲和他的妻子,只要部落里有足够的肉食来分配,就应该分给我们足够的肉。我,基斯——勃克之子,就要这样说。"然后他坐下,静听他的话所引起的骚动。

"小伢应在村务会上发言吗!"乌赫嘀咕道。

"难道需要吃奶的娃娃来告诉大人该去干什么?"马苏克大喊道,"难道我就该是个要让每个哭着要肉吃的孩子来嘲弄的男人?"

人们沸腾起来,他们命令他滚到床上睡觉去,声称将不再给他一点儿肉,他的无礼,将招来一顿狠揍。

基斯两眼闪闪发亮,热血沸腾,在一片咒骂声中,他猛地站起来:"你们这些人都给我听着!"他吼道,"我将永远不会在村务会上发言,永远不会了!直到人们前来对我说:'好吧,基斯,你该讲话了,好了,这是我们的愿望。'记住我的话吧,你们这些人,因为这是我最后的话。勃克——我的父亲,是一位杰出的猎手;我,他的儿子,也将去猎取我要吃的肉食。现在,我还要你们知道,我杀死的猎物,将会得到公平的分配。再没有鳏寡老弱的人,会在壮汉因撑得过多而哼哼唧唧时,因为肚中空空而在夜里哭泣。将来会有那样的日子,羞耻将落到那些吃得过多的壮汉头上。我,基斯,就是这样说的!"

嘲笑声伴随着他,他走出了茅屋,紧闭双唇,直视前方而去。

第二天,他一个人沿着冰土交汇的海岸线向前走去。人们看到他拿着一张长弓和许多倒钩骨箭,肩上背的是他父亲的大猎矛。一路上,人们哄笑着,这样的事人们第一次见到。这样小的男孩子,从来没有出过猎,更不用说是单打独斗。有的人摇着头、感叹着;女人们则哀怜地望着满脸愁忧的伊基伽。

"他不久会回来的。"她们安慰他的母亲。

"让他去吧;那对他是个教训,"猎人们说,"他马上就得回来,以后嘴巴会软的。"

但一天过去了,接着是第二天,第三天风暴袭来,却不见基斯归来。伊基伽扯着自己的头发,把浸有海豹油的烟灰涂在脸上,以示悲伤;女人们用尖刻的言辞,指责男人们对待基斯不公,激他去送死。男人们一声不吭,准备暴风雪过后,马上出去找回他的尸体。然而,第四天清早,基斯却大踏步走进村庄,在他的肩膀上扛着一大挂新鲜熊肉,他迈着大步,言语中流露着自豪。

"男人们,带着狗和雪橇去吧,沿着我的足迹,今天出行要好得多,"他说,"在冰上有很多肉——一只母熊和两只半大的熊仔儿。"

伊基伽高兴极了,而基斯却以男子汉的派头对她说:"来呀,伊基伽,让我们吃吧,然后我要睡觉,太累了。"

他走进自家的圆顶茅屋,大碗吃肉,大碗喝酒,一家伙连睡了二十个小时。

开头人们狐疑不已,悄悄议论。杀死一只北极熊是件险活,而险中又险的是,杀死一只母熊和她的幼仔儿。男人们难以相信一个小男孩以一己之力完成了一件不可能的奇迹。而女人们则嚷嚷着他背回来的新鲜肉食,一起讥笑男人们的疑虑。因此当他们散开去时,仍旧唠叨着各种各样的可能性:要是事情真是那样的话,他或许会忘记切开大熊,而此刻的北极,一旦熊被杀死之后,这是首要的工作。要不然的话,肉就会像最锋利的刀刃那样冻得僵硬。而一只三百磅重的大熊冻硬了的话,要把它放上雪橇,在崎岖的冰面上拖行,可不是一件轻松的活。但是他们发现,基斯不仅把熊给杀了,而且还用真正的猎手方式,把那只野兽割成四份,掏净了它的心肝五脏。

这样,一个神秘的光环笼罩了基斯,他的光辉形象愈来愈高大。

第二次出猎,他杀死了一只半大的熊,之后,是一只大公熊和一只大母熊。他一次狩猎通常要花三四天,有时在冰原上耗上一周也不奇怪。每次出猎,他都独自一人。大伙很惊奇,"他是怎样干的?"他们大眼瞪小眼:"为何连狗都不要?狗可是缺不了的呀。"

"你为何只猎熊?"科万有一次硬着头皮问他。

基斯的回答很妙:"熊的肉多呀。"

但是村子里还是响起了巫术的流言。"他有鬼相助,"一些人一副自认高明的样子,"当然厉害啦,除了鬼魂相助,还能是什么呢?"

"也许不是鬼,而是善者,是神保佑吧。"有些人说,"大家都知道他父亲是个神猎手。也许他父亲的英灵在助他打猎,他才得到了好处,谁知道呢?"

然而,他的猎物不断,那些蹩脚的猎人们常常忙着拖运他猎下的肉。他分肉公平,像他父亲那样,他要看着最年幼的女孩儿和最老迈的老妪得到她们那公平的一份,他留给自己的不会多于他必需的。

公平而又神奇,他因此为人们所敬畏;大家谈论着让他在科万之后做酋长。由于他的功绩,人们期盼着他再次出现在村务会上,但是他从不出席,人们也难以启齿。

"我想建造一个圆顶茅屋。"一天,他对科万和几位猎手说,"那应是一个大茅屋,伊基伽和我可以在里面安适地栖居。"

"啊。"他们认真地点头。

"但我没有时间,我的职业是打猎,它用去了我所有的时间。因此,村子里吃过我打的肉的男女们给我造个茅屋才是公平的。"

据此,茅屋就建了起来,其规模甚至超过了科万的居所。基斯和母亲搬了进去,那是自勃克死后他们所享受的第一个豪宅。就她而言,这不光是物质上的豪宅,由于她那神奇的儿子,和他给她的地位,她被看作是村里的第一妇人。女人们前来拜访她,聆听她的指点;当她们之间或者同男人们发生争吵时,她们就搬出这女人的名言。

然而基斯神秘的狩猎术,一直在男人们的头脑中挥之不去。一次,乌赫碰到了基斯,指控他在用巫术。

"有人说,"乌赫阴阴地说,"你喜欢和'鬼'混,出卖灵魂得回报。"

"我猎的肉里有鬼吗?"基斯说,"村子里有人吃它得了怪病吗?你如何知道我和巫鬼混在一起?是不是因为嫉妒而胡思乱想?"乌赫灰头土脸地溜了,女人们在身后嘲笑他。但晚上的村务会上,经过长时间讨论后,男人们决定在基斯出去打猎时,派人跟踪。基斯一出猎,比姆和勃恩——两位最机灵的年轻猎手,就悄悄地跟在他后面。五天后他们回来了,两眼红肿,舌头不听使唤,但总算讲清了他们见到的一切。村务会在科万的家中紧急举行,比姆开讲道:

"弟兄们!不负大家所托,我们一路机警地跟踪着基斯,而他不知道我们在他后面。在第一天的路上,他迎面遇到了一只大公熊,那真的是一只巨熊。"

"大得不能再大了,"勃恩做证并接着说,"但是那只熊却拒绝搏斗,它转过身,在冰上慢慢地走开。这是我们从岸上的岩石后看到的,熊朝着我们走来,后面跟着毫不惧怕的基斯,他在熊的后面尖声喊叫,挥舞着臂膀,制造着杂音。然后熊被激怒了,它支着后腿站起来,大声咆哮,但是基斯却直对着熊走了过去。"

"啊,"比姆继续讲那故事,"正对着熊,他走了上去。熊扑上来抓他时,基斯又跑开了。但是在跑的时候,他在冰上丢下一个小圆球,熊停了下来去闻它。基斯继续边跑边丢下小圆球,熊就一一把它们吞下。"

人们惊叹、喊叫、吵闹起来,乌赫则跳出来,表示不信。

"嘴会造假,眼睛造不了假。"比姆说道。

勃恩说:"啊,是我们亲眼所见。这样继续着,突然熊立起身子,痛吼起来,前爪拼命地扑腾。基斯马上退远。但熊不再管他了,看来吞进体内的小圆球控制了它。"

"对,是体内的东西,"比姆插进来,"它用爪子抓挠肚子,就像一只玩耍的小狗在冰上跳来蹦去,但那嘶吼绝非在玩耍,而是痛得受不了。那场面我可是第一次见!"

"对,我也一样,"勃恩再插进来,"而且是那么大的一只熊。"

"这是巫术。"乌赫声称。

"这我不清楚,"勃恩说,"我只说眼睛看到的事情。过了一会儿,熊就疲软了,它很重,使劲跳了跳,就沿着冰岸走了下去,头向两边摇动着,后来它坐下来,又哀号起来。熊后面跟着基斯,基斯后面跟着我们,一连四天,就这样跟着。熊越走越不行了,而且从未停止过痛吼。"

"魔力!"乌赫惊叹道,"肯定是魔力!"

"大概是吧。"

比姆接过勃恩的话,"熊一跌一撞,一会儿跌向左,一会儿撞向右,一会儿向前进一步,又马上向后退二步,一会儿围着足迹转圈,最后走近了基斯第一次遇到它的地方。它已软得一塌糊涂,再也爬不动了,这时,基斯走上去,用矛最终使它解脱了。"

"然后又怎么样了?"科万急问。

"后来我们就离开了正在给熊剥皮的基斯,跑了回来,杀熊的消息就传开了。"

那天下午,女人们把熊肉嗨哟嗨哟地拖进村,而男人们却全坐在屋里开大会。

基斯在女人的簇拥下凯旋。男人们派了个人,请他前来开村务会。但此人只带回一句话,他又累又饿,他的圆顶茅屋又宽敞又暖和，可以坐很多人。

男人们个个好奇至极，整个村务会的人，由科万打头，朝基斯的茅屋走去。他正在大吃大喝，但礼貌地迎接了他们，让他们按辈分就座。伊基伽既自豪又羞怯，基斯却很沉稳。

科万把比姆和勃恩的话一字不差地复述了一遍，走近基斯，严峻地问："所以，你必须解释一下，基斯，你那打猎的方式，是巫术吗？"

基斯抬起头，向屋顶瞟了一眼，脸上绽开了一朵笑容，说："不是啊，科万，一个男孩子是不知道任何巫术的，我丝毫不了解什么巫术，我只是创造了一种狩猎北极熊的新技巧，如此而已。那是'智'术，而并非什么巫术。"

"任何人都能学会？"

"任何人。"

一片寂然。大家你看我，我看你。

基斯一个人仍大吃大喝着。

"那……那……那你能告诉我们吗，基斯？"科万声音颤抖。

"好吧，我会告诉你们。"基斯嘬完了一口骨髓，站起身来，"非常简单，看着！"

他拣起一薄片鲸鱼骨给大家看，它的一端像针尖那么尖锐。他小心地把骨片卷成圈儿，它消失在紧握的手掌中。然后，他一松手，骨片弹了起来。他拣起一块鲸油。

"就这样，"他说，"拿一小块鲸油，这样，像这样，再把一块鲸骨片儿包在它的里面，就这样，要把鲸骨片儿很紧地卷成卷儿，在包有鲸骨的鲸油外面再包上一层鲸油。然后把它放在外头，让它冻成一个小圆球。熊吞下了小圆球后，鲸油就会融化，带有尖端的鲸骨卷儿就会弹开，熊就会觉得难受，当它难受得不行时，你就可以用矛枪来刺杀它了。非常的简单。"

乌赫说："哇！"

科万说："啊！"

每个人都用自己的方式发出了一声感叹。他们恍然大悟。这就是基斯的传说。他生活在遥远时代的北冰洋上,他使用的是智术而不是巫术,他从最破落的圆顶茅屋中成长为村子里的酋长。据说他很高寿。在他当酋长的年代里,他的部落一直繁衍不绝,再没有寡妇或者病残之人由于没有肉吃而夜哭不已。

赤 金 峡

峡谷的那颗绿心，就在这里。在这儿谷壁左弯右绕，宏伟雄壮的风格为之一变，形成了一小块幽隐之境，不再那么沉闷了。此处满是芳香、和谐与静谧的气息，一切都是那么闲适，甚至连一线溪流也汇成了一塘静水，不再喧腾。一只红褐的七杈公鹿在齐膝深的塘中半睡半醒，低着头，眼睛半闭。

在池塘的一边，生着嫩绿的春草，清凉柔嫩的绿茵直铺到巨岩底下。在池塘的另一边是一个舒缓的土坡，它向上延伸到另一边的峭壁，其间长满嫩绿的芳草，四下还点缀着一簇簇赤橙、紫蓝与金黄的鲜花。在池塘的下游，峡谷合拢了。在那儿，视线穿不过去了，只有峭壁参差。峡谷的尽头是一堆横七竖八的乱石，上面布满青苔。在岩石堆上有一个由葡萄藤、爬山虎与粗大的树枝交织而成的绿屏。在峡谷之上，远处是连绵的山岭，还有长满青松的山峰，它们高大雄伟，迥出尘世。天边处，雪峰挺拔，如一座座伊斯兰寺的白尖塔，又如飘在天边的朵朵白云，终年的积雪冷然地映射着阳光。

峡谷洁净无尘，绿叶与鲜花清新怡目，草地则像一块新织的天鹅绒。池塘边长着三株白杨，飘下雪絮般的杨花。草坡上，石楠树喷吐着酒香，弥漫着春日的慵懒气息，而石楠的绿叶凭着本能，已将叶面合拢，为的是抵御即将来临的骄阳。山坡的草地上，到处点缀着百合花,它们犹如被各色宝石装点起来的蝴蝶,因突然被困住而不住地颤动着翅膀,以期重新飞升,羽化登仙。林中随处可见那花花绿绿的小丑——马德隆纳树,冷绿的树干正逐渐变得红彤彤的,它的一簇簇钟形的花朵,整日吐出绵绵的香气。这些奶白的钟形花,犹如幽谷百合,散发着春日的芬芳。

没有一丝轻风的叹息,飘浮的甜香令人懒洋洋的。要是空气浓重而又湿润的话,那么甜香或许会令人发腻。可是空气既清新又提神,犹如无数星光汇入其中,暖暖的阳光也融入进来,甜甜的芬芳也浸润其间。

偶尔,一只蝴蝶在阳光与树影之间出没,到处响着野蜂的嗡嗡声,这些奢华的享乐者在花宴上熙熙攘攘,没有空闲相互争斗。小溪细细地流着,在峡谷里溜来绕去,沿途只是偶尔发出潺潺声。这声音仿佛梦中的呓语,时而因汇成水洼而寂寂无语,时而又因溪道狭挤而醒来叹息。

在峡谷的这颗绿心里,一切都飘飘然。阳光与蝴蝶在树丛中飘来飘去。野蜂的嗡嗡与溪流的低语若隐若现。隐约之音与飘忽之色仿佛织成了一片缥缈的轻纱梦,而轻纱梦就是这里的地灵。它恬静却并非死寂,因而韵味悠长;它安宁而非无语,鲜活又不乱动;它憩息着,充满生机却没有苦难的搏斗。因此,这里的地灵是优雅的魂灵,是安适而又富裕的魂灵,是没有受到人世战争骚扰的魂灵。

褐红的公鹿为地灵所惑,在没膝的阴凉池塘里打着盹。看来并无飞虫袭扰它,因此它睡得浑身懒洋洋的。小溪偶尔低语一声,它的耳朵会动一动,不过只是懒懒地动一动,以此表明它早就明白小溪会故意逗他。但这一次,公鹿的耳朵猛地直立起来。它们迅急地搜寻着声音的来源。鹿头转向下游的峡谷,颤动着的鼻孔使劲地嗅着空气。尽管鹿眼无法看透小溪穿过的绿屏,但一个人的细微响动却被它的耳朵捕捉到了。这人声平直,没有韵律。它曾听过金属与岩石相撞的锐声,它明白了,喷着鼻息,纵身一蹦,从池塘落到春草上。双脚淹没在天鹅绒般的嫩草丛中,与此同时,它又竖起耳朵,再次嗅着。然后轻轻溜过了这小小的芳草地,停了一下,再次竖耳静听,之后,犹如一个精灵,轻巧无声地消隐在峡谷外。

现在,铁掌底的鞋踏在岩石上的撞击声清晰可闻,随后,那人声更高亢了。这声音正在唱着。距离近了,歌词可以听得清清楚楚:

> 转过你的脸,
> 盯着一群小土坑。
> 它们咧开笑嘴,
> 那可是主的恩赐
> (别怕罪行累累!)
> 四下瞅瞅,
> 把你的重罪扔进地底。
> (明早会会天主)

攀爬上来的噪声,伴着可怕的歌声,吓走了地灵,它随着那只红公鹿远去了。绿屏突然分开,一个人向峡谷里探望着草地、池塘和草坡。他是那种镇定练达之人,先扫了扫整个峡谷,然后才细细审视,印证自己的看法。此刻,也只有此刻,他才张开嘴,快乐而严肃地赞许道:

"你可瞧见了,桃源仙境!绿林、清溪、芳草、野坡!真是淘金人的快活场,土著人的洞天福地!凉丝丝的绿意抚慰着你的倦眼!不过这不是为面色苍白的诗人添上红晕的地方。这里是淘金人的秘境,是犟驴的撒欢之地,操!"

他的肤色棕黄,神情豁达豪爽。喜怒哀乐皆形之于脸,内心的变化随时闪现于脸。思想的过程在他的脸上纤毫毕现。在他的脸上,一个又一个的念头闪过,就像一阵阵的风吹过湖面那样毫无遮掩。他发如飞蓬,浑身上下色泽黯淡涩滞,但那双眼睛除外,他全身上下所有的艳丽之精华仿佛都被眼睛吸附进去。这双眼睛是蓝色的,激滟变幻着海蓝、鲜蓝、湛蓝、湖蓝、天蓝……而且,这还是一双盈满笑意与快活的眼睛,荡漾着儿童般的稚气与好奇;不过在这双蓝眼底下也隐含着钢铁般的独立个性,建立于内心历练和外部体验

在峡谷的这颗绿心里，一切都飘飘然。

的坚定意志。

一把镐、一把铲子和一个淘金盆从拉扯不清的藤葛中飞了出来，接着他本人从里面钻出来。他身穿一条晒褪色的工装裤和一件棉布衬衫，脚上蹬着一双钉有平头钉的粗革厚底皮鞋，头上戴一顶不成样子的帽子，由于风吹、雨淋、日晒、烟熏、火燎，帽子早已经奄奄一息。他站直起来，瞪眼探求着峡谷，喜悦涌上脸来，他的鼻孔颤动着，拼命嗅着这个峡谷桃花源里暖暖的芬芳。蓝眼笑眯成了两道蓝线，嘴笑成了一弯新月，他高喊道："跳摇摆舞的蒲公英和快活不过的蜀葵，我的鼻子香喷喷了！别提那帮玫瑰油贩子和古龙香水奸商！他们可没你们棒！"

他喜欢自说自话。变化不定的脸展现他全部的想法和情绪，但舌头却赶不上趟，只能像一只饶舌的八哥，把脸上的东西再唠叨一遍。

这人一下跳进池塘，豪饮着溪水。"请喝桃源水，味道好极了，"他喃喃道，抬起头来。他用手把嘴一抹，盯着池塘那边的草坡，草坡引起了他的注目。他依旧趴着，细细地审视着这座土丘的轮廓。老到的眼光顺着草坡向上爬去直至崩塌的峡壁，而后目光又顺草坡滑回池边。他一下站起来，又开始审视着这个土丘。

他断言："这里看上去很棒。"然后他拿起了镐、铲子和淘金盆。

他敏捷地跳过水中一块块的石头，越过了池塘下游的小溪。在草坡、溪流相交处，挖出满满一铲的泥土，放进盆里。他蹲下来，两手拿着盆子，将它一半浸入水中，随即，灵活地转动着盆子，这样就可以使流水不断地淘洗盆中的泥沙，大而轻的颗粒被筛洗到表面，他老练地把盆子一歪，使这些颗粒溢出盆边。为了加快速度，他干脆把盆子放在地上，用手指镊出大石子与岩块。盆里的泥土很快就变少了，只剩下细土和沙砾时，他开始小心翼翼地淘洗了。这是一种细腻的筛洗，越洗越精细，需要敏锐的观察与精心的触摸。最后，盆里除了水之外仿佛空空如也。但是，当这些水随着一个快速抛出的半圆形动作飞出浅浅的盆边没入溪流之后，盆底里就出现了一层黑沙。这层黑沙太薄了，薄到看上去就像是一片黑漆。他精细地查看着，发现一粒极小的金砂。他压低盆边，让细流慢慢流入盆中，然后很快地一抖，让水冲过盆底，使黑色沙砾滚个不停。这番功夫值得，第二粒微小的金砂闪出来了。

此时，淘金到了精细的顶点——超过了所有通常金砂矿淘洗的精细度。靠近浅浅的盆边，他每次只洗一小部分黑沙，他目光敏锐地查看着每一小部分，在审视过每一颗沙砾之后，他才允许它滑过盆边，从眼前消失。他细心地让黑沙一粒一粒地滑走。即使针尖大小的金砂，只要在盆边出现，他就会灵巧地用水把它冲回到盆底。一粒又一粒的金砂就这样被洗了出来。他细心地看顾着它们。他看顾那些颗金砂，就像牧人看顾自己的羊群，一粒也不丢掉。最后盆底洁净了，只剩下金砂。他数了数，然后，经过了这番艰辛之后，他却将盆里的水一转，金砂就飞出了淘金盆，落入草地。他站起身，蓝眼里燃烧着欲望。

"七粒。"他喃喃道，宣布了自己辛劳而得的金砂数目，却又马上白白地把它们扔进草丛。"七粒。"他重复着，仿佛要把它们刻在脑子里。他笔立在原地，死死地盯着草坡，眼里喷出熊熊的欲火。他为自己的工作而得意扬扬。欲望在心头奔突着，像猎犬嗅到了猎物的气味，恨不得马上就将其咬到嘴里。

他沿着小溪向下游走了几步之后，又铲了满满一盆泥，再次精心淘洗，小心看顾着金砂，计算过数目之后，又顺手把它们抛入溪流。

"五粒。"他自语道，然后重复一遍，"五粒。"

他禁不住再次审视这土丘，之后，在更远的溪边装满了一盆泥土。他盆中的金砂颗粒减少了。"四粒，三粒，两粒，两粒，一粒，"在他的记忆之中，这就是他每次向下游移动时淘洗出的金砂数目的顺序。当只有一粒金砂作为对他淘洗的酬报时，他才就此罢休。随后，他用一些小树枝生起一堆火，把淘金盆插在树枝当中烧烤，直到它变成黑蓝色时，才把它拿出来细细查看。然后他点了下头。以这种颜色为背景，哪怕是最最微小的金砂都绝对不可能逃过他的锐眼。

顺小溪而下。他再次装满了一盆泥土，孤星般的一粒金砂是他的酬劳。第三盆泥土中根本就不含有金砂。但这种情况仍不足以使他信服。他继续向前移动，每移动一尺就用铲子装满一盆泥土，这样他又淘洗了三盆。结果证明：每一盆土里都不含有金砂。面对如此的事实，他好像不感沮丧，反倒兴奋了，而且这种兴奋感，随着此后每一次毫无收获的淘洗，强烈起来。最后他站起身来，大喊道："要这不是真事，我甘愿上帝用青苹果把我的脑袋砸得大包挤小包！"

他又回到了第一次淘洗的地方。这次他溯小溪而上，开始淘洗。开始的时候，他的金砂数目不断增加——增加的数量大得惊人。每次所得的金砂数目要是排序的话，该是"十四、十八、二十一、二十六"。当他在池塘的上游敲打着他那最最富有的淘金盆时，金砂颗粒的数目是三十五粒。溪水带走这三十五粒金砂时，他有点可惜地说："这盆金砂值得保存下来。"

太阳已蹿上了天顶。这人仍忙着。他沿小溪而上，一盆又一盆地洗着，金砂的数目在稳步下降。当满满一铲土里只含有一粒金砂时，他兴奋地说："看样子，不用费劲了。"他又连淘了几盆，没发现任何金砂。这时，他直起身子，豪迈地看一眼草坡。

"啊哈！财神爷！"他嚷嚷着，就像喊话给一位藏在他的上方、这个草坡下面某个地方的旁听人，"啊哈！财神爷！我来也，我来也，我肯定会去你那儿的！你听见我的话了吗？财神爷？我要顶着颗大包挤小包的花椰菜脑袋，疯号着抓住你！"

他转过身，望了一眼正当头顶的太阳。顺着铲土的路线走回去。越过池塘下游的小溪，消失在绿屏后。但他那快活的油腔滑调仍在峡谷里乱打转，致使地灵无法随着静谧回到老巢。

没一会，他又临近了峡谷，铁器与岩石发出大得多的碰撞声，绿屏乱晃着，仿佛在痛苦中挣扎。峡谷中震荡着摩擦声和金属撞击声。此时，这人大吼大叫，随着他的呵斥声，一个宏伟的身躯在绿屏里乱闯着，枝叶纷飞，藤葛噼里啪啦地断裂了，一匹马冲出了绿屏。它的背上驮着个包裹，身后拖着折断的葡萄藤与扯断的爬山虎。这牲口先是吃惊地注视着面前这不期而遇的美景，然后埋头在草地上，满意地吃起来。第二匹马也急匆匆地跑入峡谷。它曾在长满青苔的岩石上滑了一下，因此当马蹄没入嫩草丛中时，它才惊魂甫定。它的背上没有骑手，不过却有一个高鞍头的墨西哥马鞍，由于年代久远，鞍上已是疤痕累累。

这人最后出现，他一边匆忙地卸着包裹与马鞍，一边抬眼观望，寻找宿营地，两个畜生无忧无虑地在草地上吃着草。他从包裹中拿出食物、煎锅与咖啡壶。随后收集了一捆干柴，用几块石头将干柴围起权当炉子使用。

"都是我的了，"他说，"不过我现在饿极了！可以吞下铁屑与蹄钉，太谢谢了，夫人，你又给了我一份食品。"

他站起身，边从工装裤的口袋里掏火柴，边扫视着从池塘到草坡这片区域。他的手指本已抓到了火柴盒，但又松开了，一只空手从口袋里退了出来。很明显这人犹豫了，他看看为做饭而准备的物品，又看看那座土丘。

"我想，我要再试一回。"他下了决心，动身过溪。

"我明白，这没意义，"他歉然地自语着，"不过晚吃一个小时，对任何人都无害，我是这么觉得的。"

从第一次测试金矿的路线前走几尺，他开辟了第二条线路。太阳已偏西，地上的影子已拉长了，但这个人还在忙着。他又开辟了第三条测试线路。他打算横向往草坡上推进，因此随着他不断升高，草坡上就形成了一行行的横线。他从每条线路的中间挖出的泥土含金量最高，而线路两端的泥土经淘洗后在盆子里则看不到金砂的颗粒。当他爬到山腰的时候，线路明显地变得更短了。这种线路长度变短的规律可以用来指出在山坡上的某一地方，最后一条线路会非常短，成了一个点。金点——金字塔的顶点，这个图形正是一个金字塔。正在向金点聚拢的两条边就标志着含金砂泥土的界限。

显然，金字塔的顶点是这个人的目标。他不时顺着正在聚拢的两条边向山上扫视，为的是要预测一下到达金点的距离，而这个金点则是含金砂泥土的极点。财神爷就坐在他的壁龛里——此人就对着山坡上那个想象中的壁龛大大咧咧地讲起话来。他大喊："下来吧,财神爷!你肯定神气活现,为人所爱,下来吧!"

过了一会儿,他斩钉截铁地吐出了一个字:"好。"又过了一会儿,他恶狠狠地说道:"好,财神爷。你明白,我肯定会上去的,而且还要揪着你的金脑袋出来。我会这样干的!我会的!"

每一盆泥土都需端到山下的水边淘洗。越往上,盆里泥土的金砂就越多,他开始把金砂倒进一个烘面粉的空罐里。这个空罐是他无意中放在裤子膝部的一个口袋里带来的。他全神贯注地工作着,暮色中他的身影越拉越长,他已看不清盆底的金砂颗粒了,他才醒悟已至黄昏,黑夜即将来临。他陡地站起身,一脸惊奇。他慢慢自语道:"操,我几乎忘了午饭这码事,真该给自己胸前别一排劳动勋章!"

在昏暗中,他跌跌绊绊地过了小溪,放了一天的那堆干柴,终于被点燃了。烙饼、熏猪肉,再加上重新加热的蚕豆,很快下肚。接着,在火上点燃了一袋烟,他一面抽着,一面静听夜空中的天籁之音,一面看着月下那条银线般的小溪。铺开被褥,他脱下那双沉重的皮鞋,把毯子拉到下巴那儿。月光下,他的脸色惨白,如同一具死尸。不过这可是一具知道自己还会还魂的尸体,因为他突然用一只臂肘支起身子,凝视着对面的山坡。

"晚安,财神爷,明天见。"他喊道,倒下就睡着了。

第二天黎明时分,他仍在熟睡。阳光照到他紧闭的眼皮上,他身体动了动,醒转过来。睁眼看了看四周,才断定自己还活着,认出此时的自己就是昨夜活着的那个人。

对他来说,穿上衣服仅仅意味着把鞋带系上。他瞥了一眼火堆的灰烬,又望了望山坡,踌躇了一下,还是走过去生火。

"穿好你的衬衣,比尔;穿好你的衫衣,"他警示自己,"火烧屁股有什么好?搞得又慌又累,没有用。财神爷就坐在那里。在你吃完早饭前,他不会溜掉的。现在你需要一些新鲜食物。你要去弄些回来。"

在池塘边,他把一根短竿劈开,从一个衣袋里抽出一小段线绳和一只又湿又脏的假蝇饵。这假蝇饵曾是一个极品货。

"一大早就有鱼会上钩吗？当然这也说不定。"他一面自言自语，一面把假蝇饵投入池塘。没一会儿，他就快活地大叫起来："我跟你说了什么，嗯？我跟你说了什么？"

没有卷线筒，也不想浪费时间，全凭着气力，他一下就从水中拽出一条亮光闪闪的鳟鱼，有十英寸长。他又接连钓到三条，这些鱼马上成了他的盘中餐。

饭后他往草坡直奔而去，当他一脚踏上溪中的一块石头时，一个念头突然从心底冒起，他马上停下来。

"我最好去远处下游看看瞧瞧，"他说，"说不定会正有人藏在附近盯着我呢。"

但他仍踩着石头过了溪，只说了句，"我真该看看。"就把小心的念头压了下去，他又开始埋头苦干了。

苍茫时分，他才直起腰。因为一直弯腰劳作，他腰背僵硬得紧。他背过手捶捶正在体内尖叫的肌肉，说道："你觉得怎样，真要命？午饭又早扔到爪哇国去了！要是再不经心，将来我肯定会变成每天只吃两餐的怪物。"

当晚他钻进毯子时，亲热地嘀咕了一句："财神爷可不是好东西，他让人疯掉。"然后他向山上大喊一声："晚安，财神爷！晚安！"

太阳从山后一露脸，他已站起身，他胡乱吃了一顿早饭，马上投入工作。他感到体内有火焰在四处奔突，盆中泥土的金砂不断增多，体内的火焰却丝毫没有减轻。他感觉面颊烧得发烫，但这并非来自骄阳之火。劳累与时间已不存在了。他装满了一盆泥土后，就跑下山去淘洗；然后又蹿上山，一边喘呼呼的，一边咒骂着，同时又装满了一盆泥土。

他与池塘有一百码的距离了，这个金字塔的大小已清晰可见，轮廓明确。三角范围内的泥土宽度在缩减。在他的心目中金字塔的两边延伸至草坡远处的会合点了。这就是他的目标——金字塔的顶点。为了那个金点，他一次又一次把土装满淘金盆。

他断定："就在那丛石楠树上方大约两码、偏右一码之地。"

随即走捷径的诱惑占据了心灵。他不再进行艰辛的横向探掘，而是爬到自以为测出的金点，说道："就像脸上的鼻子那样清楚。"他装满了一盆土，端到山下淘洗。泥土中不见金砂的痕迹。他挖向深处，又在浅处刨，装满了十二盆泥土，又一一淘洗了这十二盆泥土，甚至最最微小的金砂都一无所见。他为自己屈从于走捷径的诱惑而勃然大怒，既而大骂神灵又诅咒自己。随后，他向山下走去，继续横向探掘。

"一步一步地走，比尔；一步一步地走，"他哼哼道，"财神爷手到擒来，你没这个命，现在服气了吧。放聪明点，比尔，放聪明点。步步为营这才是你的命，还是它靠得住。"

横向探掘的线路变短了，这表明金字塔的两边正在聚拢，而同时它的深度增加了。金砂的踪迹已潜入草坡下。在距离表层三十英寸的泥土里，才能淘到金砂。他发现，距离表层二十五英寸到三十五英寸的泥土经过淘洗后往往一无所获。在金字塔的底部、靠近水边的地方，他发现草根处的泥土含有金砂。越往高处走，金砂就沉得越深。现在要掘地三尺深，才能挖到金砂，这个工程量就不小了；而在他与那个顶点之间要挖多少个坑、要挖多深则不得而知。"谁知道它会钻到哪里去。"他停下来，叹了一口气，用手揉了揉酸痛的后背。

心中的欲望，后背的酸痛，加上肌肉的僵硬，使他觉得全身燃烧起来。但他仍使劲地刨着，把草坡下的软土全翻过来，一步一步地向上挖掘。前面是平整的草坡，草坡上点缀着各色花朵，弥漫出阵阵的花香。而他身后则一片狼藉，仿佛这土丘发生了火山爆发。他缓缓前进，犹如一条巨大的鼻涕虫在爬行，身后留下一条丑恶的印迹，犹如在峡谷的绿心之上剖开一条伤口。

金砂的痕迹向深处潜去，工作量大了，但盆里的金砂多起来，这使他稍感快慰。二十美分，三十美分，五十美分，六十美分，这些是他各次盆中金砂的价值。黄昏降临，他淘到一盆极佳的金砂，在满满一铲的泥土中他得到了价值一美元的金砂。

临睡前，他把毯子拉到下巴上迷迷糊糊地自语道："我敢说，要是某个'包打听'溜到我的金牧场上,那我的'好'运就到了。"

他一下直挺挺地坐起身,"比尔!"他高喊道,"现在听我说,老弟,你一定要听着!明早你该到各处去晃一晃,看一看。懂吗?明早,别忘了!"

他打了个大大的呵欠,瞥了一眼对面那个心爱的山坡。"晚安,财神爷。"他喊道。

一大早,太阳还没出世,他已吃完了早饭,在峡谷壁上攀缘着,晨光淡淡地照在他身上。他从一大堆倾圮的谷壁攀上去。站在峡谷最高处,他发现自己被无边的孤独所包围。一层层山峦犹如凝固的黛色波涛。他向东望去,真是"峰峦如聚,波涛如怒",在黛色的群峰之上,耸立起一座白色的山头,在这里,西部世界的擎天一柱刺破青天。在北边与南边,山脉纵横交错,它们扰乱了这片山海的主流。西边的山脉向远方倾斜下去,一山一山地矮下去,山峦越来越小,渐成小丘,而这些小丘仍向下倾斜,消失在他看不到底部的巨谷之中。

在这片荒荒莽莽的大地之上,不见人迹,也看不到人工物——除了脚下那个被他剖开一道伤口的绿心。他细细地审视着峡谷。峡谷深处,他觉得袅起一缕隐隐的青烟。他死死地盯着那儿,最后断定那是峡谷紫烟,由于峡谷的映衬,因此云雾颜色很深。

"嗨,你,财神爷!"他朝脚下的峡谷喊道,"站出来吧!我来也,财神爷!我来了!"

他脚上的粗革厚底皮鞋使他的腿脚看上去很笨拙,但他轻巧敏捷得就像一只山羊。他从那山崖高处蹲下来,悬崖边上的一块岩石正在他的脚下转动,他毫不慌乱,似乎明白岩石转动到一定时候才会引起麻烦,他脚一点,想以此为支点,跃入安全地带。然而这块岩面极为陡峭,片刻立足都不可能,不过他并不犹豫,一只脚点上了那不牢靠的岩面,只是为了在性命攸关之际立一下足,起跳前跃。但是,下个立足之处没了,于是他抓住突出的岩石、一道裂缝,或小灌木,利用一刹那的依托,纵身荡过去。最后,他一声大吼,猛然一跃,谷壁崩塌了,他顺着几吨下滑的泥砂,滚落而下。

从清早挖出的第一盆泥土里，他淘出价值超过两美元的粗金砂。这盆泥土是从金字塔的中心线上挖出来的。从中心向两边延伸所挖出的泥土价值迅速衰减，横向挖坑的线路变得很短，金字塔的两边就要汇聚在一起，此时相隔仅仅几码。金点就在他上方仅仅几码的地方。不过含有粗金砂的矿脉在土里却越藏越深。午后，他要挖五尺深的坑才有可能从盆里的泥土中发现金砂的脉络。

这条金砂脉络的内涵已经超出了脉络这两个字本身的含义，它自身就是一个金矿，因此他决定在挖到金矿源头并把那里劫掠一空之后再回到这儿来。不过，每盆不断增加的财富令他不安。暮色降临，盆里的价值已到了三四美元。他惶惑地抓着头，看着上面几尺远的石楠灌木，这个灌木丛差不多就代表着金字塔的顶点。他点了点头，然后意味深长地说：

"这是二中选一，比尔；二中选一。不是矿脉消散，财神爷被请下山，就是你设法把他那该死的财富抢光。"想到这种快活的进退两难，他莞尔一笑。

溪流边，暮色把他笼罩住了，他的双眼正与金砂上的那团黑暗激战，这盆金砂价值五美元。

"要是有一盏电灯，就可以挑灯夜战了。"他说。

那个夜晚。他翻来覆去，无法安眠。他一次又一次迫使自己的心静下来，闭上双眼，以便进入梦乡，但全身却热血沸腾。他禁不住一次又一次地睁开双眼，哼哼道："现在要是太阳出来，那该多好。"

他终于进入了梦乡。繁星渐渐寥落时，他又睁开了双眼。一吃过早餐，他就直奔财神爷的隐秘住地，此时，天边刚刚展开灰白的黎明。

他展开了今天初次的横向探掘。这一行只有三个坑的长度，金砂矿脉已收缩到如此程度，跟踪追击了四天，金矿源头已近在咫尺。

"镇静，比尔，镇静。"当他挖掘最后一个坑时，他警告着自己，因为在这个坑，金字塔的各边终于交汇成一个金点。

"我已抓紧了你，财神爷，你休想溜掉。"坑洞越掘越深，他反复唠叨着。

四尺，五尺，六尺，他已全身钻进土里，挖掘越来越难了。镐头碰在一块破碎的岩石上发出"当"的一声。他查看着这块岩石。"风化的石英。"他断言。他用铲子清除坑底的松土。接着他用镐向这块就要分崩离析的石英发起了进攻，从有裂缝的地方用镐把它敲开。

他把铲子插进松松的土里，眼光突然碰到一道金色微光。他扔掉铲子，一下跪在地上，像一个农民擦掉粘在新出土的马铃薯上的泥土那样，他双手拿着那块风化了的石英把上面的泥土搓掉。

"维多利亚女王的王冠也不如它啊！"他高喊道，"一块一块金子！一块一块金子！"

他手里只拿着半块岩石。其余的那半块是纯金。他把它扔进盆里，然后检查另外一块。他看到了一点点金色，就用有力的手指把风化的石英一点一点掰掉，直到两只手上捧的全是闪闪发光的金子，他一块接一块地把那些碎块儿上的泥土擦掉，每擦完一块就把它扔到淘金盆里。这真是个聚宝盆。这块岩石上的石英大都已风化掉了，因此就整体岩石结构而言，石英少于金子，时不时地，他就可以发现没有岩石附着其上的一块金子——一块纯金。此刻，他正用镐头从中间敲开了一块金子，他捧着这块金子，就像捧着一把闪光的黄宝石。他歪着脑袋看着它，慢慢地把它翻过来又转过去，观察着它那细腻的光色。

"别夸你们那儿金子棒极了！"他鼻子哼哼道，"跟我的矿相比，你们的矿只值三十美分。我的矿挖出来的是纯金，无须淘洗，就在这儿，此刻我把这个峡谷命名为'赤金峡'，呃！"

他仍跪在地上，一一检查着那些碎金块儿，把它们一一扔进盆中。

突然某种危险的预兆扑了过来，好像一个阴影罩住了身子，虽然实际上并无阴影，他的心几乎从喉咙里蹦了出来，他感到喘不过气来。接着，沸腾的热血一下降至冰点，他感到汗得透湿的衬衣冰凉地贴在肉上。

他没跳起来,也没回头,而是一动不动。他在判断这种预兆,想弄清预警来自何方,力图感知那个危险的存在。四周浮动着一种敌意的氛围,天地以异常的方式让此人感受到这种氛围。这种氛围他察觉了,却不知是如何察觉的。那种感觉犹如一片阴云飘过太阳。仿佛在他与生命之间有某种阴森、险恶的东西穿了过去;一种阴郁的存在,吞噬着生命,促成死亡——他的死亡。

他身上全部的本能驱使他跳起来面对那看不见的危险,但他的灵魂仍控制着这种恐慌的本能,他仍然跪着,双手托着一大块金子。他不敢回首,但他明白在他身后,他的后上方有个什么东西。他假装对手里的金子爱不释手,看过来,看过去,擦掉粘在上面的泥土。他明白他后上方的那个东西正从他身后盯着这块金子。

他做出一副欣赏的神情,实际上却在紧张地倾听,他听到了身后那个东西的呼吸声。他头未动,两眼却转个不停,为的是找到一件武器,但满地只是挖出来的金子,此时,它们毫无用处。镐躺在那儿,必要时倒是一件称手的武器,但此刻也无用处。他明白情况不妙,他正待在一个七尺深的狭坑里,头部够不到地面,准确地说他掉到了自掘的陷阱里。

他仍跪着,看上去很平静,大脑却在飞速运转;一个个方案提出,一个个被否决,毫无补救的办法。他不断从一块块石英碎块儿上擦掉泥土,然后把它们扔到盆里。就他而言,只能干这个。他明白,他要站起来,这只是个时间问题,时间在推移,逼近了拼搏的一刻——一想到这点,汗津津的衬衣又冷飕飕地粘在肉上——否则他就要趴在自己的金子堆上送命。

他仍跪着,一面擦掉金子上的泥土,一面踌躇该怎样站起来。他可以猛地站起,奋力爬出坑外,去对付那个站在坑外的危险东西。或者,他装作毫无察觉地站起身来,似乎无意中发现那个待在他背后的东西。他的本能赞同奋起一搏的方式。而他的理智则赞同慢慢周旋。两种力量正在内心交战时,耳边,一声轰响。同时,左背被猛击一下,他感到一股火焰穿过身体。他腾空跃起,但还来不及站稳就倒下去,身体向里扭曲,就像一片遇热卷起的枯叶。他跌落在坑里，胸部压在淘金盆上，脸埋在泥沙与碎石中，坑底不大，两条腿蜷在一起。他的腿抽动了几下，身体颤动着，就像患了重疾。肺部舒缓开来，他深深地、慢慢地吐了一口气，身体就慢慢地摊开，然后不动了。

土坑上面出现了一个人，握着左轮手枪，从上面往下看着。他紧盯着下面那个趴着的、一动不动的身体。过了一会儿，这个陌生人在坑边坐下来，这样他可以看到坑的内部。他把枪放在膝上，手伸进口袋，掏出一张褐色的纸条，在纸条内放入少许烟叶，卷成一支短粗的香烟。但他一直没有把目光从坑底的这个身体移开。他点燃了香烟，把烟轻轻地吸入肺部。他慢慢地吸着。烟灭了，他就会重新点燃。他一直都在琢磨着他下面的这个身躯。

终于他扔掉烟蒂站起身来。他走到坑边，横跨在上面，两只手分别放在坑的两边，右手仍然握着那把左轮手枪，借助于臂力，他探身向下进入坑内。离坑底还有一码的距离时，他松开双手，落下去了。

双脚刚触到坑底，他看到采金人的双手猛地蹿上来，他感到双腿突然往下一沉，就摔了下去。就在双腿一沉的刹那，握枪的手又猛地挥下来，他扣动了左轮枪。坑内枪声震荡，烟雾弥漫。他的背部撞到了坑底上，那个采金人像只黑猫一下扑在他身上。不过在采金人的躯体压向他的头时，陌生人内弯的右手又开了一枪；说时迟，那时快，采金人用肘子一顶，击中陌生人手腕。枪口往上一飘，喷出一声轰隆，子弹打入土里。

迅即，陌生人感到采金人的手一下抓紧了他的手腕，现在生死的关键就是那把手枪的控制权了。那把枪，在费尽力气的两个身体间来回摇摆着。坑里的烟淡了，这个陌生人仰面躺着，双眼终于影影绰绰能看东西了。一把泥土，扑面而来。他的双眼一片黑暗。心里一慌，紧握着枪的手松了一下。随后，一种粉碎性的黑暗落进他的脑子，他感到自己正向黑夜深处坠去。最后，黑暗也不见了，一切空空荡荡。

采金人不断地射击，直到子弹打光。然后把枪扔了出去，喘着粗气，一屁股坐在死人的腿上。

采金人呜咽着，大口大口地喘息着。"奸贼！"他气喘呼呼地说，"跟踪我，让我出苦力，最后还在背后给我一枪！"愤怒加上精疲力竭，他的整个脸扭曲成一种半哭半笑的表情。他盯着死人的脸。脸上粘满泥沙，很难认出此人的相貌。

"从没见过这个家伙，"采金人瞅了半天之后，断言道，"只是个小蟊贼，该死！不过他居然在我背后开枪！朝我后背开枪！"

他解开衬衣，摸了摸身体左侧的前胸与后背，"穿得很清爽，不过不在要害！"他兴奋地大叫，"我打赌，他瞄得准极了，准极了。但是扣扳机时枪口上翘了——这混蛋！不过我已经宰了他，宰了他！"

他用手指摸摸身上的子弹洞，脸上滚过一阵懊丧，"这里马上要开始难受了，"他说，"它提醒我离开这儿，包扎一下。"

他爬出坑外下了山，回到他的宿营地。半个小时后他又回来了，同时还牵着马，敞开的衬衣露出简陋绷带。身体左侧动起来看来很费力，但这并不影响他使用左胳膊。

他把绳子套在那个死人的身上，把尸体拽上来，扔到坑外。然后他开始收集坑底的金子。他有条不紊地辛劳了好几个钟头，不过经常停下来，歇一口气，摸摸那用绷带绑得紧紧的肩膀，而且总要大喊："他从背后打我，奸贼！他从背后打我！"

他把金子清扫一空，稳稳当当地包成许多包裹，并在这些包裹上盖上毯子。他估摸了一下这些金子的价值。

"一定有四百磅，要不我就是个蛮子，"他判断道，"就算石头与土占了二百磅吧，还剩二百磅的金子，比尔！醒醒吧！二百磅金子！四万美元！它们是你的——全是你的！"

他兴奋地挠着头，无意中手指摸到一个陌生的槽道。他顺着摸下去，大约有几英寸长。这是第二粒子弹擦过头皮时留下的一道痕迹。

他走向地上的那个死人，对死人怒目而视。

"你想打死我，对吗？"他怒气冲冲地说，"你想打死我，呃？好吧，我已好好地宰了你，还要好好地把你葬下去。你为我做的，可没有我为你做的多。"

他把尸体拖到坑边，推了下去。坑底，传出一声闷响。尸身侧卧，面部向右扭曲。比尔居高临下地瞪着它。

"你从背后打我！"他谴责道。

他用镐和铲子把坑填满，然后把金子放在马上。这些金子对这匹牲口来说，实在是不能承受之重，到了宿营地后，他就把一部分金子放在另一匹马上。尽管这样，镐、铲子与淘金盆，多余的食物与炊事用具，还有好几件零碎用品全都不得不留在峡谷的绿心里。

当他赶着那两匹马走到葡萄藤与爬山虎交织成的绿屏时，太阳已升到中天。为了爬上那些大石块，这两匹马不得不抬起前腿，东摇西晃地穿过那一大片交织在一起的藤蔓。有匹马重重地跌倒在地上。为了让它站起来，他卸下了包裹。

当它又开始前行时，他把头从枝叶中钻出来，向上瞧瞧那个山丘。

"奸贼！"他说道，消失在绿屏里。

一些葡萄藤和枝丫被拉掉或从中折断了。这些前后摆动着的树木显出了那两匹马的行踪。铁蹄踏在石头上的碰撞声以及时不时传出的骂声与厉声的呵斥在山谷中回旋着。同时还可以听到他在唱着小调：

> 转过你的脸，
> 盯着一群小土坑。
> 它们咧开笑嘴，
> 那可是主的恩赐
> （别怕罪行累累！）
> 四下瞅瞅，
> 把你的重罪扔进地底。
> （明早会会天主）

歌声越来越渺茫，寂静重新笼罩峡谷的绿心。那条小溪又打着盹，时而发出梦中的呓语；花里的野蜂又响起了慵懒的嗡嗡声。白杨的白絮在沉沉的香气中飘然而行，蝴蝶在树丛中翩翩而飞，万物闪耀着太阳宁静的光辉。草地空留马行处，残损的草坡表明有过生命的红尘之乱，这生命的争斗已远去。

桃花源仍是桃花源。

墨西哥人

一

没人知道他的过去——起码地下党人不知道。他是一个"小鬼",但他又是一个"大爱国者"。他用独到的方式,为临近的墨西哥革命而拼搏,投入程度不在他们之下。他们明白这一点时,已经很晚了。

地下党人没一个人亲近他。他头一次挤进他们那忙碌的房间时,他们全都怀疑他是个暗探——是被迪亚士秘密警察收买的走狗。他们有多少同志囚禁在美国各地的监狱里。有一些囚犯被押过边境,在土墙边,排成一排,然后被射杀。

第一眼看去,这小伙子可没给他们留下什么好印象。他不会超过十八岁,个子小小的。他说自己叫里维拉,只想为革命干事。就这些,不再多吐一个字,不再解释。他站在那儿,等着,嘴角没有一丝微笑,眼中没有温和的神情。维拉忍不住打了个寒噤,他是个身材高大、脾气刚烈的人。他感觉这小伙子是一个凶猛难测的存在。

小伙子的黑眼犹如蛇目,喷溅出毒光。这目光燃烧着冰冷的火焰,里面积淀着巨大的怒与苦。他的目光检视着一张张密谋革命人的脸,然后落到打字机上。塞丝夫人正忙着打字。他的目光在她的脸上憩息了一会儿，她感受到目光的压力，回头一看，双方的目光瞬间相碰——她蝴蝶般翻飞的手停止了，她有一种说不出的感觉，等她回过神来，竟忘了已打了一些什么，只好重读一遍她已打好的部分。

维拉看了看阿里拉诺和雷蒙斯，目光里带着一连串问号，而他们射来的目光也挂满问号。看来他们同样看出了自己的心神不安。这个细瘦的男孩令人捉摸不透，充满危险，大家还不了解他。不是你说痛恨迪亚士和他的残暴，就能让你进入革命的阵营。这孩子身上带着一些他们说不出来的异样，但维拉这个激烈、敏锐的人先开口了。

"好极了，"他冷峻地说道，"你说你想参加革命，行，把外套脱下来，挂到那边去，我来示范——过来，这儿有水桶和外衣。地板脏极了，你就开始擦地板吧，除了这间还有其它房间的地板也要擦洗。痰盂也需要清洗。这些干完后就擦窗户吧。"

"这都是为了革命？"男孩问。

"是为了革命。"维拉回道。

里维拉强忍着疑惑看看他们，接着脱掉外套。

"这不错。"他说。

再不多一句。他日复一日地来上班——扫地，擦地，洗刷，那些四处奔忙的人们尚未坐到办公桌前，他已倒空炉灰，加好煤，生好了炉子。

一次，他问："我能睡在这里吗？"

噢！这就对了——迪亚士暗探的尾巴可掉出来啦。睡在地下党人的屋子里，就意味着他想刺探他们的机密、名单，还有那些墨西哥大地上从事地下活动的同志们的住址。这个要求遭到拒绝。里维拉从此不再说起。他们不清楚他睡在哪里，吃饭在哪里还有吃些什么。阿里拉诺曾给过他二块钱，里维拉摇头拒绝。维拉参加进来，想硬把这二块钱塞给他时，他说："我在为革命服务。"

干革命也需要金钱。地下党人总是缺钱。革命者们饥寒交迫，日子难熬，而且有几次几乎就缺那么几块钱，革命就要停止或完蛋了。有那么一次，房租有二个月没交，房东就咆哮着要把他们扫地出门。里维拉，这个擦地板的男孩，这个浑身破衣烂衫的男孩，却把六十元钱放在塞丝的桌上。还有一次，三百封由打字机噼噼啪啪打出的信，因没有邮票，放在那里寄不出去（这些信是求助信。这些信呼吁得到劳工组织的承认；请求报界给予革命以真实的报道；抗议美帝国主义的强权等）。维拉的表不见了——这块老式金表是他父亲的遗物。还有，塞丝的赤金戒指也不见了。但还是无济于事。雷蒙斯和阿里拉诺陷于绝望，手扯着自己的长胡子。信必须发出去，但邮局不再赊给他们邮票了。此时里维拉又站出来了，他戴上帽子出了门。回来时，他将一千张二分面额的邮票放在了塞丝的桌上。

"这钱，我担心不干净，怕是从迪亚士那里搞来的？"维拉向同志们说道。

他们眉毛向上扬了扬，无法判断。里维拉，这个为革命擦地板的小工，时常会放些金银之类供地下党人用。但地下党人们却怎么也不能喜欢他。他们不了解他。他和他们不一样，他不相信任何人，一切旁敲侧击的探究都令他厌恶。他年轻气盛，没人敢开门见山地去问他。

"一个精灵，巨大而孤独。也许吧，我不懂，我不懂。"阿里拉诺无奈地说。

"他不属于人类。"雷蒙斯说道。

"他的心灵已枯焦了，"塞丝说道，"光明与欢乐已在他体内烧尽；他已经死去，但又令人恐怖地活着。"

"他来自地狱，"维拉说道，"不是从地狱升起的灵魂，不会如此——他还是一个孩子。"

他们仍不喜欢他。他从不张嘴，不问任何事，不作任何建议。当他们谈论革命，谈得群情激奋之时，他只站在一旁听着，脸上不起一丝涟漪，犹如死尸。只有双眼，喷溅出一道冰冷的烈焰。那道冰焰总是从这张脸"烧"到那张脸，从这个说话者身上"刺"到另一个说话者身上，犹如白冰的手钻，直钻向人心深处，令人忐忑难安。

"他不可能是密探,"维拉向塞丝吐露心声,"他是一个爱国者——记住我的话。他是我们当中最卓越的爱国者,这一点我很清楚。这是我的直觉,是我用心灵感受到的,尽管我对他毫不了解。"

"他的脾气很坏。"塞丝说。

"我明白,"维拉说道,不由得颤抖了一下,"他那双眼睛盯着我,那眼中没有爱,而是威慑,就像林中猛虎。我很清楚,假如我要是对革命不忠心的话,他会干掉我。他无心无肝,像钢铁般无情,像霜花一样锐利、冰冷。当你躺在孤峰之顶,冻馁交加,临终之时,他就是照在你身上那一丝寒冬的月光。我不在乎迪亚士和他所有的刺客。但这个男孩,我怕他,真的,我怕他。他是死亡的化身。"

尽管如此,正是维拉开始劝告其他人信任里维拉。洛杉矶与南加州之间的联络中断了,三位同志壮烈牺牲,另外两个被囚禁在洛杉矶的监狱里。阿尔维拉多——联邦司令官,一个恶魔,他把他们所有的安排打乱了。他们无法与那些革命者联系上;无法与南加州那些行动起来的革命者挂上钩。

里维拉接到指令,马上奔向南方。回来时,联络线重建起来了。而且阿尔维拉多死了。人们发现他死在床上,胸上紧紧地插着一把刀。指令中并无这样的安排,但他们知道他行动的时间。他们没问一句,他也一言不发。他们面面相觑,心底在揣摩。

"我告诉过你们,"维拉说道,"迪亚士怕这个青年,比对任何人都怕。他从不宽恕。他是上帝派来的人。"

里维拉的脾气很坏。塞丝说过,大家也深有同感。其实不要说感觉,只要看看他的外貌就可以了解一切。他时常嘴巴破裂,脸颊青黑,要不就是双耳红肿,很明显他在打架斗殴。至于他一个人在何处吃、住、赚钱,以及在何处斗殴,他们一概不知。随着时间的推移,他开始为他们每周出版的革命传单排字。但是他时常无法工作,或是他的指关节紫肿或被打烂,或是他的大拇指受伤。当他一只胳膊吊在身体一侧,脸上露出难言的痛苦时,他无法排字。

"流氓。"阿里拉诺说道。

"烂仔。"雷蒙斯说道。

"可钱呢？他的钱从哪里来的？"维拉问道，"就说今天吧，我刚知道，是他支付了白纸的账单———一百四十元。"

"有时他连个影子都找不到，"塞丝说道，"他从不说他上哪儿去了。"

"派个密探跟踪他。"雷蒙斯提议道。

"我倒不怕去当那个密探，"维拉说道，"但就怕你们从此不能再见到我了，那也不错，省掉了一笔送葬费。他具有骇人的激情，这心灵的激情连上帝都无法扼制。"

"在他面前，我倒像个孩子。"雷蒙斯软了下来。

"对我来说，他就是威力———一个猿人，一匹野狼，冲来的响尾蛇，要叮人的蜈蚣。"阿里拉诺说道。

"他是革命的化身，"维拉说道，"他是革命的烈焰、精灵，是从不停息的无言呐喊，是冲出黑夜监守的毁灭天使。"

"我会为他哭泣，"塞丝说道，"他不认识任何人。他恨一切人。他忍受我们，是因为我们是实现他宏愿的大道。他遗世独立，……遗世独立。"她抽泣起来，泪珠一串串滚下。

里维拉的行踪确实怪异，有时他们一周都见不着他。还有一次他竟离开了一个月。他回来时，大家总是向他脱帽致意。没有任何吹吹拍拍与夸夸其谈，他把金币放在塞丝的桌上。于是，又是数天，数个星期，他和地下党们成天待在一起，然后又突然失踪，从清早到傍晚都不见人影。也有这种时候，他早上来得很早，晚上走得也很晚。阿里拉诺还曾发现过他半夜排字。他的手指关节有了新的红肿，或是嘴唇上又有新的重创，还在渗血。

二

十万火急的时刻来了。革命能否发动起来就要看地下党人了。地下党人受到空前的压力，他们对钱的渴求超过以往任何时候，但钱却更难弄到。爱国者们已把他们口袋里的最后一个铜板都掏了出来，再也拿不出一文了。工段养路班的劳工们———从墨西哥逃出的苦工们———从他们那菲薄的薪水里抽出一半贡献给革命，可是杯水车薪,排除万难,谋划已久的劳作眼看就要大功告成,时机已成熟了,革命到了关键一刻。只需再推一把,再坚持一刻,革命就会跃过天堑走向胜利。他们了解他们的墨西哥。一旦革命启动,就自行运转起来。而整个迪亚士的国家机构会像纸板房那样分崩离析。边界上已闹腾起来,一个美国佬率领一百来号世界产业工人联合会的人正等待命令,冲过边界占领南加州,但他们需要枪支。从边界一直到大西洋,地下党人与他们所有的人都取得联系,他们都需要枪支。这些人是一些纯粹的冒险家、雇佣兵、流寇、怨气冲天的美国工会会员、社会主义者、无政府主义者、无赖、墨西哥流亡者、铁蹄下逃生的苦工们,还有那些从科尔·帝·爱伦及科罗拉多牛栏里跑出来、只想报复社会而纠集在一起的矿工们——所有的流浪汉以及为当今世界上所遗弃的狂野之灵。他们在叫喊:我们要枪,要子弹。要子弹和枪——永不停息的吼叫。

情急之下,只好派这支龙蛇混杂、声名狼藉、渴望毁灭的集团去冲越边界。革命的烈火在燎原,海关大楼,北部港口将会被占领。迪亚士是抵抗不了的。他不敢派重兵来镇压,他必须守住南方。但革命的烈火终将烧到南方,革命无罪,造反有理。一座座城市将被占领。一个个州的政权将被推翻。最后,墨西哥城将被革命的部队重重包围起来——迪亚士的最后老巢将陷入革命人民的汪洋大海之中。

但钱呢?他们中有些人已急不可待,要充当革命的枪杆子。地下党人认识一些军火商,但为了闹革命,地下党人如今已是山穷水尽,连最后一块钱都用了出去。一切来源都干枯了,饥饿的爱国者们已经榨尽了身上的最后一滴油水。但伟大的冒险还在如火如荼地进行,悬鹑百结的部队必须武装起来。可拿什么去武装部队呢?雷蒙斯叹息他那过早贡献出来的地产;阿里拉诺叹息青春年华就这样浪掷。塞丝疑疑惑惑,或许他们以前再节省一点,事情就大不一样了。

"想想看,解放整个墨西哥,成败竟取决于几千块钱这个细节上。"维拉说道。

一个消息刚刚来到,他们陷入一片绝望之中。阿马利诺,他们最后一根救命稻草,一个刚加入的革命者,他答应出钱,却在他自己的奇华华庄园里被逮捕并靠在他自家马厩的墙上遭枪杀。这个时候,跪在地上的里维拉抬起头,他本来在擦地板,现在停住手,两只光胳膊上沾满了肥皂泡与脏水。

"再有五千元,革命就能成功?"他问道。

大家全都大吃一惊。维拉点点头并咽了口口水,他说不出话来,但马上信心大增。

"快去订枪吧,"里维拉说道,又滔滔不绝地说了一通,他们从未听他说过如此多的话,"时间很紧。三星期内我将带五千块钱给你们。就这么办。到那时,气候对于那些战斗的人来说会更暖和。而且,这也是我所能做的最好的事。"

维拉不敢抱太大的指望,这实在匪夷所思。自从他摆弄革命这个游戏以来,已有太多的美梦终化泡影。他相信这个不起眼的革命小工的话,但又不敢在他身上寄托希望。

"你发疯了。"他说道。

"三星期内,"里维拉说道,"订枪去吧。"

他站起身,把卷起的袖子放下,穿上外套。

"订枪,"他说道,"我这就走。"

三

凯利打了无数电话,满口咒骂,忙得乱转,晚上,会议终于在办公室召开了。凯利办事干净利落,可这回却触了霉头。他把沃德从纽约请过来,安排他与卡西比赛。三星期过去了,离比赛只剩两天了,可在这节骨眼上卡西却被人打趴下了,伤势严重,他们偷偷摸摸地躲过了跟踪追击的体育记者,但没人代替他。凯利风风火火地和东部各个够格的轻量级选手打电话,但他们都因日期或合约而无法参赛。现在冒出了新的希望,尽管这希望不大。

"你他妈的吃了豹子胆!"凯利朝里维拉吼道。一打照面,凯利就咆哮了。

里维拉脸上一无所动,眼里却喷出残忍的怒火。

"我能打败沃德。"他只吐出几个字。

"你怎么这么肯定?你看过他拳击吗?"

里维拉晃晃头。

"他闭着双眼,用一只手就能把你揍扁。"

里维拉耸耸肩。

"你还要说什么?"拳击主办人吼道。

"我能打败他。"

"你还跟谁比赛过?"迈克问道。迈克是主办人的弟弟。他开了几家"黄石"赌场,光拳击赛,他就捞了几笔。

里维拉无语,瞪了他一眼。

主办人的助手,看来是位运动员,他冷笑一声。

"那么你和罗伯茨很熟吧?"凯利打破这充满敌意的沉默,"他本该在这儿的,我已派人去找他了。坐下来,等一等。从你的外表看来,我想你不会有这个比赛的机会。我不会让公众把钱扔在这种低水平的拳击赛上去。比赛场外围的位置都卖到了十五元一张,这你清楚。"

又高又瘦的罗伯茨来了,略带醉意,一身萎靡,走起路来就像他说话那样慢条斯理。

凯利直奔主题。

"瞧这儿,罗伯茨,这就是你吹牛找到的那个小墨西哥人。你知道卡西的手指断了。那么,这个又小又黄又瘦的排骨仙,居然敢跑到这里来,说他要替代卡西,是这么回事吗?"

"是这么回事,凯利,"他还是一副慢条斯理的样子,"他能上场。"

"我想你会说下次他准能击败沃德。"凯利尖叫道。

罗伯茨好好想了想。

"不,我不会这样说,沃德是一流高手,常胜将军。但他也别想三下五除二就把里维拉击倒。我了解里维拉。谁都不能让他发怒,我从没见过他发怒。他是左右开弓的高手,可以从任一角度出拳。"

"别说了。他能进行那种比赛吗？你这辈子都在调教和训练拳击手。对于你的眼光我脱帽致敬。但是他能让公众花钱买他的赌票吗？"

"肯定能，他会逼得沃德拿出所有的绝活来。你不了解那小子。我了解他，是我发现他的。他从不动怒，他是一个凶灵。任何人要问你的话，你就说他是个奇才。他会使沃德突然警觉起来，明白是在跟一个当地的天才比赛，也同样会吊起你们这些人的胃口。我不能说他定会战胜沃德，但他将会显示他是未来的冠军。"

"好，"凯利转身对他的助手说，"给沃德打电话。我先前对他说过，要是我认为合适，他就一定要出场。他现在正在黄石河那边寻欢作乐呢。"凯利转回到空调旁，"喝一杯，怎么样？"

罗伯茨呷了一口掺有姜汁啤酒的威士忌，松弛下来。

"我从来没告诉过你，我是如何发现这小子的。两年前，他游荡在我们的屋子外。我当时已决定让普拉耶准备好与迪兰尼对打。普拉耶是个暴徒。他的天性残忍至极，他把陪练的人打得惨极了，我满处抓不到一个愿意陪他练的拳击手。我注意到了这个在四周打晃、肚皮干瘪的墨西哥小子。我当时不管三七二十一，一把揪住他，让他戴上手套，把他推入场内。他比生牛皮还粗硬，就是身体太弱，况且他连拳击的最起码的知识都没有。普拉耶把他揍得稀巴烂。在他晕倒之前，居然还招架住了残暴的两轮比赛。为什么晕倒？只是因为太饿了。他已被打得不成人样。我给了他五角钱和一顿饱饭。你们该来看看他当时是怎样狼吞虎咽的。他已有两天没吃一口东西了。我想打那以后他再也不会来了。但第二天，他又来了。尽管身体僵硬，而且疼痛不堪，他还是来为五角钱和一顿饱饭而拼搏。时间长了，他越打越棒。他是一块冰，自从我认识他以来，他说的话从来没超过十一个字，他还帮我锯木头，打工。"

"我见过他，"助手说，"他为你跑腿。"

"所有的棒小子都跟他打过，"罗伯茨接着说，"而且他从他们身上学到了不少东西。我知道他能打赢一些人。但他的心思不在这上头。我琢磨他从没喜欢过这项运动。他好像只是为了混口饭吃。"

"几个月前,他才在地方小俱乐部里胜过几场。"凯利说。

"没错。但我不明白是何物打动了他,他一下用心了。简直就是一道雷电,地方拳击场被他扫荡一空,所有地方选手都被打得一败涂地。他拳击好像是为了钱,他也的确赢了一些钱。但从他还是穿着破衣烂衫来看又不像为了钱。这是个怪种,谁都不清楚他的事;谁都不清楚他怎样过日子。即便干活时,他都像在想着什么。差不多每天只要活一完,他就不见了。有时一连几星期连个人毛都捞不到。别人的忠告他只当耳边风。谁要是当了他的经纪人,准能发笔小财,但他对这些漠不关心。当你跟他谈条件时,你就会看见他伸出手来要钱。"

这时,沃德前呼后拥地来了。他的经纪人、教练都到了。他看起来如一股令人迷醉的春风,显得那么天性善良,让大伙为之倾倒。他四处问候,跟这个逗个乐,向那个微笑挥手,或与某个人开怀大笑,这是他的处世之道。真情实意在无数的动作里只占那么一丁点的位置,他的表演不赖,他深深明白要想混成大腕,那么予人暖意、潇洒大度乃是捷径。但在灵魂深处,他是个冷酷的铁拳手和奸商,别的全是假动作。那些了解他或与他交过手的人说,到关键谈判时,他总是亲自出马,参与全部商务谈判。有些人发誓说他的经理两眼一抹黑,他的用处就是像一匹驴一样,大声重复沃德的话。

里维拉则相反。他浑身流淌着印第安人和西班牙人的血,他傲然独处。此刻,他坐在后面的一个角落里,一言不发,一动不动。只有那双黑眼转个不停,目光在大伙脸上划来割去,警视着周围。

"噢,就那小子呀!"沃德说道,审视着他的对手。

"喂!老伙计。"

里维拉的眼里喷溅着剧毒的怒火,任何问候都激不起他的回应。他恨所有外国佬。他恨眼前这个外国佬到了不共戴天的地步,这在他本人来说都是罕见之事。

"猪猡,"沃德向主办人发出抗议,"你要我与一个聋子打拳?"一阵哄笑,接着,他又激起一波,"洛杉矶一定太小了,连个滥竽充数的人都找不到。小朋友,你是哪个幼儿园的?"

"他非常棒。沃德,是从我这里选送的,"罗伯茨回击道,"人不可貌相,他可不好对付。"

"票已售出了一半,"凯利恳求道,"看在我的薄面上你也要上场。这样最好了。"

沃德又瞟了一眼里维拉,满是瞧不起的样子,叹了口气。

"我想,只要不把他打烂,我可省心了。"

罗伯茨的鼻子哼了一下。

"小心点,"沃德的经理警告道,"跟新手打可不能大意,很可能新手会趁你不上心,击倒你。"

"嗯,我会注意的,行了吧?"沃德微微一笑,"我一上场就要把他打倒,但为了亲爱的看客们,我会留一手的,凯利说要打满十五轮,没问题,然后我再拿出绝活,打得他爬不起来。"

"对,就是这么干,"凯利说道,"你去把它变成现实。"

"谈正事吧,"沃德停下,心中盘算了一会儿,"当然,百分之六十五的门票费,也就是说总收入与跟卡西打的收入一样。但分成可不能一样了。百分之八十大概对我的胃口。"然后他转头问他的经理道,"如何?"

经理点点头。

"那么你呢?同意这个分成法吗?"凯利冲里维拉问道。

里维拉头一晃。

"是这么回事,"凯利说明道,"给你们俩的总报酬是门票收入的百分之六十五。因为你是新手,无名小卒。你与沃德之间的分成法又按照你得百分之二十,沃德百分之八十进行分配。这很公平,对吧,罗伯茨?"

"很公平。里维拉,"罗伯茨同意道,"你想想看,你还没出名呢!"

"门票费的百分之六十五有多少?"里维拉问道。

"哦,也许五千元,也许高达八千元,"沃德插进来解释道,"大概就这么多。你那份总计将达一千元到一千六百元。跟我这样的名角打拳棒极了。意下如何?"

但里维拉只吐出一句，使所有人都哽住了。

"钱全归胜者。"

一片死寂。

"这就像从婴儿手上抢糖吃。"沃德的经理叫道。

沃德摇摇头。

"拳击这一行，我摸透了，"他解释道，"我并非指责裁判或举办这场赛事的公司。我是说那帮文绉绉的人要耍个什么花招，我这样的名角可就麻烦了。为了保险起见，这是理所当然的。也许在比赛中我会断根手指，对吧？也许某个家伙偷偷塞给我一颗兴奋药，"他严肃地摇摇头，"无论是输还是赢，我要拿百分之八十。你说呢，墨西哥人？"

里维拉头一晃。

沃德肺都气炸了，他暴露出真面目了。

"为什么？你这个墨西哥小烂仔！我恨不得马上打扁你的脑袋。"

罗伯茨把身子插进双方。

"钱全归胜者。"里维拉冰着脸，又重复一遍。

"你为何这样死心眼？"沃德问道。

"我能摆平你。"他直截了当地说。

沃德开始脱上衣。他的经理清楚，这是个假动作，衣服一脱，沃德就会赢得大家的安抚，人人都同情他。里维拉却孤立无援。

"瞧这儿，小呆猪，"凯利开始发言，"你是个无名小卒。你才搞了几个月——眼下还是个本地小俱乐部的小拳手，但沃德是个明星。这场赛事后，他就会参加冠军赛。你毫无名气，洛杉矶没人知道你。"

"会知道的，"里维拉肩一耸，"赛后，他们就会知道。"

"你想好，你能打败我？"沃德突然插进来。

里维拉头一点。

"好，你过来，我们听听你的理由，"凯利恳求道，"宣传一下嘛。"

"钱。"里维拉只蹦出一个字。

"再过一千年你也打不赢我。"沃德断言。

"既然这样,"里维拉反击,"这钱来得如此容易,你干吗不全捞走?"

"我会的,"沃德的信心突然上来了,叫道,"第一轮我就殴毙你。我的小宝贝——你的钱就这么归我了。凯利,写合同,钱全归胜者。把这个贴在拳击场的柱子上,告诉他们这是——一场血战。我会给这个贱骨头点颜色看看。"

凯利的助手开始写了,沃德这时又打断了。

"等一会儿,"他转身向里维拉问道,"要称体重?"

"到拳击台外再称。"这是回答。

"这可不是闹着玩的,小毛头。要是胜者通吃的话,我们上午十点称体重。"

"钱全归胜者?"里维拉问。

沃德点点头,就这么定了。他准备拿出全部的撒手锏。

"十点称体重。"里维拉说道。

助手的笔刷刷作响。

"你比他轻五磅,"罗伯茨对里维拉抱怨道,"你让步让得太多了,就这一点,你已输掉了。沃德壮得像头牛。你这个傻瓜。他赢定你了。你没指望了!"

里维拉一脸仇恨地望了他一眼,算是作为回答。连这个外国佬都小看我,天下的白鬼一般黑。

四

里维拉进入拳击场时,差不多没人理他。几声微弱的、稀稀拉拉的、漫不经心的鼓掌算是敷衍了一下,没有看客相信他。他是一只小羊,被牵进屠场,由了不起的沃德下手宰掉。此外,看客们很失望。他们原本认为沃德和卡西在这里会有一场龙虎斗。现在只好将就看看无名小卒的表演了。人们甚至把原来押在沃德身上的赌注加大到二对一,甚至三对一,沃德成了人们关注的中心,沃德赢定了。

墨西哥男孩独坐在角落里静静地等待，时间慢慢地流着。沃德故意让他空等，这是一个常见的花招。这花招用在新手身上很有效。新手们坐在那里，比赛前往往忐忑不安，同时又要面对一群冷酷的看客，一群吞云吐雾的大烟鬼，他们会慌乱起来。但这回，这花招无用。罗伯茨是对的，里维拉没有慌张。显然他比常人的脑子更清晰，神经更刚健。像他这样神经刚健的人独一无二。这种认定他要被打败的氛围感染不了他。他的看客是些白佬，一群他不认识的人。而且这种比赛是低档的比赛——是丑陋的、混乱的肉搏。这里既无道德，又无权威，大伙为此颓废，坚信自己被遗弃在世界的角落。

"小心，"哈格廷警告道。哈格廷是他的副教练，"尽量延长比赛时间——这是凯利的最高指示。不然的话，报界又会闹腾了，会说拳击赛打得太臭。那可就成了洛杉矶的头号丑闻。"

这些触动不了他。里维拉毫不在意，他蔑视这场赏金比赛。这场白佬举办的比赛令人憎恨。他之所以对这场比赛在意，就像他在训练场为人当陪练一样，只是因为饥饿难忍，为了混一口饭。实际上，他觉得这种比赛一文不值，他恨这种比赛，一直到他加入地下党组织，要为革命筹钱时，他才发现参加这种比赛，搞钱很容易。同时也发现他并非第一个在这下流场所捞到大笔钞票的人。

他不去分析这场比赛，他不去想其他后果，他只知道比赛必须赢。在他灵魂的最底层，这种坚定信念来自一种更深广的力量，这种力量是挤坐在这比赛场里的任何一个人都意识不到的。沃德为钱而战；为随钱而来的荣华富贵而战。但是里维拉为之拼搏的东西此刻正在他心灵深处熊熊燃烧。他的脑海里闪过一幅又一幅恐怖的场景。他的双眼睁得大大的，他孤独地坐在比赛场的一个角落里，等待那诡道百出的对手。这种人他看透了，因为他早就领教过。

他看到了布兰科水电站，它围在白墙里。他看到了里面的六千工人，他们饥寒交迫，面色惨白。还有那些七八岁的孩子，他们干一整天的活，赚得十美分。他看到了那些游荡的鬼火，这鬼火来自那些在染房卖苦力而死的人们的骷髅。他记得父亲称染房为"自杀窟"。只要在那里干一年，必死无疑。他看到了那个小院落，母亲正

211

在那儿洗衣、做饭、干家务。她手脚不停,尽管如此,她还是要抽空抚爱他,亲吻他。他还看到了父亲,他很是魁伟,一脸大胡子,胸宽体厚,对人也很宽厚、友善。他爱他们,他的胸怀如此宽广,以致容下足够的爱来爱他的母亲和那个在院子里玩耍的小儿子。那时他不姓里维拉,姓佛南蒂茨,那是父母名字的合一,他们叫他朱安·佛南蒂茨。后来他隐姓埋名,因为他发现暗探盯着"佛南蒂茨"不放。

大个子乔昆·佛南蒂茨令人亲近,他在他的脑海里地位崇高。那时他不懂父亲,现在懂了。他看见父亲正坐在小印刷所里打字,或坐在书桌上奋笔疾书,滔滔不绝,那张书桌被压得嘎吱乱响。他看到那些奇异的夜里,工人们就像偷儿一样,在夜色的掩护下悄悄溜进来与父亲会面,促膝长谈。他这个小儿子躺在角落里睡觉,但并非每次都能睡着了。

"记住他们的指示,一开头不许被打倒。打输后,你可得到你那份钱。"他看见哈格廷在对他说话,那声音仿佛来自远方。

十分钟过去了,他还坐在那个角落里。不见沃德的身影,这家伙可谓机关算尽。此刻,更多的回忆在里维拉眼前熊熊燃烧。那次罢工,或可称为围困。是因为布兰科的工人们响应珀伯拉的罢工兄弟们而起的,他们被军队包围起来。罢工者饥饿难忍,不得不上山去采摘浆果,挖树根、草皮充饥,吃得一个个肚痛不已。噩梦袭来,在工厂仓库前的一块空地上,马丁泽和迪亚士的军人向数以千计饥饿的工人们开火了。致命的来复枪此起彼伏,工人们用自己的鲜血一遍又一遍地洗刷自己的"罪恶"。那是个浓墨般的夜晚,他看见那些运尸车。尸体在车上一层层地摞着,堆得高高的,车胎都被压扁了。这些尸体拖到克鲁泽那里,被甩进大海喂鱼。他一遍遍地爬上尸山,寻寻觅觅,去找爸爸和妈妈。等他找到时,父母已血肉模糊,死在尸堆里。他尤其记得母亲死去的样子——只有脸露出来,身子被其他尸体压住。来复枪又响了,他马上趴到尸堆上,像只被猎人追逐的小狼,偷偷溜下尸山。

他的耳朵涌进一股巨大的咆哮声,犹如一阵海啸。他看见沃德率领随从们——诸如教练及助手们等,从中心过道下来了。整个赛场都为这位名角狂呼,他赢定了,没人怀疑这一点,人人都倾向他,站在他这一边。即便是里维拉的助手,在沃德突然弯腰钻过绳栏,进入拳击台时,也都迎上去给予热烈的欢呼。沃德脸上的微笑不断绽放。当他微笑时,笑容洋溢在脸上,眼角的笑纹一直绽开到眼睛深处。这样具有亲和力的拳击手从未有过。他的脸是友善热情的活广告。所有的人他都认识,他跟这个人逗个乐,和那个人一起开怀大笑。透过绳栏,他与朋友们打招呼、问候,那些坐得较远的人,无法表达他们的倾慕之情,就在远处大叫:"嘿!你好,沃德!"

热烈的欢呼足足持续了五分钟。没人理睬里维拉。在看客眼里,他根本就不存在。一张肿脸弯下来,凑近他耳边,那是斯拜德·哈格廷。

"别慌,"斯拜德警告,"记住指令,坚持到底,不要趴下。要是趴下的话,我们就在更衣室里把你打得彻底趴下,懂吗?你到这里来,任务就是挨打。"

全场开始鼓掌。沃德从拳击台那边向他走来。他弯下腰,双手抓住里维拉的右手,以一副诚挚的模样和他握握手。他那张笑脸凑得很近,看客们为沃德这一高尚的运动风范高声喝彩。他给对手的问候看起来情不自禁,沃德的嘴唇在动,看客们将这些他们听不到的话语视为友善的问候,又一次欢呼喝彩。只有里维拉一个人听清了他的低语。

"你这个墨西哥小耗子,"沃德两片笑唇间嗞嗞出声,"我要把你这个黄鬼打回老家。"

里维拉没动,也没起立,但眼里喷出火光。

"站起来,懒狗。"绳栏后的一些人吼道。

看客开始对这种全无"费厄泼赖"的行为喝倒彩,但他还是没动。当沃德穿过拳击台,返回他的角落时,全场又爆发出掌声。

沃德脱掉上衣,又是一片喝彩。他的身体充满活力,富有弹性,强健完美。皮肤光洁,犹如白玉,风姿洒脱,回弹有力。他的照片曾上过所有体育杂志,足以表明他战绩辉煌。

哈格廷从里维拉的头上把毛衣扯下来，全场一片嘘声。他皮肤黝黑，显得瘦小。他身上也有肌肉，却无法与对手相比。看客们没留意他那宽厚的胸膛，没人清楚他肌肉纤维的韧性，肌肉细胞瞬间的爆发力，以及他那卓绝的神经调节术等。看客们看到的只是他黄黑色的皮肤，十八岁的人，身体还像个小孩，沃德就不同了，沃德已二十四岁，是成年人的体格。当两人站一起，听候裁判指示时，对比就更明显了。

里维拉观察到罗伯茨正坐在记者的后面。比平时更醉意蒙眬，语速更慢。

"里维拉，放松，"罗伯茨拖长声调说，"记住，他杀不了你，他一开始就会冲锋，别慌。你只需让一下，立好足，钉牢在地。他不会打得很猛的，你只当他是在训练场上与你对阵。"

里维拉听清一切，但一无表示。

"闷闷不乐的小夜叉，"罗伯茨对旁人说道，"他就那样。"

里维拉不再以习用的毒眼扫视周围。无数来复枪的形象出现了。远处朦胧的小脸，近处泛着油光的胖脸，全都幻化成一支支黑洞洞的来复枪。他看到了漫长的墨西哥边境，土地荒芜，四处龟裂，犹如焦土。边境沿线，他看见那些破衣烂衫的革命部队没有枪支，被围困而死。

他回到自己的角落，等待比赛的开始。他的助手已拿着帆布凳爬出绳栏，离开了拳击台。方形的拳击台对角，沃德面对着他。

一声锣响，比赛开始了。看客们狂欢了，他们从未见过这样一边倒的拳击赛。报界说得对，这是一场恶战。沃德冲过来了，拳击台的四分之三成了他的地盘。很明显，他想一下就把里维拉干掉。他的出拳，不是一两下，也不是十二下。他的拳头打陀螺似的转得飞快，犹如一股飓风。里维拉找不着北，他被打蒙了，被从各个角度、各个位置、冰雹般砸来的重击，打得抬不起头来。飓风般的进攻把他逼到绳栏边，裁判上前将他俩分开，接着他又被揍到绳栏边。

这不是拳击赛，而是一场屠杀，一场残杀。所有看客，除了职业拳击家，都会为这开场白所倾倒。沃德，无疑是在显示他所要做的一切——一场精彩的表演。看客也是这么认为的。看客的热血沸腾，全都为沃德叫好。可他们没有注意到，这个墨西哥人一直挺在拳击台上，没有趴下。人们几乎看不见里维拉，也几乎意识不到他还在拳击台上，他被沃德那吞噬一切的拳击包裹进去以致人们差不多见不到他的身影。一分钟过去了，两分钟过去了，然后裁判又一次将他们分开。这时看客才看清这个墨西哥人。他的嘴已被打裂，鼻子在流血，他转过身，摇晃几下站稳了。他背靠着绳栏，背上显出一条条的血印。人们没注意到他的胸脯没有一起一伏，他的双眼仍喷溅着冷冰冰的火焰。在冷酷的次、中重量级拳击训练场上，渴求冠军的人多极了，全都在他身上练习过这种飓风战术。他已知道怎样扛住这种进攻。为此他打一场挣五角钱，打一星期挣十五元钱——那是一所吃人的学校，他在那里经受了残暴的磨炼。

突然，全场看客都惊呆了。龙卷风般眼花缭乱的拳击消失了。里维拉独自挺立在拳击台上，沃德，了不起的沃德倒在地上。他好不容易清醒过来时，浑身颤抖。他既没有摇晃，也没有硬挺着慢慢倒下，而是被一击倒地。里维拉一记右勾拳，闪电般破空飞来，将沃德砸倒在地。裁判伸出一只手把里维拉推后，自己站到倒地的拳击手身边读秒。看客为一记闪电拳而欢呼，这是职业拳击赛中的惯例。但全场没人欢呼，事出意外，人们都蒙了，他们一声不吭，盯着秒针的移动，只有罗伯茨狂喜的声音打破了沉默："我告诉过你，他是左右开弓的拳击手。"

数到五秒时，沃德的脸抬起来，七秒时，他单腿跪起，数过九还未报十时，他已站了起来，假如数到十时，他的膝盖还挨着地的话，他就要被判为倒地，并且输掉比赛。而只要他的膝盖一离地，就算是站起来了，在这一刻，里维拉可以再次出击，把他打倒在地。里维拉却没有获得这个机会。沃德膝盖离地的那一刻，他本要再喂对方一拳。可他转了一圈，没法下手，因为裁判在他们俩中间转圈，里维拉心里明白，裁判不仅如此，就是在读秒时，都读得特慢。所有的白人都反对他，裁判也一样。

数到九时，裁判把里维拉往后狠狠地一推，这不公正。但这却使沃德乘机站起来，微笑重又回到他的嘴边，他弓着身子，用手捂着脸和腹部，很聪明地跌撞两下，趁机一把抱住里维拉。根据所有的比赛规则，裁判应上前制止这种举动，但裁判没动。沃德像被大浪打晕的人，搭在里维拉身上不下来，这样一点一点地使体能复苏过来。这一回合一分钟后就结束了，这一分钟会跑得飞快。要是他挺过这一分钟，他就可以在他的角落里休息整整一分钟，恢复体能。这是最后一分钟，他挺住了，并以微笑度过千钧一发的时刻。

"微笑永远属于沃德！"有人高叫。看客们大大地吐一口气，一阵大笑。

"那臭小子的一拳真辣。"沃德回到自己那个角落，喘着气对教练说。助手们连忙为他按摩擦汗。

第二回合与第三回合平淡无味。沃德是个老到的拳击手，他采取拖延、抵挡及贴住对方不放等战术，极力使自己从第一回合中被打晕的那一拳中恢复过来。第四回合，他恢复元气。即便他那良好的体质使他能马上复原，可他的步伐还不太协调，摇晃不定。不过他再也不敢用飓风战术了。这个墨西哥人已表明他并非小菜一碟。他拿出自己的看家本领来对付这个墨西哥人。在战术、技巧以及经验上，他是老手。而且尽管他没有给予对方致命一拳，但能很巧妙地猛击对方并使对方疲于奔命。里维拉打他一拳，他回击三拳。这三拳只是报复，并非致命，然而这种拳的点数加起来就可以构成输赢。他采取双手打短拳的战术顶住那位左右开弓的新星。

在防守上，里维拉打出一种难以对付的左直拳，他不停地出攻，左直拳直捣沃德的嘴和鼻。但沃德的战术变幻莫测，这就是为何他会成为冠军的原因。他战术多变。现在他拼命打贴近战，他打得棒极了。这种战术可躲避对方的左直拳。他的战术一次又一次使万众欢腾。只见他用一记漂亮的锁拳砸下去，然后曲臂挥拳向上猛地一击，那墨西哥人马上被打飞到半空中，然后摔倒在地上，里维拉单腿跪在地上不动，裁判在为他数秒数，他心里很明白，裁判在给他读秒时，数得特快。

打到第七回合时，沃德又一个凶猛的曲臂挥拳向上，这一拳只把里维拉打得摇晃，站立不稳，最终没倒下去。紧接着沃德趁里维拉猝不及防，又挥出一击，里维拉飞到绳栏外去了，砸到了下面记者们的头上。记者们把他推到绳栏外的拳击台边上。在那里，他单腿跪着不动，裁判的秒数读得飞快。他必须钻过绳栏，沃德守在那里，裁判既没有上前干涉让沃德后退，也没有把他往后推。

全场欢声雷动。

"干掉他！沃德，干掉他！"他们疯狂地叫喊。

吼声越来越猛，后来简直成了一片鬼哭狼嚎。

沃德处于巅峰状态。但是，里维拉在数到八还不到九时，闪电般地钻过绳栏，一下扭住对方。这时裁判上前了，把他拖开，让他处于被打位置，给沃德创造出战机。一个黑心裁判所能做的一切，他全做到了。

里维拉挺过来了，脑子不再晕眩，这一切不过小菜一碟。他们都是些令人憎恨的白人，他们从未实施过公正。在他的脑海里，那些最痛心的情景仍闪着光，溅出火星——长长的铁轨在沙漠的酷热中慢慢延伸；农夫与美国警察，监狱与拘留所；趴在空水槽上的流浪儿——所有这些悲惨世界的情景，都是在离开布兰科及罢工后他所遭遇到的。接下来，他又看到了一场正义的、光荣的、伟大的革命洪流正席卷他的祖国。在他的眼前呈现出——枪杆子！每张憎恶的脸就是一支枪！他是为枪杆子而战的。他就是枪杆子。他就是革命。他为所有的墨西哥人而战。

里维拉把看客们惹火了。他为何不接受失败呢？这是命中注定的，他最终还是要败下阵来的，为何非要顽抗到底？极少的人对他感兴趣，毫无疑问这是一群赌徒，虽然这些人相信沃德绝对是胜者，然而他们却把钱以4：10或1：3的比例压在墨西哥人那一方。少数人发出疑问，里维拉到底能打几回合。从押赌的钱上看，绝大多数人认为墨西哥人至多能挺到七回合。甚至有人认为他只能坚持六回合。现在已经赢钱了的人则兴高采烈加入到为沃德而欢呼的行列中去了。

但里维拉没有倒下，第八回合中，沃德又几次奋力打出上勾拳，但都未击中。第九回合，里维拉令所有看客大跌眼镜。他俩扭在一起，突然他轻灵地往边上一蹦，解开纽扣，在两人之间那贴近的缝隙里，他突出右手，从腰部向上猛击一拳。沃德当场倒地，一动不动地任由裁判读秒。看客们目瞪口呆。里维拉以其人之道还治其人之身，沃德的右手上勾拳，他现学现用，然后击在沃德的头上。当数到九时，沃德站起来了，里维拉不再准备补上一拳，因为裁判公然站在他们俩中间，以防止他的进攻。当然如果事情反过来，要是里维拉趴在地上，准备爬起，裁判准会远远地站着。

第十回合比赛中，里维拉两次使出右手上勾拳。从对手的腰部一直打到下颌。沃德这下要铤而走险了，他嘴上仍挂着笑容，又用起飓风战术了。他犹如一股飓风，但却挨不上里维拉。里维拉尽管眼前一片模糊、晕眩，还是接连三次将沃德击倒在地。沃德现在恢复得没那么快了。到了第十一回合，他情况严峻。从第十一回合到第十四回合，他使出撒手锏，运用阻塞、封锁及搪塞反击的战术，精心积存自己的体能。作为一个老练的拳击手，他知道如何犯规却又不会让人看出。他要出的每个诡计与花招，都是在两人扭在一起时，所以从表面上看像是无意而为。他把里维拉的手夹在自己的腋下，却把自己戴手套的手顶住对方的嘴，屏住他的呼吸。两人扭在一起时，从他那打裂的、挂着微笑的双唇间，不时喷出些凶言恶语，这些不堪入耳的话直灌里维拉的耳朵。每个人，从裁判到看客，都站在沃德一边，为他呐喊。而他们心里也清楚沃德在想些什么，一个小娃娃战胜他，何等难堪，面子往哪里搁。他有意让自己挨一拳，以探虚实；然后佯攻，后退，诱敌深入，最后打出致命一击，扭转局势。在他以前，一位奇异的拳击手，一位更了不起的选手已经这样做过了，他也能行——左右开弓，打击对方的太阳穴、下巴，他也能做到。人们已注意到，只要他站得稳，手上的威力仍存在。

里维拉的助手们在两回合比赛的空隙时间里，假心假意地照顾他，他们手上拿的毛巾只是做样子，一点都没为他气喘如牛的肺部扇进一点空气。哈格廷向他出主意，里维拉知道这都是一些坏事的点子。人人都在反对他，都在搞阴谋诡计。

第十四回合中,他又一次把沃德打倒在地。裁判在读秒时,里维拉站在那里不动,双手垂在两边。在观众席的另一个角落,里维拉早已察觉到那些人在咬耳朵密谈。他瞥见凯利拨开人群走到罗伯茨身边,弯下腰与他私语。里维拉的耳朵像猫,灵极了。他只听到只言片语,很想再听一点,此时,沃德站起来了。他设法把沃德引到绳栏边,尔后双方扭在一起,紧靠着绳栏。

"只能如此,"他听到迈克在说,而罗伯茨在点头,"沃德非赢不可——要不我肯定亏大了,我在沃德身上押了一大笔钱。要是他坚持打到十五回合的话,我就要破产了。那孩子只听你的,你去跟他说说。"

里维拉不用看就知道是怎么回事。他们都想玩弄他。他又一次把沃德打倒在地,然后站在那里不动,双手垂在两边。罗伯茨站起身。

"够了,回到自己的角落去。"他说道。

他的声音很冷峻,就跟他平时在训练场上与里维拉说话的腔调一样。但里维拉目光如刀地盯着他,等待沃德从地上爬起来。在回到自己角落休息一分钟时,凯利,那个主办人,上前来了。

"倒下去呀!你这个该死的东西,"他的声音尖利,但压得很低,充满怒气,"你得倒下去,里维拉,听话,我会给你安排前程的。下次我定会让你打赢沃德。但这次你得倒地认输。"

里维拉的眼神表明他听得一清二楚,可他的表情既看不出同意,也看不出不同意。

"你为何不作声?"凯利愤愤地问道。

"不管怎么样,你还是会输的,"哈格廷接上腔,"裁判也会判你输的,听凯利的话,倒地认输吧。"

"倒地认输吧,孩子,"凯利恳求道,"我会帮助你当冠军的。"

里维拉一声不响。

"我一定会的,帮帮我,孩子。"

听到开始比赛的铃声,里维拉预感会有事发生。看客可没有感觉到什么。无论有什么事,这事只能出在拳击台上,就埋伏他的身边。看起来沃德又信心十足了。他那高涨的自信令里维拉吃惊,不知他又要玩什么花招。沃德冲上来了,可里维拉拒绝迎战。他往旁边一跳,保持在安全距离内。沃德想要的是贴身肉搏,要想玩花招非用这种战术不可。里维拉后退,转个圈闪开。可他也明白,贴身肉搏不久还是要开始,花招也会随之而来。他决定非避开不可。沃德再次冲过来,他做出一副迎击的架势,可在最后一刻,就在他俩身体就要撞在一起的一刻,里维拉轻轻一让。此时,沃德那边角落里响起一片大叫犯规的呼声。里维拉愚弄了他们。裁判踌躇不决,话头在嘴里哽进咽出硬是没说出来。观席里冒出一个男孩尖细的声音,就像是从细管子里发出的高音:"下三烂。"

沃德开始公开咒骂里维拉了,他直逼过去,里维拉又跳开了。此时,里维拉已决定不往他身上打了。这会丢掉一半取胜的机会。但他明白,要想取胜,他只能做的一件事,就是远距离作战。因为只要有一点空子可钻,他们都会撒谎说他犯规。沃德现在是拼命了。接下来两回合,他向里维拉猛攻。里维拉在避开时一次又一次被击中,他挨了几十拳。沃德八面威风,重又崛起,看客们全部发狂地站起来。他们什么都不懂,只断定他们倾心的拳击手终于要打趴对手了。

"为何不上呀?"看客全都朝里维拉疯号着,"你这个臭婊子养的!猪猡!上呀,你这个黄狗,杀呀!宰了他,沃德,宰了他!你能踹烂他!"

整个赛场,所有的人都在疯号,但有一个人除外。里维拉的头脑仍冷静地运转,傲立于群情激动之上。从性情及血统来说,他的心灵,充满最高的激情,但他已体验过最狂暴的场面。这一万张大嘴汹涌出的吼声之海,一个浪潮腾起一个更高的浪潮,全都朝他扑面打来。但在他的感官中,这一切反倒如初夏晨露中的一丝凉风。

进入第十七回合,沃德再次振奋勃发,一记重拳击中了里维拉,他往下直坠,晃晃悠悠地往后倒,两手无力地晃荡着。

"哈,他可完蛋了,这小子已捏在我的手心了。"沃德心中哼道,一下放松了。

但这一切都是假象，为的就是让对方放松。一瞬，拳头闪电而出，直砸对方嘴上，沃德倒下。当他刚起立，第二拳、第三拳又猛砸向颈子和下巴，第四拳、第五拳、第六拳密集砸下。任何裁判这下想说犯规都不可能了。

"哎！比尔，比尔。"凯利向裁判恳求道。

"不，"裁判满脸悲伤，"他不给我一点空子。"

沃德被打得稀里哗啦，但他还顽强地想站起来。凯利以及拳击台附近的人开始叫喊，要警察过来阻止这场比赛。尽管沃德这方拒绝就此休战，里维拉看见那胖警察已开始很困难地爬越过绳栏。他不清楚这将意味着什么。在与这些白人的比赛中，诈术太多了。沃德站起来了，跟跟跄跄，毫无还手之力，待到裁判与警察来到里维拉跟前时，他已挥出了最后一击。现在已不需要人来中止这场比赛了。沃德再也爬不起来了。

"数呀！"里维拉哑着嗓门，朝裁判叫道。

当秒数读完后，沃德的助手们上来把他架起来，拖回到他们自己的角落。

"谁赢了？"里维拉问。

裁判很不甘心地抓起他戴着手套的手，往上举了举。

没人向他祝贺。他自个走回到自己的角落。在他的角落，助手们还没有给他放好凳子。他只好背靠着绳栏站着，他用毒眼盯了一下他的助手们，用喷着冷焰的目光把全体看客横扫一遍。他下面的膝盖在抖动，因为筋疲力尽，他在无声地抽泣。一张张恶脸，在他眼前晃来晃去。这时，他想起来了，这一张张的恶脸就是枪杆子。这些枪杆子成了他的了。革命将进行到底。